らんちう

赤松利市

双葉文庫

目次

第一章　犯行／従業員たちの衝動

大出隆司《おおいでたかし》（35）厨房契約社員

通報したのは徳平《とくへい》さんだった。

「殺人です。浜通りの望海楼《ぼうかいろう》で殺人がありました。直ぐに来てください」

落ち着いて電話する声をぼんやりと聞いていた。徳平さんの通報が終わって、放心したまま震えている恵美《えみ》の肩を抱いて、フロントロビーに移動した。死体はそのままにした。

どれくらい待たされただろう。みんな無言だった。暗いロビーのソファーや床に、思い思いに腰を下ろしてパトカーを待った。

やがてサイレンをけたたましく鳴らして数台のパトカーがやって来た。ばたばたと警察官が乗り込んで来た。何人もいた。

「石和田《いしわだ》徳平さんは？」

先頭に立った警察官の呼び掛けに徳平さんが立ち上がって右手を軽く挙げた。

「殺人があったのですね」

鼻息荒く、警察官が確認した。徳平さんが「はい」と掠《かす》れた声で頷いた。

「被害者は？」

「この旅館の総支配人の夷隅登《いすみのぼる》さんです」

「現場は？」

「三階の一番奥の特別室です」

淡々と受け答えした。

「犯人は？」

「犯人は──ここにいる全員です」

徳平さんの返事に、一瞬、警察官らが固まった。言葉を理解しかねている体《てい》の相手に徳平さんが続けた。「全員で手足を押さえ込んで、私が首を絞めました」

警察官たちは固まったままだった。

「本日は休館日なのでお客様はいらっしゃいません。しかし夜が明けると、ほかの従業員が出社します。早いお客様は昼前にいらっしゃいます。速やかに現場の処理をお願いします」

途端に警察官の動きが慌ただしくなった。

おれたちは一ヶ所に集められ数人の警察官に取り囲まれた。

徳平さんが二人の警察官を伴って、特別室に案内した。

また待たされた――。

早く横になりたかった。風呂にも入りたかった。この状況で風呂は無理かと諦めた。

空腹だった。

ロビーの時計は深夜十二時二十七分を指している。

朝の早い呼び出しだったので朝食抜きだった。昨日の晩飯を食ってから二十四時間以上、何も食っていなかった。

またパトカーがやって来た。次々に警察官がロビーに入って来て息苦しいほどだった。

何台ものパトカーの回転灯の赤い光が、煩《うるさ》いほどに暗いロビーを転げまわった。その赤い光に間断なく照らし出される恵美の顔が憔悴しきっていた。不憫に思えた。ソファーを立って恵美の隣に移動した。

「おい。そこのきみ」

警察官に鋭い声を投げられたが止めはされなかった。

やがて徳平さんが伴った警察官とロビーに戻って来た。手錠で繋がれていた。おれたちも手錠を掛けられた。短くあれこれ言われたが頭に入ってこなかった。

それからおれたちは、別々にパトカーに乗せられた。左右を警察官に挟まれたパトカーの中で、おれは少しウトウトした。堪らなく眠たかった。

自分が殺しに関わったことが不思議に思えた。

不意に若女将の純子《じゅんこ》さんの姿が頭に浮かんだ。総支配人は純子さんの旦那だ。純子さんが哀しげな目線を死体に落としていた。そして、頰を小さく痙攣させて、嗤《わら》った。

花沢恵美《はなざわえみ》（28）フロント契約社員

わたしたちが殺したあの男は、ぐったり大の字になって、うつぶせのまま蒲団に横たわっている。わたしはあの男の左足の裏を見ている。さっきまで、必死でしがみ付いていたあの男の左足裏だ。

熱いお風呂に入りたいと思った。火傷するくらい熱いお風呂に入りたい。手や腕や頰や髪の毛や、顔全体、それから腕や足も、あの男の排泄物に塗《まみ》れてしまった。穢《けが》れた。

殺害の景色がフラッシュバックした。

うつぶせで大鼾《おおいびき》を搔いていたあの男の頭を徳平さんが慎重に跨いだ。

枕の下を滑らせて延長コードを頸の下に潜り込ませた。

ゆっくり、ゆっくり。

わたしは息を詰めて、徳平さんの股の間に見える手元を凝視した。

徳平さんが延長コードを交叉させた。両手に巻き付けた。それからあの男の右に控えた藤代《ふじしろ》さんと目線を合わせた。藤代さんが口を固く結んで頷いた。

左に控えた大出さんとも目線を合わせた。大出さんも頷いた。

枕元で立膝を突いている石井《いしい》くんと、振り返って右足の横で片膝を突いている鐘崎《かねざき》さんと、左足の横で正座していたわたしと、一人ずつ、目線を合わせて徳平さんは頷いた。

「やるぞ」

自分に言い聞かせるみたいに囁《ささや》いた徳平さんが、あの男の首根っこに、右膝をガツンと落とした。落とす勢いで交叉させた延長コードを引き絞った。

あの男は暴れた。大暴れした。

わたしは最初、手で、あの男の足首を摑んでいればいいくらいに思っていたけど、激しく暴れて押さえ切れなかった。釣り上げられた大鯰《おおなまず》みたいに、あの男の脚が、バタバタと暴れ狂った。わたしは部屋の隅まで弾き飛ばされた。蹴り飛ばされたんじゃない。弾き飛ばされた。

部屋の隅の壁に凭《もた》れたわたしが目にしたのは、想像もしていなかった阿鼻叫喚の地獄絵図だった。

殺そうと決めたとき、そんな光景は予想していなかった。

さっきまで息を潜めていた男の人たちのシルエットが、ランチュウの水槽から漏れる淡い光の中で揺れていた。押さえ込まれたあの男のシルエットも揺れていた。

徳平さんがあの男の首根っこに右膝を落としたまま、大きく開いた左足を踏ん張って、唸り声を上げて、延長コードを巻き付けた両手を小刻みに絞り込んだ。

石井くんは、抜き取った枕であの男の頭を押さえ付け、顔を逸らして、両腕を突っ張っていた。

腕を押さえ込んだ大出さんと藤代さんは、目を剝いて、歯を剝き出しにして、凄い形相で、真っ赤に興奮した顔に、大量の汗を浮かべていた。

それでもあの二人は腕で、わたしが押さえ込んでいたのは脚だ。

暴れ狂う脚なんだ。

腕力も体重も、あの二人とわたしとでは全然違う。少しぽっちゃりさんのわたしだけど、身長が百五十しかないんだ。わたしの体重より、絶対、あの男の脚の方が重たいに決まっている。それが暴れ狂っているのだ。のたうっている。押さえ込めるわけがないだろう。

気が付いたら、暴れる脚にしがみ付いていた。浴衣がはだけた脚だ。

わたしの胴回りくらいある太腿に無我夢中でしがみ付いた。早く死んでと、そればかり思った。何が何だか判らなくなった。何も考えられなかった。

死んで、死んで、死んで、死ねよ、死ねよ、死ね、死ね、死ね、死ね、死ね、死ね、死ね、死ね――――。

わたしはせめて顔だけでもあの男のブヨブヨとした脚から離れたくて、首が折れるほど後ろに反らした。

あの男のお尻が視界の片隅にあった。

ボクサータイプのブリーフだったら良かったのに、肥満体お約束のゆるゆるトランクスだった。暴れるからそれがずり落ちていて、お尻が、と言うより肛門が剝き出しになっていた。

お尻の肉が小刻みに痙攣し始めた。

ぷるぷる、ぷるぷる、ぷるぷる、ぷるぷる。

痙攣が太腿に降りてきた。震えが小刻みになった。

ぶるぶる、ぶるぶる、ぶるぶる、ぶるぶる。

あの男の肛門と目が合ってしまった。

やばい――。

目を逸らそうとしたけど、肛門に睨み付けられているみたいでフリーズした。肛門が怒っていた。

肉と脂肪の塊でしかないあの男は、大量の汚物を突き出た腹に溜め込んでいた。

それを、――溜め込んでいた汚いもの全部を――首を絞められたあの男は、暴れ狂いながら、痙攣しながら、ぐえっ、ぐえっ、ぐえっ、ぐえっ、ぐえっ、と喉を絞る断末魔の叫びを上げながら、爆発させた。

ぶりぶり、ぶりぶり、ぶりぶり、ぶりっ、ぶりっ、ぶりっ、ぶりっ。

もともとゴミ部屋で異臭が充満する部屋だったけど、もう異臭なんてもんじゃない。

刺激臭。

わたしは肛門の直ぐ下の太腿にしがみ付いていたのだ。その状態で、あの男がお腹に溜め込んだあれやこれやを、爆発させたのだ。わたしの目と鼻の先で、だ。髪や目や鼻や口や、反らせたわたしの顔に爆発させたのだ。

その臭いもの全部の飛沫をもろに浴びた。

浴びながらしがみ付いた。必死でしがみ付いた。そのうちに意識が遠くなってしまった。

——終わったよ。

徳平さんの声で我に返った。しがみ付いていたあの男の脚から転がり落ちるように離れた。途端に脱力した。身体に力が入らなかった。

熱いお風呂に入りたかった。全部洗い流したかった。

全部、全部、全部、……全部だ！

飛び散って付着したあいつの汚いものだけじゃない。記憶も感触も、全部洗い流したかった。脱皮するみたいに、あの男の死に際のあれこれを、完全に消してしまいたかった。

徳平さんが警察に通報する声を聞きながら、わたし、あの男を殺したんだと、遠いことのように思った。目の前に、あの男の屍体があるのに、それが屍体だとは実感できなかった。

ゆっくりと、ほかの人たちが立ち上がって、部屋を出るのが気配で判った。

でもわたしは、あの男の、はだけた太腿の先の足裏に視線を落としたまま動けないでいた。

「恵美、出よう」

厨房の大出さんが、肩を抱いて立たせてくれて、部屋の洗面所で顔を洗った。それでもわたしはまだ、あの男のはだけた左足の、汚物まみれの太腿から、目を離せないでいた。

大出さんに背中を押されて部屋を出た。

階段の途中で英明《ひであき》に電話した。あの男を殺したことを短く伝えた。

英明が興奮して言葉を並べた。

でも、わたしは返答することができなかった。英明の声から逃れるように通話を切った。

ロビーのソファーに腰を下ろしても、まだ、わたしは放心したままだった。

時間の感覚がなくなっていた。

純子さんはどうしたんだろ。会議室で倒れてタクシーで病院に行ったのだけど、大丈夫だったんだろうか。他人のことを心配している場合ではないのに、そんなことをぼんやりと考えた。

純子さんの笑顔に慰められたいと思った。

やがて警察の人が来てロビーが慌ただしくなった。ロビーの照明は落とされたままで、わたしはソファーから立つことができなかった。床の一点を見つめたまま、あの男のはだけた左太腿を思い浮かべていた。

手錠をされて意識が急速に覚醒した。

女性警察官に腕をとられてパトカーに誘導された。

「乗りなさい」

命令口調だったが、ずいぶん優しい声に聞こえた。

乗り込んだパトカーがサイレンを鳴らして走り出した。

わたしはまだ、あの男の、はだけた左太腿を思い続けていた。

不意にさっき電話したときの、英明の声が耳の奥に蘇った。わたしは両手で顔を覆って、英明の声から逃れるように嗚咽《おえつ》した。

石井健人《いしいけんと》(26) 総務部正社員

最初にそれを口にしたのは営繕の藤代さんだった。

椅子に座って、指を組み合わせた肘を膝に突いて、下を向いたまま呟いた。

「殺したる」

とても暗い声だった。ああいうときの関西弁って、なんか説得力がある。覚悟みたいなものが伝わってきた。気持ちが胸に染み込んでくる。その言葉に反応したのが厨房の大出さんだった。

「殺すか」

自分の気持ちを確かめる口調で言った。ぼくもつい調子に乗って言ってしまった。

「あの人の部屋の鍵はマスターキーで開けられます。総務の金庫で管理されていますが、金庫はぼくが開けられます」

その一言で決まってしまった。

いや、その前にも、ぼくは不用意な発言をしていた。藤代さんが「殺したる」と言う前だ。

総支配人が服用したと思えるデパスの空シートを摘み上げて言ってしまった。その空シートは、総支配人が食べ散らかしたポテトチップの空袋の中に放り込んであった。

コンフェッションが始まるころ、没収される時計と携帯を総支配人の近くのテーブルに持って行ったとき、総支配人のジャケットの胸ポケットにそのシートをぼくは見つけた。きっちりと錠剤が詰まっていた。それが気になっていたんだが、コンフェッションの発表をしながらチラ見すると、総支配人は無造作に錠剤をシートから押し出して口に放り込んでいた。あの後、ぼくたちの発表が終わって、予定していなかった流れになったのだが、その内容は酷いもので、発表をリードした総支配人にはそれ以前から、かなりの動揺があったのだろう。それでデパスを飲んでいたのだろうが、まさかワンシート飲んでしまうなんて。完全にODだ。

ODというのはオーバードーズの略で、過剰摂取を意味する。大学生のころから、不眠症で心療内科に通っていたぼくならではの知識だ。

「これデパスという抗鬱剤です。睡眠導入剤としても使われる薬です。かなりの量を服用していますので、朝までグッスリじゃないでしょうか」

だから今夜は帰りませんかと言いたかったのだ。

寝込みを襲いましょうよと言ったつもりではなかった。

特にフロントの花沢さんには、帰ってほしかった。彼女は巻き込みたくなかった。

純子さんの付き添いとしてタクシーに乗せればよかったと後悔した。

それを言えば彼女も素直に従っただろうし、ここにいる全員が賛成してくれたに違いない。

純子さんはぼくらの心の支えだった。アイドルだった。いや、ちょっと違うか。アイドルなんて言葉は純子さんには似合わない。女神——それも違う気がする。ただ憧れだったことには違いない。

ぼくがマスターキーのことを口にしてしまったのを受けて、藤代さんと大出さんが視線を絡ませて頷き合った。ここまでは想定内だった。そんな流れになるとは思ってもいなかったといえば嘘になる。

ところが意外なことに、藤代さんが辞めた石和田さんに電話して、今から総支配人を殺すと伝えてしまった。「あの人が、一番、あの豚を恨んどんや」と、電話を切ってからみんなに説明したが、どうしてそれほど恨んでいるのか、その説明はなかった。

でもぼくは納得した。

ぼくは石和田さんが総支配人を殺したいほど恨んでいる理由を知っていた。だから石和田さんが乗り込んで来たら、もうブレーキは掛からないなと身構えた。石和田さんは密かに慕っていた人を総支配人に殺されたのだ。

殺されたという言い方が不適切なら、死に追い込まれたと言ってもいい。でも石和田さんの気持ちの中では「殺された」だと思う。その石和田さんが乗り込んでくるのだ。ぼくも含めてみんな感情が高ぶっているし、石和田さんの存在は、火に油を注ぐようなものだ。

あまり待つまでもなく、血相を変えた石和田さんがぼくたちのいた会議室に駆け込んで来た。来るなり「おまえら、バカなことは止めろ」と、ぼくたちがやろうとしていることを止めようとした。しかしぼくらの決心は固かった。ぼくらというか、少なくとも藤代さんと大出さんは覚悟を決めているみたいだった。藤代さんが言った。

「石井の説明やと、あの豚、安定剤をしこたま飲んでるようですわ。いまごろ、コテンと眠っているようやから、殺《や》るんやったら今夜が最適やと思います」

えええ、ぼくが教唆したみたいじゃない。

慌てたけど、確かにそれを言ったのはぼくなので反論もできなかった。

藤代さんの言葉に頷いて、説得を諦めた石和田さんが、

「自分が首を絞めるから、おまえたちはあいつを押さえ込んでおけ」と言った。

「判りました」

いつのまにか、殺人に関して、ぼくたちのリーダー的存在になっていた藤代さんが納得して、それが決まった。ぼくは総務にマスターキーを取りに行くよう言われた。これもぼくが提案したことだ。いつのまにかぼくは、主犯級のポジションに格上げされてしまった。

とんとん拍子に殺害計画が進んで花沢さんを外すタイミングを失った。

想定外といえばもう一人、厨房の鐘崎さんも意外だった。

どこか冷めている人なので、こんな流れに乗ってくるとは思わなかったのに、マスターキーを持って戻ると、藤代さんたちに交じって階段の下にいた。まあ、どちらかといえば、ぼくらの中で、いちばん不良っぽい人ではあるんだが、だからこそ、こんな流れには乗らないだろうとぼくは思っていた。

マスターキーを階段下で石和田さんに渡し、その石和田さんを先頭に、ぼくらはあの人の部屋を目指した。休館日だったために、階段も廊下も照明が消えていて、非常灯の明かりだけを頼りにぼくたちは階段を上がり、廊下を歩いてあの人の部屋に向かった。

石和田さんがマスターキーで部屋の鍵を開けて、踏み込んだあの人の部屋は、ほの暗かった。照明は消えていたが、金魚の水槽の灯りは点いていたので、真っ暗ではなかった。お互いの表情が見えるくらいには明るかった。

蒲団に突っ伏すように大の字になって寝息を立てているあの人の姿も、じゅうぶんに確認できた。

あの人の寝息以外に聞こえるのは、水槽の水を循環しているモーターの音だけだった。とても静かなモーターだった。水槽は、幅二メートルはあるかと思える大型水槽で、その水中に、大きな金魚が二匹、静止していた。ランチュウという高価な金魚だ。花沢さんの話によると、二匹でぼくの年収の二倍くらいするらしい。堂々とした金魚だった。深夜の侵入者に驚く風もなく、二匹の金魚は、静止したままで口をパクパクさせていた。

石和田さんがあの人の枕元にしゃがみ込んだ。慎重にあの人の顔を覗き込んだ。左右に大出さんと藤代さんが、息を潜めて、同じようにしゃがみ込んだ。

四人目に、部屋に入ったぼくは、あとの二人、花沢さんと鐘崎さんが、あの人の足元に位置を決めたので、石和田さんの背中に回り込んで立ったままでいた。

石和田さんが、あの人の首に延長コードを回して、大出さんと藤代さんが腕を押さえ込む係で、花沢さんと鐘崎さんがそれぞれ足を担当して、このあたりになると、ぼくの記憶も曖昧になるんだけど、ぼくはあの人が目を覚ましたら、枕で頭を押さえつけろと、石和田さんにだったかな、指示されて、かなり頭に血が上っていたから、ほんとよく覚えていないんだけど、石和田さんが首を絞めて、あの人が、首を反らしてカッと目を見開いたときには、怖くて、無意識に顔の下から枕を抜いて、顔を背けながら、覆い被さるように、あの人の頭部を押さえ込んでいた。

あの人はかなり暴れた、と思う。

あの人の左足を押さえていた花沢さんが、弾き飛ばされた。藤代さんに「押さえとかんか」って叱られて、花沢さんは、あの人の、浴衣がはだけた足にしがみ付いた。ぼくは必死に枕で、頭を押さえていたけど、枕越しにも、あの人が、かなり苦しんでいるのが判った。首を絞められているのだから、あたりまえか。だから、全体重を掛けて、押さえ込んだ。

でもそのうちに、枕から何も伝わってこなくなって、それでも押さえ続けたけど、やっぱり何も伝わってこなくて、ぼくはゆっくり、頭の中で数を数えて、百まで数えて、それでも動かないので、「動かなくなりましたね」と、誰にともなく言った。その言葉に、首を絞めていた石和田さんが顔を上げて、腕を押さえていた大出さんと藤代さんに目で確認して、二人が頷いて、ようやく殺人が終わった。

そのあとで石和田さんは一一〇番に通報した。

右足を押さえていた鐘崎さんが、驚いた顔で、目を見開いて、それは石和田さんに抗議しているようだったけど、ぼくは通報が正解だと思った。

この状況で、犯行を隠し通せるはずはないし、ぼくたちが休館日の望海楼にいたことは、若女将の純子さんも知っているし、遅かれ早かれ捕まるんだったら、自首したほうが遥かにましだと、冷静に考えられるほどの判断力はまだあった。それに殺害直後に一一〇番通報して自首するというのは、もともとぼくも考えていたことだった。ただ実際に殺してしまった総支配人の屍体を目の当たりにして、どうしてこんなことができたんだろうと、それればかり考えた。ぜんぜん理解できなかった。頭では判っているのだが、やっぱりとんでもないことをしてしまったという気持ちは拭えなかった。

茫然自失とした花沢さんが、自分がしがみ付いていたあの人の左脚を信じられないという目で見ていた。彼女もぼくと同じ思いだったのだろうか。

今、この瞬間に、大地震でも起こって日本が滅びてくれないかと、そんなことを考えたりした。大地震が無理なら、彗星がぶつかってくれてもいいなどと、他愛もないことを考えたりもした。

純子さんに会いたい。

総支配人を殺してしまったことを叱られるだろうか。叱られても構わないから会いたかった。

藤代伸一《ふじしろしんいち》（35）営繕契約社員

徳平のおっちゃんを呼んだんはオレのミスやった。

良かれと思て声掛けたんやけど、まさか止めに来るとは思わんかった。

ほかの人間は知らんやろうけど、おっちゃんは、あの豚に本気の恨み抱いとる。そやからオレらが、これからあの豚を殺したると、伝えるだけのつもりで電話した。もしおっちゃんが、おれも交ぜろ言うたら、交ぜたるつもりやったけど、止めとけ言われるとは思わなんだ。

結局、オレらを止めても止まらんと判ってくれて、ほな殺すんはおれがやるから、おまえら豚を押さえ込んどけということになった。まあ、おっちゃんの無念を思たら、それもしゃあないかと、オレは納得するしかなかった。

だいたい段取り通り殺せたと思う。

ちょっと違《ちご》たんは、厨房の鐘崎祐介《ゆうすけ》や。あいつほんまに豚を殺す気あったんやろか。会議室でおっちゃんを待っとったときも、なんや煮え切らん態度で、「怖いんやったら降りてもええんやで」言うたったのに、ろくに返事せえへんし、かと言うて、ビビッてる風にも見えなんだ。なんかあいつ、企んどる目ぇやった。

あの豚の部屋に行ってからもそうや。

オレらが豚に集中しとんのに、あいつは、何や物色するみたいに、あちこち検分しとった。

いざ殺すぞいうときも。

胆の据わっとらん帳場の石井や、女子の花沢はしょうがないとして、あいつはまだ、目線をきょろきょろさせよって、殺すんやという緊張感も、ぜんぜん伝わってけえへんかった。

そのあとのことは無我夢中で、正直、オレもはっきり覚えてへん。あいつが、どんなんやったんか、ようは判らんけど、なんかすっきりせん。

あんな豚でも、やっぱり人一人殺すいうのはかなりのストレスやった。覚悟して、腹を括ったオレでも、正味ビビッた。そやから、あいつにそんだけの覚悟がのうて、オレが勢いで殺人の共犯にしてしもたんやったら、申し訳ないと思う。

結婚が決まりかけとった花沢もそうや。

迷てない口振りやったけどそれでもあの子は外してやるべきやった。

石井もそうや。大学出て、まだ三十にもなってへん若い子や。子供や。

オレは徳平のおっちゃんの世話になって、今の職に就くまで、流れの土木作業員やった。今度のことで、職を失《うしの》うても、最悪、元の土木作業員に戻ればええだけや。現場に戻ればええ身分や。まあ、はっきり言うて、それは最悪のことやけど。いっぺん安定した生活いうもんの味知ってしもたら、気軽に、ひょいひょい戻れるもんでもない。それでもまあ、他に選択肢がないんやったら、その道を選ぶしかない。それくらいの肚は括っとるつもりや。

そんな自分が先頭に立って、あいつらを殺人やいう大それた事件に巻き込んでしもたんは、ほんまにこれで良かったんやろうかと、後悔じみたことを考えてしまう。こんなことなら大出も誘わんと、徳平のおっちゃんと二人だけでやったら良かった。

純子さん――。

悲しむやろか。あの豚が死んで悲しむとは思わんけど、花沢や石井や大出が罪を犯したことを悲しむんやないやろか。徳平のおっちゃんのことも悲しむやろう。オレのことは？

悲しんで貰えたら嬉しい。

主犯はおっちゃんに譲ってしもうたけど、オレが事件のリーダーやったんやと、純子さんには知って貰いたい。

それにしてもあの豚、あっけなかった。

あんなごつい図体しとんのに、思た以上に簡単に死によった。

心臓とかが弱っとったんやろか。あの身体やもんな。息しとるだけで、心臓に負担が掛かるわな。あれやったら二人で十分やれた。後悔先に立たずや。

石和田徳平《いしわだとくへい》（65）元営繕係長

——動かなくなりましたね。

枕であの野郎の頭を押さえ込んでいた石井が掠れた声で言った。

おれは顔を上げて、左右の腕を押さえている隆司と伸一に目で確認した。

二人とも小さく頷いた。

脚を押さえていた恵美と祐介にも目をやった。

恵美はまだ、あいつのはだけた太腿にしがみ付いていた。

祐介はすでに手を離して、物色する目で辺りを見渡していた。

大きく息を吐いて手指の力を抜いた。握り締めた延長コードが手の平に食い込んでいた。払うようにして手から振り解いた。

石井が慎重に枕を外して、横向きに死んだあいつの鼻先に手の平を近付けた。

「死んでいますね」

誰に言うともなく呟いた。

作業着の胸ポケットに手を入れて携帯電話を取り出した。若い連中と合流した会議室から、この部屋に来るまでに決めておいたことを実行した。一一〇と番号を入力して発信ボタンを押した。

「はい、千葉県警です。事件ですか、事故ですか」

「事件です」

「何がありましたか」

「殺人です。浜通りの望海楼で殺人がありました。直ぐに来てください」

一瞬相手が息を呑む気配があったが、その後も、訊かれるままに応えた。最後に、

「すでにパトカーが、そちらに向かっています。動かないようにしてください。いいですね」と念押しされて通報が終わった。

電話を切ってから若女将の純子さんにも連絡を入れておくかと思ったが、止めた。ただ声を聞きたいだけだろうと自分を叱った。秀子《ひでこ》さんに申し訳なく思った。

それからあとは、パトカーを待って、臨場した警察官から訊ねられたことに答え、言

われたことに従って、唯々諾々と過ごした。心底、疲れた。

鐘崎祐介《かねざきゆうすけ》（36）厨房臨時社員

意味が判んねえ。

ずっとそんなクソッタレな思いに取り付かれていた。

最初に「殺す」と言ったのは営繕の藤代先輩だった。何を熱くなっているんだと思ったが、すぐに大出のアホウが同調した。慌ててほかのメンバーに目をやった。女の花沢はともかく、インテリの石井あたりが宥《なだ》めるだろうと期待したのに、石井まで、マスターキーがどうたらと話に乗った。おいおい、どういう展開だよと呆れたが、オレは口下手だ。盛り上がっている連中を説得する自信がなかった。

理解できない展開に狼狽《うろた》えていたら、藤代先輩から「怖いんやったら降りてもええんやで」と言われた。怖いという言い方が気に入らなかった。藤代先輩は、元々は流れの土木作業員だ。どこか世間からはみ出している空気があって、部署は違うが、簡易宿泊所の暮らしなんかを聞かせて貰い、それなりにオレが一目置く人だった。その人から「怖いんやったら」なんて言われて、「はい」と素直に返事ができるわけがなかった。

藤代先輩が、同じ営繕で退職した石和田のおっさんに電話した。

石和田のおっさんとは、ほとんど話をしたことはないが、藤代先輩と同じ匂いがする人だった。

藤代先輩の話によると、やはり流れの土木作業員の経験があって、簡易宿泊所暮らしもしていたらしい。その石和田のおっさんが会議室に駆け込んで来て、「おまえら、バカなことは止めろ」と一喝してくれたときは、ほっと一安心した。だが他の連中は納得しなかった。オレにしても、女の花沢でさえ引いていないのに、引くに引けなかった。

結局、石和田のおっさんが「自分が首を絞めるから、おまえたちはあいつを押さえ込んでおけ」と言ってくれたので、それならいいかと考えた。その時点でオレは、てっきり石和田のおっさんが一人で罪を被ってくれるもんだとばかり思っていた。それなら行き掛けの駄賃で、総支配人のコレクション、ロレックスの六本セットだ、それをどさくさ紛れにくすねてやろうと皮算用した。

何せロレックスの六本セットだ。

花沢の話によると、合わせて一千万を超えるものらしい。気に入ったのを一本自分用に残して、残りを売り払ったら、かなりの臨時収入になるなと思った。殺しを手伝うのだから、それくらいのボーナスを貰ってもいいだろう。ついでに純子も頂くかなんて考えたりもした。

ところがまるで当てが外れた。

総支配人を殺した後で、石和田のおっさんがまさかの一一〇番通報をしたのだ。びっくりした。一人で罪を被るのじゃないのかよと、裏切られた気持ちだった。

でも警察と電話が繋がった以上、どうしようもない。その場から走って逃げるかとも思ったが、もうパトが向かっていると言うし、殺害現場の望海楼は海の間近の小高い丘の上にあって、下りの道は一本道だ。雑木林を下りられないことはないが、深夜にそんなとこをうろついていても捕まるだけだ。

オレは完全に逃げるタイミングを失ってしまった。

それに石和田のおっさんだけならともかく、ほかの連中が、取り調べでオレの名前を謳ったら一巻の終わりじゃないか。どうしてこいつら、後先を考えないんだと、呆れるしかなかった。

それから暫《しばら》くして、パトが派手にサイレンを鳴らしてやってきて、マッポが流れ込んで、ごたごたした後、オレは人生二度目の手錠を掛けられる羽目になった。いや、三度目か。

でも今までは未成年だったし、罪状も暴走行為だったので、刑務所送りになることはなかったが、今回は執行猶予もつかないだろう。

なんせ殺人の共犯なんだ。

何年かは食らい込むに違いない。

なんて理不尽なんだ。そりゃ、ハシリやツッコミでパクられるより、コロシのほうが箔も付くだろうが、いまさら箔を付けて喜ぶほどのガキでもないし、オレの人生、この先どうなるんだよ。

第二章　取調／容疑者たちの憂鬱

大出隆司（35）厨房契約社員

若手契約社員の中ではおれがいちばんの古手です。年齢は営繕の藤代さんとタメで、同じ厨房の臨時社員の鐘崎の一個下です。元社員の石和田さんと社歴はほとんど変わらないです。今年で入社十五年目になります。ベテラン社員さんのリストラや依願退職があったので、社歴からいうと、おれが望海楼のいちばんの古手社員ということになります。

――動機、ですか？

――ええ、殺意はありました。

実際にあいつを殺したわけですし、殺意がなかったなんて言いません。殺人が重大な犯罪だっていうことも理解しています。だからあいつを殺した後で、すぐに自首したわけですし、でもどうして殺したかったかって訊かれるとね、具体的には思いつかないなあ。

　──そうですよね。

　殺してやるとか、けっこうみんな簡単に言ったりするけど、実際に殺すかっていうと、なかなかそうはならないですよね。それはあいつを殺した後で思いました。「あれっ」って感じでした。「殺しちゃったんだ」って。

　不謹慎に聞こえるでしょうが、それがあいつを殺した後の正直な感想です。

　あいつのことを殺したいと思ったのは──。

　とりあえず思いつくのは、あの夜のことかな。

　あいつに寿司に誘われたんです。殺してやりたいと思ったのは、たぶん、あの夜が最初です。

　厨房の仕舞いを終えて、さあ寝るかという時間でした。

　新体制になって、四勤二泊一休シフトが導入されていました。

　五日間サイクルのシフトです。契約社員と臨時社員は全員がこのシフトで働いています。今回の事件を起こした中で例外は石井くんだけです。あいつは正社員のままです。

　おれたちは新しい勤務シフトが導入される段階で、正社員から契約社員に転換しました。

　鐘崎はアルバイトから臨時社員に変わりました。いいえ、強制ではありません。自分で判断して自己責任で選びました。

　四勤のうちの初日と三日目が泊まり勤務です。

泊まり明けの二日目と四日目が早帰りになります。

ただし早帰りといっても早朝五時前から勤務して終業は夜の七時です。

泊まりの日は朝八時に出勤して、終業はだいたい夜の十時くらいです。そのまま旅館に泊まり込みます。休憩は明けも泊まりも一時間が二回です。

だから出勤日は、十四時間拘束で、実働十二時間勤務ということになります。

そんな四日間を消化して、五日目に一日の公休が貰えます。

それが四勤二泊一休シフトです。

別に泊まりを強制されているわけではありません。泊まらなくても構いません。でも、勤務する時間帯は同じです。ですから、そのシフトを選んだ社員は、だいたい泊まっていました。

例外はフロントの花沢恵美かな。

女の子ですからね。

帰宅して風呂に入って着替えもしたいって、泊まりにあたる夜の勤務を終えてから、帰宅していました。それで朝五時に出勤するわけです。

まあ彼女の場合は化粧のこともあったでしょうね。

まだ若いのに、凄い厚化粧なんです。あの化粧じゃ時間掛かるでしょうし、落とすのだって大変なんじゃないですか。それより何より、恵美のすっぴんを誰も見たことがありません。それを見られるのが嫌だったということもあるんでしょ。

もちろん泊まりの社員も風呂は使えます。

旅館の大浴場を使ってもいいことになっていました。

大浴場の湯沸かしは、お客様のご利用時間の午後十時で止められるんですけど、十分熱い風呂です。

泊まる部屋も客室を使っていました。

うちの場合、稼働率が十割なんてことは、年に二度も三度もあるわけじゃなかったし、料金を頂いているお客様にお泊まり頂く部屋を使えるんですから、文句はありません。

ただ隣の部屋にお客様が泊まっていらっしゃるかと思うと、ちょっと気持ち的に落ち着かないところはありましたけど、慣れてしまえばどうということはなかったです。

このシフトを導入したのは総支配人です。

ええ、夷隅登。

おれたちが殺したあいつです。

画期的なシフト制度だとあいつは自画自賛していました。

確かにね。

このシフトになって、人手不足の穴は、まあまあ埋められるようになりました。

でも結果、月の決められた労働時間が三百時間になるんですから、おどろくような成果とも思えないです。ましてやその人手不足は、あいつが総支配人着任後、矢継ぎ早に断行したリストラで生じたものです。自画自賛されても、素直に頷く気にはなれませんでした。

あの日は四勤の初日でした。泊まり勤務の日です。

朝八時に出勤して、夜まで働いて、厨房の時計は間もなく十時になろうとしていたときです。ロッカールームで調理白衣を脱いで、泊まり用のジャージに着替え終わったところで、あいつに声をかけられました。

「もう、終わった?」って。

いきなりロッカールームに顔を覗かせたんです。

びっくりしました。

あいつがロッカールームに来るなんて初めてでしたし、身長百八十センチ体重百五十キロの大男でしょ、それがいきなりヌッて感じで現れたんですから、驚きもします。

臨時社員で前日が泊まり勤務だった鐘崎は、泊まり明けで十九時に退勤しているし、アルバイトもいない時間帯で厨房にいるのはおれ一人でした。

あいつ、顔面に大量の汗を掻いていました。

ネクタイを緩めたカッターシャツの脇の下も汗染みで黒々と濡れていました。汗臭かった。もちろん館内は冷房が効いています。それでも汗だくです。

あいつはあいつなりに緊張していたのかもしれませんね。

何せすごく気の小さいやつでしたから。

着任の挨拶のときも汗だくでした。

体調悪いんじゃないかと心配したくらい汗を搔いていました。

あいつ、母親に付き添われて着任したんです。

母親に「登くん」て呼ばれていました。で、あいつは母親のことを「お母さま」ですからね。どんな親子なんだよって、おれたち目が点になりました。

なんでもあいつは大きな鉄鋼会社の御曹司とかいう触れ込みで、御曹司といっても次男で跡取りではないんですが、あいつが来る前に、フロントの恵美が、ネットで見つけた若女将の純子さんとの披露宴の画像をおれたち見たんですけど、──あいつがSNSにアップした写真です──あいつ、身体がでかいじゃないですか、なんかすごい存在感のある人だなって思っていました。それが着任の挨拶で、母親の後ろに隠れるみたいにびくびくしているんですから、拍子抜けもいいところです。

何で純子さんみたいな美人が、あんな肥満野郎と結婚したんだって、あいつの着任の挨拶が終わった後で、社員は騒然となりましたよ。花沢なんかは「純子さんが可哀想」なんて泣いていました。

ロッカールームに顔を出したあいつに、「これから風呂に入って寝るだけです」と、答えました。

そんなふうに、愛想なく答えたんじゃないかな。

あいつとは必要以上の会話を交わしたくなかったからです。

そしたら、

「ねえ、ねえ。寿司亀って知っているでしょ」

気持ち悪い猫なで声で訊かれました。

「ええ、辞めた調理長が開店した寿司屋ですね」

そんな受け答えがありました。

辞めたではなく辞めさせられた、ですけどね。

調理長は、あいつにリストラされたんです。

おれは調理長を師匠と慕っていました。

――ええ、高梨亀次《たかなしかめじ》さんです。

おれが二十歳の時に望海楼に世話になって、それから十五年間、板場のことを一から仕込んでくれた恩人です。

おれ、特に料理が好きだったわけでもないですけど、高校出て、しばらくフリーターとかやっていて、これじゃ将来暗いなって思ったんです。

かといって大学に入るほどの根性はないし、サラリーマンになれるわけでもないし、手に職を付けるしかないなと考えていた時に、調理師見習い募集の貼紙を駅の掲示板で見かけたんです。アルバイト扱いでしたけど、正社員登用制度もあるって書いていました。

調理師って、一応、手に職を付けるってことじゃないですか。

悪くないかって、そんな気持ちで応募したら採用されました。

おれみたいに学歴のない人間は、手に職を付ける以外に将来の安定はないんです。歳をとっても働ける道を確保しておきたい。そう思っていました。

――老後の心配はしますよ。刑事さんみたいに公務員じゃないんですから。

まだ二十歳でそんなことを心配するなんて、ずいぶん情けないように思われるかもしれませんけど、それは安定した仕事に就いている人間が言うことです。

おれだけじゃなくて、おれと同じくらいの世代は、みんな老後に不安を持っていますよ。年金で食っていけるわけないし、だいたいその年金すら貰えるのかどうかも判らない。

少子化でしょ。おれ成人してから知ったんだけど、年金の掛け金て貯金じゃないんですね。おれたちが納めている年金は、同じ時代に生きているお年寄りの年金として使われているんですよね。

成人式のときに挨拶した市長さんが女達に向かって言っていました。

「皆さんの年金を負担してくれるのは、皆さんがこれから産む子供たちなんですよ。少子化を他人事と思わないでください。皆さんの将来のためにも、せめて二人、できたら三人か四人、赤ちゃんを産んで育ててください」なんてね。

おれたちアングリでしたよ。

開いた口が塞がらなかった。

何なんだよそれ、って感じです。

自分の老後のために子供産めって、ずいぶん勝手な言い草だと思いました。

そんなんだったら、子供に掛かる金を貯金したほうがマシじゃないのってことですよ。誰が考えた制度か知らないけど、とんでもなく身勝手な制度だと思います。

身勝手な制度と言えばゆとり教育もそうです。

身勝手というより馬鹿にした制度です。

これは総務の石井くんに教えて貰った事なんですけど、ゆとり教育って、落ちこぼれを出さないための制度じゃないんですね。個人の個性を伸ばすための制度でもない。勉強ができない一部の人間のせいで、授業が遅れないようにするための制度らしいです。勉強ができない人間を救済するためではありません。できる生徒の迷惑にならないようにするためです。そんなことをしたら、できる生徒の学力が落ちてしまうじゃないかと思いますよね。ところがそうじゃない。できる生徒は塾とか家庭教師とか、学校の授業以外でちゃんと学力を補っているんです。

石井くんはゆとりの後の世代です。ゆとり教育を止めたのは、下の階層の学力の低下がシャレにならないほどだったからだそうです。

そりゃそうでしょうね。

授業についていけない人間は、授業が簡単になったからといって、それを理解するために勉強に励んだりしません。レベルが下がったさらに下をいきます。これでは大事な労働力の品質が落ちてしまうと気付いてゆとりを止めたんです。

労働力って、つまりおれたちみたいな人間の塊ですよね。

働き蜂っていうんですか。

人の上に立たずに生涯下働きする人間です。

いじけているんじゃないですよ。

勉強ができる人らとおれらは違うって、それくらいは理解しています。

前にね、テレビのニュースで東大の合格発表の現場中継をやってました。

東京大学ですね。

それを見て、こいつらには敵わないわっておれ思いましたもん。

東大に合格して喜んでいる受験生に、インタビューしていたんです。「今後の抱負を聞かせてください」みたいな。マイクを向けられた奴がなんて答えたと思います。おれ、びっくりしました。

「国民の皆さんのご期待に沿えるよう、なお一層勉学に励みたいと思います」

そう答えたんです。

まだ高校生なんですよ。

その歳で「国民の皆さん」ですからね。

おれたちが太刀打ちできる相手じゃありませんよ。いじける気にもなりません。

とにかく手に職を付けなくちゃってことで、おれめちゃくちゃ頑張りました。

無遅刻無欠勤で頑張りました。

十五年間勤めた今でも無遅刻無欠勤です。

身体だけは丈夫でしたから、風邪ひとつ引かずに頑張れました。それがおれのいちばんの自慢です。

仕事は辛くはなかったです。

おれ、中高野球部だったんで、部活に比べたら楽なもんでした。

とくに高校の野球部。あれはきつかった。

甲子園なんて夢のまた夢なんですけど、やっている人間と、その周りはけっこう大真面目でした。野球帽のつば裏に「目指せ甲子園」なんてマジックで書いたりしちゃって。

グラウンドも校庭とは別だし、授業が終わると専用バスでグラウンドに直行です。

マイクロバスなんで全員の座席はありません。

一年生は立ったままの移動です。

しかも足腰を鍛えるために爪先立ちして、沿道の電信柱を目の動きだけで追って、これは動体視力を鍛えるためらしいんですけど、ほんとに効果あったんでしょうかね。なんでもそのトレーニングのネタ元は野球漫画だそうです。

グラウンドは、十分とはいえないけど、ナイター設備なんかもあったりして、毎日、夜遅くまで野球漬けでした。休みの日は、やっぱり専用バスで移動して他校と練習試合です。

オフなんてないんです。元日だって、早朝からユニフォーム姿で初詣に行って、それから初練習です。一年の計は元旦にあり、なんちゃって。

そんなんだから根性だけは養えました。

その根性で最初の三年間我慢しているうちに、仕事が面白くなってきて、それもこれも師匠のおかげです。なんか板場の修業って、頑固親爺に下駄で殴られてみたいなイメージがありますけど、師匠の教え方は丁寧でした。ちゃんと言葉で説明してくれる。殴られたことなんて一度もなかったです。

今でもほんとに感謝しています。

仕事が楽しくてしようがなかったですもん。

あいつが来るまでは、ね。

三年間働いて正社員に登用されました。自分で言うのもなんですが、真面目さが認められたんだと思います。

今は契約社員です。

違いはよく判らないです。

一応契約社員は、雇用期限の定めがあるんですね。臨時社員は――鐘崎がそうですけど、ボーナスが付きません。でも月給制です。

時給月給なのがアルバイトです。

アルバイト、臨時社員、契約社員、正社員と、少しずつ待遇が違います。

正社員と契約社員の違いは雇用期限の定めがあるかないかだけです。雇用期限は一年単位で、でも自動更新ですから、その点では、そんなに変わったとも思いません。

新体制になる前は、アルバイトと正社員だけでした。あいつがややこしくしたんです。石井くんに聞くと法律上はダメみたいです。契約社員でも臨時社員でもアルバイトでも、一定期間働いたら、正社員と同じ扱いにしないとダメみたいです。

そこらのことは難しくてよく判りません。

労働基準法っていうので決められているそうです。

そんなもん意識して働いている奴なんて、おれたちの周りには誰もいないです。法律によって労働者が守られているって、石井くんは言うんですがね、おいおいそれ、どこの国の話だよって思いますよ。法律で守られているって感覚はないですね。

契約社員になると、それまで二十万円そこそこだった給料が三十万円超えるっていうんで、おれは契約社員を選びました。石井くんなんかは、雇用の期限が定められているのは不安定だって、正社員のままを選びましたが、人それぞれですから。

給料が十万円違うのは大きいですよ。

まあそのあとで、雇用契約を結び直して、労働時間が月に百時間以上増えていたんで、やられたと思いましたけど、おれまだ若いですから、若いうちは時間より金です。

どうせおれら、時間があっても、テレビ観てごろ寝してるか、パチンコ屋で玉を弾くくらいしかしないじゃないですか。それくらいなら、その分働いて、金を貰ったほうが上です。

石井くんに言わせると、おれたちみたいな人間は、金で物を買っているんじゃないそうです。

それを稼ぐために時間を潰しているから、見方を変えれば、自分の時間で物を買っているそうなんです。これは石井くんの考えではなくて、世界一貧しい大統領って呼ばれたウルグアイのムヒカ大統領の言葉らしいんですけど、石井くん、ムヒカさんにぞっこんでね、名言、たくさん教えてくれました。で、石井くんがいちばん推しの名言がそれなんです。

「金で買ってるんじゃない。犠牲にした自分の時間で買っているんだ」ってね。

意味は判りますよ。

でもね、だったら金を稼ぐ目的以外で、自分の時間をどう使えって言うんですか。テレビやパチンコ以外で、ね。

もちろん石井くんには答えがあります。

奉仕活動です。

彼の場合はナマポ家庭の子供の学習塾の講師を無償でやっています。教育の機会均等とか言ってね。

――ナマポですか。生活保護のことですよ。

家が貧しい家庭の子供は、ちゃんとした教育が受けられないんで、それを補う活動をするってことです。おれも誘われました。子供に勉強教える頭ないからって遠慮しました。

でも石井くんは言います。

「小学校低学年の勉強なら、誰にでも教えられますよ。大切なのは、勉強を教えることじゃなくて、子供たちに、きみたちは社会に見捨てられているんじゃないよって感じてもらうことなんです」って。

そこまで言われちゃうと、全然意味不明です。

社会が見捨てるも何も、生活保護費貰っているわけでしょ。見捨ててないじゃん。どころか、ナマポの連中のほとんどが、不正受給じゃないんですか。

ほとんどというのは言い過ぎかも知れないけど、そんな人間も結構いますよね。国から保護費貰わないと生活できないって、そりゃ事情はいろいろあるでしょうけど、そこんところは厳格に審査して欲しいです。納税者としてはね。

うちの近所にもいますよ。

ナマポではありませんが障害年金を貰っています。

三十過ぎの小太りの女で、どうみても健康体です。

ただねメンヘラなんだそうです。

ヒドイうつ病で、働くことができない。だからね、障害年金貰っているんです。でもね、おれ、その子の彼氏と付き合いあるんだけど、そいつが言っていました。

「あいつは医者に恵まれたんだよ」ってね。

それと腕のいい、社労士。

よく判んないですけど、医者が診断書をそれなりに作ってくれて、障害年金を申請する社労士の腕が良ければ、障害者認定されて、年金が貰えるらしいんです。

なんか変じゃありません？

石井くんはそういう人たち、医者とか社労士ですよね。そういう人たちは、弱者のために闘っているんだって言いますけど、最終的には無料じゃない。手数料はちゃんと取ります。

年金が振り込まれたら、そこから報酬を取るんです。

あれに似ていますよね。

サラ金なんかの過払い金請求。

払い過ぎた利息を取り戻してあげますって、コマーシャル、バンバン打っているじゃないですか。でも慈善事業じゃない。過払い金請求で戻ってきた金の何割かは、成功報酬で取るわけでしょ。

確かにサラ金は社会悪で、それと闘って、お金を取り戻してくれるんだから、正義の味方かもしれないけど、そもそも何で借りたのって訊きたくなりますよ。

その時は「助かります」なんて言っていたはずなのに、あとになって手のひら返しで、「金返せ」って発想が、おれにはついていけないです。それに払う必要がない利息を取り立てているんだったら、そんな業種、最初から規制すればいいじゃないですか。

法律を知らない一般人を騙して、不当な利益を上げている業者を叩いて、弱者を保護しているんだって石井くんは言うけど、だったら問題は、そんな業者の営業を認めている社会とか法律にあるんじゃないですか。

長時間労働だってそう。

労働基準法で禁止されているんだったら、取り締まればいい。

そのために労働基準局があるんですよね。

でも取り締まるんだったら、その長時間労働をありがたく思う、それがないと生きていけない人間のこともちゃんと考えて欲しいです。そうでなかったら不公平でしょ。

どうもね、ナマポもそうだけど、「弱者の味方」みたいな看板を掲げている専門家って、ハイエナじゃないかと、おれには思えるんです。

石井くんもそうですよ。

公認会計士を目指しているって勉強していますけど、公認会計士になった暁には、個人経営の、法律に守られていない会社を助ける仕事をしたいって言っています。

具体的な仕事を聞くと、払わなくてもいい税金を、払わなくていいようにしてあげるだとか、金融機関から融資を受けるとき、その手助けをして、決算書とかを、金融機関が貸したくなるように整えてあげるだとか、これって正義なんですかね。

形を変えた貧困ビジネスじゃないですか。

ナマポの申請代行も、過払い金請求の代行も、節税融資アドバイスも、おれには、形を変えた貧困ビジネスとしか思えないです。

「私たちはあなたの味方ですよ」

みたいな顔をして、貧困者に付け込んで、そのおこぼれを頂戴するハイエナビジネスじゃないですか。

石井くんが、ナマポ家庭の子供の、無料学習塾の講師をボランティアでやっているのも、そのあたりのことを見据えてのことじゃないかと勘繰りたくなります。貧困は金になりますからね。ですから今のうちに、貧困者とのパイプを作っておきたいんじゃないでしょうか。

それに比べたら、貧困者という立場を利用するわけでもなく、貧困者を食い物にするわけでもなく、自分の時間を削って、それに見合った収入を得ているおれたちのほうが、ずっとまともじゃないですか。

月に三百時間働くのは、簡単なことじゃないですよ。

疲れます。

休みの日なんか、朝から夕方まで寝ています。

夕方起きて、テレビの低能番組見ながら、缶酎ハイ飲んで、また次の朝まで眠るだけの生活です。でも月収が十万円増えた分、月に二、三万の貯金はできているし、おれは今の勤務に満足ですね。

――すみません。長々と。

師匠のリストラの話でした。

師匠をリストラしたあいつを恨みに思うことはありました。でもそれが動機ではないです。

だって師匠が辞めさせられるずいぶん前から、望海楼は経営が苦しいみたいでしたし、もともと師匠は、将来、こぢんまりとした寿司屋をやりたいと常々言っていましたし、それがちょっと早まっただけです。そのときは恨みに思うことはあっても、殺意を覚えるほどではなかったです。

師匠の性格だと、経営が苦しい望海楼を見限って独立するなんてできなかっただろうし、リストラになって、むしろ良かったじゃないかと後々思ったくらいです。それでもあいつの口から師匠のことが話題になると、やっぱり嫌な気持ちにはなりました。

「寿司亀がなにか?」

「ずいぶん評判がいいみたいだね」

「そらそうでしょ。おれの師匠がやっている店ですからね」

警戒しました。

だからずいぶん、つっけんどんな口調になったと思います。

どうしてあいつが、わざわざロッカールームにまで足を運んで、リストラした師匠のことを話題にするのか、警戒もします。辞めた人間の近況を気にするようなキャラじゃないし、だいたいあいつ、引きこもりなんです。ほとんど総支配人室に引きこもっている。

総支配人室といっても事務所じゃないですよ。

あいつ、客室のひとつ、特別室を占有しているんです。

せっかくあんな美人の純子さんと結婚したのに、家に帰んないんです。

入り婿みたいなもんですからね。

気を遣うんですかね。

特別室に泊まり込んでいて、そこをおれら、皮肉を込めて総支配人室って呼んでいました。

——ええそうです。みんなであいつを絞め殺した部屋です。

「寿司亀、行ったことある？」

あいつに訊かれました。

「ええ、何度か」って答えたら、あいつ、言うんです。

「何かね、うちの古い客がね、以前のうちの味を妙に懐かしんで、新体制に難癖つけられて、参っているんだよ」ってね。

あたりまえだろって、言ってやりたかったです。

だいたい客っていう言い方も接客業としてはご法度です。

悦子《えつこ》さんに聞かれたら、一発でアウトです。

——高富《たかとみ》悦子さん。前の副支配人です。

やさしい人なんですけど、接客マナーにはすごく厳しくて、客なんてとんでもない。お客さんでもダメです。お客様って言わないと叱られます。それを客と言ったうえに、難癖つけられてなんて、それこそ鬼みたいな形相で叱られますよ。

まあ悦子さんも、師匠と同時期にリストラされましたけどね。

おれが顔を顰《しか》めたのをどう勘違いしたのか、

「いやね、ぼくは大出くんの腕が悪いって、言っているんじゃないんだよ」

あいつ、ヘラヘラ、とりつくろった笑顔で言いやがった。

これにはさすがにムカつきました。

そらそうでしょ。

師匠がいたころは、毎朝、中央卸売市場で仕入れた鮮魚を扱っていたんです。

おれが仕入れていました。

最初の三年間は、毎朝仕入れに行く師匠に付き合って、四年目からひとりで行くことを許されて、あれは嬉しかった。

それがあいつが総支配人になって、契約した業務ネットワークとかいう会社のセントラルキッチンから、半調理された食材が送られてきて、厨房の主な仕事は、それを電子レンジにかけることと、皿に盛りつけるくらいしかありません。板場とは名ばかり、包丁さえ握ることがなくなりました。

刃物といえば、首から下げた真空パック開封用の小型カッターが刃物だっていう厨房たですからね。もとより師匠と腕を競う気はありませんけど、そんなシステムを導入したあいつに、おれの腕をどうこうは言われたくなかったです。

「でね、あんまり客がうるさいから、どれほどのものか、一度、食べに行ってみたいんだよね。その寿司亀とやらにね」

「行けばいいじゃないですか」

そう答えてやりました。

どれくらいの差があるのか、それとお馴染みの苦情がどれだけ正当なものなのか、自分の舌で実感すればいいと思いました。そしたらあいつ、

「だったら今から行こうか。大出くんの車で連れてってよ」

いきなりそんなことを言うんです。

「今からですか?」

「だって大出くん昼間は忙しいじゃん」

誰のおかげだよ。

言い返すだけ虚しいので、わざとらしくロッカールームの壁の時計に目をやりました。

「もう、そろそろ閉店時間ですよ」

「だからさあ、携帯で電話してよ。今から行くから、開けといてくれって。知っているんでしょ、電話番号くらいは」

知らないわけがないですよね。

ただ閉店時間は午後十時なんです。

もう閉店まで五分もない時間でした。

寿司亀は同じ町内にありますけど、車で移動しても閉店時間には間に合いません。それに今日の今日で、いきなり閉店後の訪問というのは、いくらなんでも失礼じゃないですか。

「あのさ、ぼく、考えてもいいいんだよね」

あいつが言いました。

「考える?」

「大出くんは、高梨さんに戻ってほしいんでしょ」

「そりゃ、まあ」

「今夜食べに行って、なるほどなと、ぼくが納得したら、高梨さんに戻ってもらってもいいかなと思うんだよね」

あまりの図々しさに呆れました。

「リストラしておいて、店まで出しているのに、それはないでしょ」

言ってやりました。

「非常勤の顧問というかたちでもかまわない。正式に契約して、うちの厨房を指導してもらうっていうのは、どうだろ」

「セントラルキッチン方式は師匠に合わないと思いますよ」

「だったらそれも検討し直そう。それでどうだろ」

「ほんとうに、そこまで考えてくれるんですね」

「ああ、ぼくは経営者だよ。望海楼のためになることを、いつも考えているんだ」

どんだけこいつ本気で言っているんだろうって疑いながら、おれはロッカーの棚に置いた携帯電話を手にしていました。

師匠には、閉店時間後に押し掛けるのだから、残りネタを、おまかせでお願いしますと伝えました。暖簾は仕舞うが来てくれと、師匠は快く時間外の来店を受けてくれました。

古いお馴染みから苦情がきていることや、師匠の寿司を食べて苦情がもっともだと納得したら、顧問というかたちでも、師匠が厨房に関われるかもしれないという話は口にしませんでした。あいつが聞き耳を立てていましたし、あいつの言葉をまるまる信用もできませんでしたし、とりあえず、総支配人を連れて行きますとだけは伝えました。

従業員駐車場から自分の軽を出して、通用口で待つあいつを拾いました。

大きすぎる身体を助手席に押し込んで「エアコンはないのかよお」って、乗るなり文句を言いやがった。

夏とはいえ夜の十時過ぎです。

窓を全開にしてやりました。

中古で十五万円しなかった愛車にエアコンはついていませんけど、それで十分に涼しいです。車内に充満するあいつの汗臭さも堪りませんでしたから。

看板が消えた寿司亀の引き戸を開けて「こんな時間にすみません」と頭を下げて、店内に足を踏み入れました。あいつは挨拶もせずに、きょろきょろ店内を見渡していました。

「カウンターだけの店かよ」

小声でそんなことを言いやがった。

お茶が出ました。

師匠の奥さんが出してくれました。

おれはますます恐縮しましたけど、あいつは恐縮するどころか「暑くて堪らんので、氷水にしてよ」って、臆面もなく言いやがった。

すえた汗の臭いのするタオルで顔を拭きながらです。そのあとで「ったく、気が利かねえな」って。

奥さんに聞こえないよう小声で言ったのも、おれは聞き逃しませんでした。

寿司屋に来て、いきなり氷水をくれなんて客、普通いますか。それを気が利かないってどういうことなんでしょ。しかも店は閉店している時間なんですよ。

「つまみでどうぞ」

師匠が言って、あいつとおれの寿司下駄に、白身魚の薄造りが置かれました。

「魚は――」

言いかけた師匠の言葉を、あいつが突き出した手で止めました。

「待って、待って、待って。ぼく当てるから。こう見えてもね、魚の味にはうるさいの。前もね、白身魚の刺身七種類、ぜんぶ当てたことがあるんだ。こう見えても、けっこう食通なんだよね」

芋虫みたいな指で摘みあげて、薄造りを口に放り込みました。目を閉じて、口をもぐもぐさせて、氷水で流し込んで言ったんです。

「これは判りやすい。ヒラメだね」

あいつが自分の言葉に頷きました。

おれ、アホ面を思わず凝視してしまいました。

師匠が夏のヒラメを出すわけがないじゃないかよ。

夏のヒラメは猫マタギと言われるのを知らないのかよ。

おまえ、食通なんだろ。

そんな目で睨んでやった。

味わうまでもなく、あの薄造りは夏が旬のアイナメでしたね。判りますよ。それなりに修業はしているんだし、切り身の色艶で判りました。

師匠がコホンと小さく咳をしました。

目を向けると微かに首を横に揺らしました。

黙っていろという眼差しでした。あいつに恥を掻かすなというところでしょう。

それから握りになりました。

どれもさすがの旨さでした。

時間的には売れ残りのネタなんでしょうけど、あまりに旨くて、それと懐かしさもあって、涙が出そうになりました。そうだよな、これだよな、おれたちが作っていた料理は、こんなんだったよな。

そんな感じです。

あいつは寿司を、出される端から鼻を鳴らして貪り食いましたね。まるで豚です。ろくに味わいもしない。よく嚙みもしないで、河馬《かば》みたいに水をゴクゴク飲んで喉に流し込んで、そして喰う物ごとに難癖をつけるんです。

包丁の切れ味が悪いだとか、俎板《まないた》の臭いがネタに移っているだとか、ネタとシャリのバランスが悪いだとか。師匠は穏やかな顔であいつの言葉に頷いていましたけど、奥さんは顔を真っ赤にしていました。

何杯目かの氷水をあいつが頼んだとき、奥さんがダンッてコップを叩きつけるようにカウンターに置きました。そしたらあいつ「この店はオバサンの教育もなっていないね」って、鼻で笑うみたいに言って、師匠は「おそれいります」とか謝っていたけど、おれが奥さんだったら、頭から氷水をぶっかけていましたね。

最後に巻物が出て、

「これで一通りです」

師匠が言って、それも氷水で流し込むみたいに平らげて、あいつ楊枝《ようじ》を使いながら、「これでいくら取ってんの」って訊くんです。

「いや今夜は閉店後のことですから、お代はけっこうです」って師匠。

やっぱり怒っていましたね。

顔は穏やかでしたけど、目が据わっていました。

なのにあいつにはそれが判らない。

「あのね、この程度の寿司で、うちの客にあれこれ吹き込まれると迷惑なんだよね」

難癖をつけ始めました。

「あんたに唆《そそのか》されて、うちの飯がまずくなったって、あれこれ苦情を言う客がいるんだよ。止めてくれないかな。首を切られた恨みもあるだろうけど、それって逆恨みだよね、自己責任なんだよ。新しい業務の体制に、あんたが要らなかったってことなの。恨むんだったら自分を恨んでよ。難癖つけるのは止めてくれるかな。今度なんかあったら、名誉毀損で訴えるからね」

難癖つけているのはおまえだろうって思いました。

ぶん殴ってやろうかと思ったら、立ち上がったあいつに肩を掴まれて、

「口直しだ。ラーメンでも食いに行くか」って言われました。

「もう食えないです」

不貞腐れて言いました。

「だったら車で待っててくれ。ぼく、帰りの足がないから」

おれが殴る間もなく、さっさと店を出て、店の前で、

「ああ、糞不味い寿司食わされた」

大声で吠えやがったんです。

もう十一時を過ぎている時間でしたけど、あの場所は、この辺りの一応の繁華街です。ぱらぱらでも人通りはあります。営業妨害しているのはどっちだよって。

あの時ですね。おれ、殺意を覚えました。

——そのあとですか?

車であいつを待ちましたよ。

そりゃムカついてはいましたけど、放り出して帰ったら、次の日がややこしいことになるじゃないですか。月に三百時間でも、いちおう給料は三十万円以上あるんです。辞めさせられたら、三十半ばでそんな給料を貰える職場、この田舎じゃ見つからないでしょう。

情けないですか?

おれたちなんて、そんなもんですよ。

——あの日のこと。朝からですか。

前日が泊まり勤務だったので、ゆっくり眠って帰るつもりでいました。

泊まり明けが、休館日だったんです。

年末年始は書き入れ時で、休みを取れる業種じゃありません。

その代わり一月の末ごろに、全館休日があります。とは言ってもそれは昔の話で、今は年末年始でも半分くらいの入りですがね。

ゆっくり眠って帰るつもりでしたが、習慣で、朝の五時ごろには目が覚めてしまいました。あんまり早い時間に帰っても、家の人間を起こすだけなので、蒲団でごろごろ時間を潰していました。そしたら内線電話が掛かってきたんです。

あいつでした。

総支配人です。

「今日、SSやるから用意しておけ」

いきなり言われました。マジかよって思いました。

――ソーシャル・サービスの略です。

つまり奉仕活動です。主には望海楼のすぐ近くにある九十九里浜の清掃活動をやります。

おれたち若手社員五人はあいつの勧めで自己啓発セミナーを受講しました。

――そうです。今回の犯行に加わった社員全員です。

勧めというか業務命令です。四泊五日のセミナーで、悪くはなかったです。むしろおれなんかは、受講してよかったと思っています。そのセミナーでは毎朝SS活動と称して、近隣の清掃をやるんですけどそのパクリです。

宿直室代わりの客室のカーテンを開けて窓の外を見ました。曇っていました。

ただの曇りじゃありません。すごい勢いで雲が流れていました。窓の近くの樹もゆさゆさと大きく揺れていました。

「かんべんしてくれよなあ」

思わず声に出して嘆きました。

一月の末です。外はどれだけ寒いか、考えただけで震えが来ました。しかも強風です。何でよりにもよって、こんな日に。あいつ、狂ってんじゃないのか。

本気であいつのことを恨みました。

SSは自由参加が建前です。参加するかどうかは個人の判断です。奉仕ですから給料にも反映されません。無給なんです。

断ろうか。一瞬、そんな考えが頭に浮かびました。用事があるって。

一瞬です。

断れるはずがありません。

会社の業務以上に、あいつはこれに力を入れているんです。断ったりしたらどんな報復があるか。それを考えると、怖くて、参加したくないなんて言えるはずがありません。

おれは三十万円の月給社員なんです。

そのうえ、代わりがいないかとなるとそうではないのです。

以前の厨房だったら、代わりがいないと言い切れました。でも以前とは違います。

あいつがセントラルキッチン方式を導入してから、厨房の仕事はアルバイトにでもできる仕事に変わりました。月間で三百時間も働くアルバイトは確保できないかもしれない。でも百時間働くアルバイトを三人雇えば、おれの穴埋めができるんです。

いや、三百時間喜んで働くアルバイトがいるかも知れない。三十万円のアルバイト代を支払うとなったら、三百時間働くアルバイトもいるでしょう。

最初は気付きませんでしたが、それがセントラルキッチン方式の怖さです。

専門性が要求されないんです。

これほど会社にとって有意義なシステムはありません。人材を育てる必要がない。その上、人員の穴埋めも容易にできてしまいます。

働く者にとっては恐ろしいシステムなんです。

たぶん、セントラルキッチン方式だけじゃないでしょう。それに似た方式が、世間にどんどん蔓延しているに違いありません。

あいつが導入した自動チェックイン、チェックアウトシステムもそうです。

無人でインとアウトの手続きができてしまう。

望海楼では、まだまだ導入後のドタバタがありますが、浸透してしまえば、フロントの専門性もなくなります。フロントの花沢恵美なんかが接客の大切さを、ことあるごとに強調していますがね。おれはちょっと疑問に思います。恵美の主張がね。

現実問題として、アルバイトだけでやっているようなハンバーガーショップが、旅館の接客よりも劣るかということですよ。コンビニにしたってそうです。アルバイトがメインでしょ。チェーンの居酒屋もそう。でもちゃんと接客はできているじゃないですか。そりゃ高級旅館は違うかもしれませんよ。だけどうちみたいな中級旅館に、どれほどの専門的な接客が求められるのか、おれは疑問です。

例えば女の子のいる飲み屋でもそうじゃないですか。

おれは行ったことがないけど、高級クラブとかいうのは、それなりに専門的な接客もあるんでしょうが、おれたちがたまに行くようなキャバクラなんて、半分素人の女の子ばっかりですよ。それでもおれたちは満足して飲んでいる。もっと言えば、そのキャバクラでさえ、最近はあんまり行かなくなりました。

おれたちが通っているのは、ドレスも着ていない、自前の普段着で、会話もタメで喋る女の子がいるガールズバーです。そのほうが安いし、気も張らないんで重宝しています。

世の中、そんな流れで動いているんですよ。

プロとか職人が必要とされている時代じゃない。

少なくとも、中流以下では、です。

プロとか職人が生きていけるのは、金が有り余っている上流階級相手の商売だけなんです。

おれ、もともとは手に職を付けたくて、今の仕事に飛び込んだわけですけど、もうそれで、つまり半端に手に職を付けたって、いい生活ができたり、安定した暮らしができたり、美人の嫁さんを貰える社会じゃないんですよね。

おれたちなんかの代わりはいくらでもいる。

そういうシステムが出来上がっている社会に、おれたちは生きているんです。

それに早く気付いて良かったです。気付かないで職人気質丸出しでやっていたら、いずれは転落ですよ。落ちこぼれてしまうんです。

だったら上の世界の職人目指せばいいだろって、そうはいかないんです。

おれ、板前修業始めたのが遅過ぎました。

中学出たくらいで、一流の店で働き始めて、板場の修業を何年も積んで、それで技術を身に付けていたら、少しは違ったかもしれませんけど、二十過ぎじゃ遅いんです。その世界のエリートにはなれない。

テレビで寿司学園っていう会社の紹介がありました。

三ヶ月六十回の講義を受けたら一人前の寿司職人になれる。卒業後の進路も、世界を相手に世話してくれる。受講料は八十万円掛かるけど、それもローンがあって、月々の支払いも無理なくできる。そんな学園なんです。

実際に卒業生のお店の紹介もあって、結構それなりに、成功しているんですよね。でも三ヶ月で一人前の寿司職人になれるなんて、だったらおれの十五年間はなんだったんだよってことですよ。

それでも勇気のある人は飛び込むんだろうな。

ただ、おれは無理。

勇気ないし、基本、独立が前提だとしたら、その資金もないし、それか海外で就職するなんて、言葉の壁とか、そんなことが先ず頭に浮かんでしまいます。

要は負け犬体質なんでしょうね。

成功よりも、失敗のイメージばかり浮かんでしまうんです。

だからいつまで経っても負け組から抜け出せないというのは判るんですけど、これ仕方ないでしょ。そういう風に生きてきたんだし、それでなんとか生きていけているんですからね。

中途半端なんですよ。今の時代がね。

明日飢え死にするとか、このままじゃ生きていけないとか、切羽詰まって悲壮感があったら、覚悟も変わってくるんでしょうけど、おれ、そこまでじゃないんです。何とか生きていける。そのことに縛られているんです。

昔の人は違いますね。

パアンと弾けるイメージがある。

それだけ日本が貧しかったんでしょう。

だから思い切った賭けにも出られた。でも今は違う。そこそこなんですよ。貧困も、ね。

現実おれは月に三十万円、ボーナス入れたらもう少しで年収が四百万円なんです。少なくとも、目に見えて貧困というのじゃない。でも、やってる仕事は、アルバイトに毛が生えた程度の仕事です。このミスマッチというか、アンバランスというか。抜けるに抜けられませんよ。

だから無理なSSも断れない。もし断って、あいつの機嫌を損ねたらと思うと断れるはずがない。

このあたりのこと判って貰えますかね。

おれたちほんとうに弱い立場なんです。

うじうじ考えていても仕方がないので、おれと同じく泊まり勤務だった営繕の藤代さんの部屋を訪ねてみました。別にこれといった目的があったわけではないのですが、同じ境遇の者同士、愚痴でも交わすかみたいな軽い気持ちでした。

そしたら藤代さんは、もう防寒着に着替えていて、おれを見るなり言いました。

「なんやねん、その恰好。外はめちゃくちゃ寒いで。凍死するで。防寒着ないんやったら、営繕の防寒着持ってくるよう、アルバイトの誰かに連絡したろか」って言われました。

いつも通りの元気さに少し救われた気がしました。

「防寒着は厨房にありますから」

「なんでやねん。厨房の人間が、防寒着、要ることなんかあるんかいな」

「前は早朝の仕入れに市場に行っていましたから、その時のがあります」

「そうか。ほなそれ着ときや。ほんま、外の寒さは半端やないで」

そんなやり取りがありました。

それから藤代さんが淹れてくれたコーヒーを御馳走になりました。コーヒーを飲みながら、

「奉仕活動やるのは泊まりのおれたちだけなんでしょうか」と訊くと、

「違うみたいやで」と藤代さんは首を横に振りました。

「さっき、おまえんとこの鐘崎から電話があってな、こっちの天気、確認して来よった。厨房のあいつが来るということは、ほかのセミナーメンバーも来るんと違うか」

そう答えました。

おれは少しムッとしました。

鐘崎はおれの後輩です。

十五年のキャリアのおれからしたら、まだ新人と言えるキャリアです。

望海楼でも、ちょっと前まではアルバイトでした。どうして他部署の藤代さんに電話して、おれには電話しないんだと、ムッともします。

鐘崎はファミレスで三年間のバイト経験があります。

だからセントラルキッチン方式が採用されて、めきめき頭角を現しました。

実際、おれよりオペレーションは上でした。

オペレーションです。調理じゃありません。

セントラルキッチン方式では調理とは言わないんです。オペレーションって言うんです。

そのオペレーションに、おれより慣れがありました。それが認められてすぐに臨時社員に登用されました。時給から月給制に変わったんです。

鐘崎はファミレスでクルーをやっていたと言うので、それなりの役職者だったのかと思ったのですが、アルバイトのことをクルーと呼ぶらしいです。大げさな名前を付けて、何かを誤魔化しているというか、薄めている気がしますけど、彼に聞いたところでは、アルバイトにも二種類あって、アルバイトというのは学生であったり、ほかの仕事を持っていたりして、時間で働いている社員で、フルタイムで入れるアルバイトは、フリーターと呼ばれるらしいです。

おれも望海楼に入社する前はフリーターでしたけど、まさかそれが、ひとつの資格みたいに考えられていることに驚きました。つまりファミレスの場合、シフトの軸となるフリーターのほうが、勤務時間にばらつきのあるアルバイトより優遇されるんです。

優遇と言っても給料がよくなるわけではありません。

時給で働くという点では、アルバイトもフリーターも、同じクルーと呼ばれる身分です。

しかしフリーターの場合は、専用の労働組合もあって、身分が保障されるらしいです。どこまで保障されるか知りませんけど、労働組合があること自体に驚きました。

それってどういうことなんですかね。

フリーターも、一人前の労働者として認められたってことですよね。

でも、そんなの全然嬉しくない。

おれも以前はフリーターという境遇だった。

そのおれが自分の将来に不安を覚えて、手に職を付けようと、望海楼のアルバイト募集に応募した。それは正社員登用制度があったからです。そして最初の三年間、自分なりに頑張りました。その結果望んだ正社員になれました。

もちろんそれだけでは満足できません。もともとの目標は「手に職を付けること」だったわけですから、もっと厨房の人間として、自分を磨くんだと正社員になった時に誓いました。

ところがあいつが総支配人になってセントラルキッチン方式が導入された。

修業なんて簡単に吹き飛ぶような仕組みです。

十五年のキャリアのおれが、ファミレスのクルーだか何だかの、要はアルバイト経験者に、簡単に追い抜かれてしまったんです。

これはおれと鐘崎との問題じゃありません。

要は今の社会が求めているのが、おれみたいな職人を目指した人間ではなく、フリーターとしてオペレーションの経験を積んだ鐘崎みたいな人間だということなんです。

鐘崎が臨時社員止まりで契約社員に上がれなかった理由は、遅刻と欠勤です。

あいつ全然責任感ないんです。

寝過ごしたっていう理由で遅刻する。昼過ぎまで寝ていたって当欠する。

一緒に働いている人間からするとずいぶんな迷惑です。いい歳をして責任感がまるでない。おれより一個上なんです。それが社会人としてできていないんです。

遅刻した理由を訊いたらネットに嵌まっていたって平気で言うんです。ダチと渋谷に出てナンパしてたって平気で言うんです。

全然悪びれた様子もない。

――SNSですよ。

ツイッターとかフェイスブックとか。それで寝そびれてしまったって。眠れなくなるほど面白いらしいです。リツイートとかいいねとか、自分の書いたものとか、写真が評価されると嬉しいらしいです。その評価されるネタを探してネットの中をうろうろしているって説明されたけど、全然意味が理解できませんよ。だってそれで寝過ごして遅刻とか当欠とかしますか、普通。

あの男のせいで、泊まり明けなのに帰れないとかもありました。それでもあいつは馘《くび》にはならない。

ゴマスリです。

あの男、あいつ、総支配人にゴマスリしていました。

そういうところだけ、処世術というか、三十六歳の社会人なんです。

厨房では総支配人の飯も三食作っていたんですけど、その配膳、おれは絶対に行かなかった。だってそうでしょ、お客様がいらっしゃるのに、どうして行けるんですか。どっちが優先なんだよってことですよ。おれはアルバイトに総支配人室まで持って行かせていました。

でもあいつは違った。

いそいそ自分で持って行くんですよ。

で、なかなか戻って来ない。

話し込んでいるんです。

——何の話をしているのか、ですか。

たぶん、お客様やほかの社員の陰口でしょうね。

あることないことぶちまけやがって、ほんと、あんな奴がいたら、組織が停滞します。風通しが悪くなる。鐘崎の居るところでは、迂闊《うかつ》に愚痴も言えません。最低の奴ですよ。

あいつを殺した時も、鐘崎は乗り気じゃなかった。

でも鐘崎、族の経験があるんですよね。

迷惑な騒音まき散らして、バイク走らせていたのをいつも自慢していました。自慢することじゃないでしょ。馬鹿かっつうの。

「男はな」って言うのが口癖でね、それも鐘崎によると、男と書くのは性別のことであって、漢と書くのが本来らしいです。その上の本物は、「男雄漢」と書いて「おとこ」と読むらしいです。

それを自分の調理白衣の袖にマジックで書いていましたね。ガキかよ。

正真正銘の馬鹿でしょ。いつもそんな風に粋がっているから、あの夜も、最後の最後で引っ込みが付かなくなったんでしょう。

だってフロントの花沢恵美まで覚悟決めているんですよ。

それで怖けたら、「男雄漢」が泣くでしょ。

ほんと馬鹿です。おれはあいつが嫌いです。

同じ職場なんで、なんとか調子を合わせてきましたけど、大嫌い、心底嫌いですよ。

——すみません、興奮してしまって。話が横道に逸れました。

鐘崎が来ると聞いて、おれは自分の分と、彼の分と、防寒着を用意するために厨房に下りました。防寒具は二着、おれのと調理長のがありました。久しぶりの防寒着でしたが、調理長がリストラされたシーズンの終わりにクリーニングに出して保管していたので、十分に着られました。

ロビーで待っていると、フロントの花沢恵美が出勤しました。

かなりむくれていました。

セーターにダウンジャケットを羽織って、耳当てもして、完全防寒でした。

驚いたことに、次にやってきたのが若女将の純子さんです。

「わたしも呼ばれちゃった」なんて、場の空気を和ませるつもりなんでしょう、テヘペロで言いました。

純子さん推しの藤代さんは、「大丈夫ですか」なんて心配していましたが、「平気、平気」って明るく笑って、かなり場が和みましたね。

その空気をぶち壊してくれたのが鐘崎です。

不機嫌さをあからさまにして現れて、気を遣った純子さんが「ごめんなさいねえ。せっかくのお休みなのに」って謝っているのに、プイッて感じでそれを無視して、挨拶もしないんです。

「おい、相手は若女将さんやねんぞ」

藤代さんが注意したら、

「きょうは休みでしょ。休みの日に会社の上下言われても、困ります。日当でも出るんだったら、頭の一つも下げますすけどね」

なんて言い返す始末です。

それで険悪になっているところに、総務の石井くんが来ました。

軽装でした。

彼は奉仕活動だと知らされていなかったみたいです。

「どうしたんですか、皆さんお揃《そろ》いで」

みたいな調子外れのことを言って、恵美が「これよ」って、藤代さんが用意したゴミ袋を見せて、奉仕活動だと気付いたみたいです。

「ええええ、ぼく、防寒の用意してきていませんよ」

大袈裟に驚いて「あなた甘いわよ」って恵美に言われて頭を抱えました。比喩じゃないです。ほんとうに頭を抱えて座り込んだんです。そういうところがね、あいつ子供なんですよね。口では偉そうなこと言っていますけど、その割にぜんぜんヘタレなんですよ。

それを見た純子さんが彼を呼んで自分の毛皮のコートを貸してあげました。

「防寒着の予備、ないんですか」っておれ、藤代さんに訊きました。

「さっきは、大出さんの分、帰っている誰かに持ってこさせようと思てたけど、今からでは時間的に難しいやろ」

営繕の人は、みんな防寒着を持ち帰っているんですね。と言うか、防寒着を着たまま出勤、退勤しているんで、ストックは無いって言うんですよ。自分が着ている防寒着を石井くんに貸すから、毛皮を純子さんに返せと石井くんに言いましたけど、純子さんが遠慮しました。

石井くんはちゃっかりした人間で、コートだけじゃ下半身が寒いって、フロントから厚手の合羽のズボンを借りて、着て来たズボンに重ね着していました。だったら上着の上からも合羽を重ね着すればいいじゃないかと提案しましたが、渋るんです。

そりゃ毛皮のほうが合羽より暖かいのは判りますよ。でもそれじゃ、セーター一枚になった純子さんはどうなるんだよって言おうとしたら、純子さんが遠慮して、結局、純子さんはセーターとスカート姿で寒風の中に出ることになったんです。

さすがにそれじゃ寒過ぎるだろうと、純子さんの旦那のあいつが配慮してくれるんじゃないかと、それがおれと藤代さんの希望的観測でした。

あいつ、総支配人は、奉仕活動に参加しないんです。

いいえ、参加はしますけど、ゴミ拾いはしない。軽トラで伴走するだけです。

「おれから総支配人に、若女将を軽トラの助手席に乗せて貰うよう言いますから」

藤代さんが純子さんに言いました。でも純子さんは、

「いいの。わたし、これに参加するのは初めてだから、皆さんと同じことがしたいの」

って、言うんです。

そう言われて、純子さんが初参加だったことに気付きました。

この後、どれくらいの時間奉仕活動があるのか、純子さん知らないんです。

おれたちだって、何時間やらされるのか、正確には判りません。

それはあいつの気分次第です。

でも少なくとも、純子さんは、まさかこの悪天候の中で延々と奉仕活動が続くとは思っていないだろうなってそう考えました。またこうも考えました。

奉仕活動に参加するのは、あいつも含めて、自己啓発セミナーに参加したメンバーだけです。だったら純子さんが軽トラで伴走して、あいつがゴミ拾いをすればいいじゃないですか。

考えただけです。あいつがそんなことするわけないです。口にはしませんでした。口にするだけ腹が立ちます。

そうこうしているうちに、いつの間に軽トラを取りに行っていたのか、あいつが玄関先に乗り付けて、クラクションを鳴らしました。あいつも防寒着を着込んでいました。黒のロングダウンでした。ファーで縁取りしたフードも被ってやがった。

軽トラはね、玄関横の駐車場の隅に停めてあるんです。駐車場に出るためにはロビーを通るのが自然です。でもおれたちがいる間、あいつはロビーを通らなかった。つまり裏の非常階段を使って三階から下りて、建物を大回りして軽トラまで行ったということです。

おれたちだけならともかく、自分の嫁の、純子さんまで避けるような男なんです。軽トラから降りもせず、窓さえ開けない。クラクションにおれたちが顔を向けると、早く出ろと言わんばかりに顎をしゃくって、おれたちが立ち上がると、軽トラのエンジン吹かして、逃げるみたいに離れて行きました。純子さんに声を掛けもしなかった。

あいつの行先は浜沿いの駐車場です。

伴走と言っても、文字通りおれたちに伴走するわけじゃありません。ちょっと先の、おれたちのスタート地点から距離にして、二キロくらい先の駐車場で待っているんです。いつものことです。

寒風の吹き荒ぶ中、望海楼の進入路を浜まで歩いて下りました。緩い坂道を下りながらびっくりしました。

純子さん、ヒールなんです。ハイヒールと言うほどのヒールではありませんが、それでもこれから行く場所は砂浜です。とてもヒールのある靴で歩く場所ではありません。でも遅い。

何で女のお前が気付かなかったんだよと、花沢恵美を睨み付けてやりました。恵美も今頃気付いたみたいで、困惑の顔色でした。

寒かったです。

でも本当の寒さは浜に出てからでした。

遮るものがありませんから容赦なしです。ビュンビュン空が鳴っていました。

「あたた地獄やな」

藤代さんが言いました。

「なんですか、それ」

おれが訊ねたら、

「八寒地獄の三番目や」と答えます。

八寒地獄というのは寒さの地獄で、その三番目、あたた地獄というのは寒さで「あたた」と悲鳴を上げる地獄らしいです。藤代さんは不思議な人で、肉体労働をしていたのに読書家です。それでそんなことにも詳しいんです。

「八寒地獄のまだ三番目や。そう考えたら少しはましに思えるやろ」

そんな風に言いましたが、少しも慰めになりませんでした。

「地獄は地獄じゃないですか」

反論すると、八寒地獄の八番目は大紅蓮《ぐれん》地獄だと教えてくれました。寒さのために身体が折れ、身体が裂けて血を吹き出すさまが紅色の蓮の花みたいだからそう呼ばれるらしいです。

やっぱり何の慰めにもなりませんでした。

強風の中でゴミ拾いをして、二時間以上掛かってあいつが待つ浜沿いの駐車場に至りました。

でもまだ午前十時にもなっていません。

軽トラックの荷台に、ゴミ袋から集めたゴミを移し替えて、荷台シートでカバーをしました。その間もあいつは運転席に座ったままです。なんか喰っていました。

シートを固定し終わった藤代さんが右腕を上げて合図すると、軽トラックがおれたちを残して次の中継地点に向けて走り出しました。

だいたい予想した通りでしたが、この天候なので、ひょっとしてここで終わりかもしれないという淡い期待もありました。おれでさえそう考えたのですから、初めて参加した純子さんも、これで終わりと思っていたのに違いありません。軽トラックが発進すると「エッ」って、声を出して驚いていました。おれたちが憐れみの目を向けると、

「さっ、次行きましょう」

明るく笑って、先頭に立って浜に出ました。

それからゴミの移し替えは三度ありました。

合計して九時間の奉仕活動でした。

相変わらず空には厚い雲が垂れ込めていました。それもあって、最後の移し替えをした時には、辺りは夜の気配でした。沿岸道路を行き交う車もヘッドライトを点灯しています。

そこでようやく奉仕活動が終わりました。

足腰がパンパンだったし何よりとんでもなく空腹で、寒さが身に染みました。最初の移し替えの時からあいつは、おれたちを待つ駐車場で、必ず何かを喰っていました。唐揚げ弁当とかハンバーガーとか、二リットルペットボトルのコーラをグビグビ飲みながら喰っていました。

その間におれたちが腹に入れたのは自販機で買った熱い缶コーヒーだけでした。おれがそれを飲みながら二度目の中継地点に行ったとき、あいつ言いやがった。

「おい、ゴミを増やすなよ」って。

ならおまえの乗っている車の助手席はどうなんだよって言ってやりたかった。コンビ

ニのレジ袋や、空になったペットボトルや、弁当の殻や……プチゴミ屋敷じゃないか。おれは事件の時まで入ったことはなかったけど、あいつの部屋、総支配人室は悲惨な状態です。

恵美がいつもぼやいていました。

恵美の奴、なんかあいつに懐かれて、しょっちゅう部屋に呼ばれていたみたいです。口では嫌がっていたけど、どうだったんでしょうね。おれはちょっと疑っています。悪い子じゃないんですけど、恵美って派手好きなところがあります。

派手好きと言うか、金持ち好きなんです。接客でもね、ちょっと偏りがあったみたいです。休憩室でバイトの子らがよく噂していました。

まさか恵美が色仕掛けで総支配人をどうこうしようとしたとは思いませんけど、おこぼれみたいなもんを期待していなかったかというと、どうなんでしょう。おねだりもしていたんじゃないでしょうか。いや、おれがそう感じたということではなく、そんな噂話をする奴もいたってことです。

そんなことより、あいつの食事は厨房の担当なんですが、困るのは、すぐに食器が返ってこないことです。あいつの部屋に食事を運ぶ厨房のアルバイトや鐘崎に、食事を運んだついでに食器を下げてくれと言っているんですけど、部屋が散らかり過ぎていて、食器がすぐには見つけられないこともあるらしいです。何日かして返って来た食器は汚れがこびり付いていて、業務用食器洗浄機では綺麗にできないものもありました。カビが生えているなんて当たり前でした。

ともあれあいつが望海楼に帰るって言うんで、SSもやっと終わったなと、おれたちはいつものようにタクシーを呼びました。

歩いて来たのだから歩いて帰れない距離ではありませんが、とてもそんな元気はないです。もちろん自腹です。社会奉仕活動ですからね。

いつもだったら一台で済みますけど、その日は純子さんがいて六人だったので二台呼びました。

——五人で一台は定員オーバー？

ええ、知っています。

それで運転手と何度か揉めましたから。

でもそんな長距離を乗るわけでもないし、こっちだって窮屈な思いしているんだから、それくらいは大目に見てくださいよ。

——いいえ、止められたことはないです。

助手席に一人、後ろの席に三人乗って、後ろの三人の膝の上に恵美を横にして乗せますから。望海楼でいつもお願いしているタクシー会社のタクシーを呼びます。だいたい顔見知りの運転手さんが来て「しょうがねえなあ」と、赦《ゆる》してくれます。

あの日のタクシー代は二台とも純子さんが持ってくれました。

一台に純子さん、恵美、石井くん。もう一台に、おれ、鐘崎、藤代さんと分かれて乗りました。

　タクシーが走り出すなり藤代さんが言いました。

「コンビニとか寄れへんか。オレ、めちゃ腹空いとるねん」

「どうせなら、ちゃんとしたもん、帰りに食いましょうよ」と、おれは反対してしまいました。

　その一言をどれだけ後悔したことか。

　その時は脳天気に、いつも行く中華の店の餡かけチャーハンなんかを思い浮かべていました。

　望海楼に帰り着くと玄関前に軽トラが駐車されていました。

　もちろんゴミは積んだままです。あいつが片付けるわけがありません。駐車場にあいつの車、赤いサンダーバードはなかったです。アメ車です。あいつ自分の図体がデカいもんだから、車もデカいのに乗っているんです。

「あら、どこかに行ったのかしら?」

　純子さんが首を傾げました。

「大好物のラーメンでも食いに行ったんじゃないですか」

　石井くんが返しました。

　他意はなかったと思いますけど、全員が腹ペコだっただろうし、あいつは軽トラの中で弁当とか喰いまくっていたので、それが皮肉に聞こえたのでしょうか、気を遣った純

子さんが、

「わたしたちも、これが終わったら、何か温かいもの食べに行きましょ。もちろんわたしの奢りよ」

と言ってくれました。

それを励みにおれたちは、軽トラの荷台に満載したゴミを分別してゴミ置き場に棄てて、ついでに軽トラの助手席に山と積まれたゴミも処分しました。

でも、それで終わりじゃなかったんです。

片付けが終わるころ、あいつがサンダーバードのエンジン音を轟《とどろ》かせて帰って来て、言ったんです。

「よし、このあと、コンフェッションやるぞ。会議室の用意してくれ」って。

もう真剣にその場に倒れるかと思いました。

腕時計を見ると夕方六時を回っています。

くどいようですが、腹ペコでした。

早朝に叩き起こされたので何も食べていません。最後に食べたのは前日の夕食、厨房が一段落してからだったから遅い夕食でしたけど、九時過ぎです。かれこれ二十時間以上、固形物を腹に入れてない勘定になります。

同じ泊まり勤務だった藤代さんも朝食を食べている気配はなかったし、ほかの連中だって、休みだと思っていた早朝に起こされたんです。おれと大して変わらないでしょう。

——誰も空腹を訴えなかったのか？　ですか。

言うわけないじゃないですか。言うだけ無駄ですよ。あいつ自分が満腹だったら他人のことなんか気にしません。「我慢しろ」の一言で片付けられるに決まっています。そしたら腹が立って、余計に空腹に響くじゃないですか。誰も、何も言うわけありませんよ。

——純子さん？　ええ、純子さんなら言えるでしょうね。

でも、何も知らない純子さんは、あいつがスーパーの大きなレジ袋を両手に抱えていたもんだから、「登さんが、何か食べるもの買ってきてくれたみたいね」なんて、暢気《のんき》なこと言っていましてね。もちろん、おれたちの誰も、そんな期待はしていなかったです。

「どうせ自分の分のコーラとスナック菓子、ポテトチップやないですか」

今度は藤代さんが、明らかに皮肉としか聞こえない口ぶりで言いましたけど、全員が心の中で頷いたと思います。

おれたちは重い足を引き摺って、会議室に向かいました。

コンフェッションの用意をしました。

——コンフェッション。

日本語にすると懺悔《ざんげ》という意味です。その通りのことをやるんです。

これもおれたちが受講した自己啓発セミナーの真似事です。

おれたちは会議室のテーブルを壁際に片付けて、椅子を等間隔で半円に五つ並べました。それがおれたちが座る席になります。半円の真ん中に五人のうちの誰かが立って懺悔するんです。

懺悔の内容は決まっていません。

人それぞれです。

その時々で、主には仕事がらみが多いですが、自分の反省点と改善すべきことを述べるんです。

自己啓発セミナーでは違いました。

自分の人生を振り返ってみて、ああだこうだと懺悔するんですが、あれは一度きりだからできたことで、不定期に開催されるとはいえ望海楼のコンフェッションで、毎度毎度、自分の人生を振り返ることもできません。

開催場所が勤務先ですし、どうしても仕事がらみの懺悔になってしまいます。

でもどうなんですかね。ちょっと本来の趣旨と違う気がします。

それじゃあ、ただの反省会ですよね。

自己啓発セミナーでやったコンフェッションはそれなりに盛り上がりました。

盛り上がったという表現はどうかと思いますけど、人生を顧《かえり》みての話ですから、話すほうも聞くほうも、それなりに真剣になります。

あれは意味があったと思いますよ。

でも望海楼でやるコンフェッションは違いました。

業務の反省会ですからどうしても内容が軽くなります。軽いというか、薄い。そのあたりのことがあいつには判っていないんですね。ただセミナーの真似をしているだけです。形式だけ真似ても内容が伴っていないので、やっているほうはかなり白けてやっています。

コンフェッションのルールは、真ん中に立って懺悔している人間が、本気で懺悔していると気持ちが伝われば、座って聞いている人間が立ち上がります。そして全員が立ち上がるとその人のコンフェッションが終了です。もともとはそういうルールなんですが、望海楼でやるコンフェッションには、もう一つルールが加わりました。あいつが加えたルールです。

全員が立ち上がって、そのうえで、あいつが、あいつは半円には加わらず、後ろで聞いているんですけど、そのあいつが拍手して、初めてコンフェッション、つまり懺悔が認められるんです。

でもあいつ、なかなか拍手しません。

根性が腐っているんです。

発表者がヘトヘトになるまで懺悔をさせます。

おれたちが受講したセミナーではこうではなかった。

仲間全員が立ち上がったら終わりです。

あいつ、自分のことを神かなんかだと勘違いしています。運命を決める神です。

本気で懺悔しているかどうか、あいつに見極める力があるはずがないじゃないですか。でもあいつは、それが自分にはあると思っている。完全に勘違いしています。

会場の用意ができて暫くして、あいつが総支配人室から降りてきました。大方金魚に餌でもやっていたんでしょう。

反射的に腕時計を確認しました。六時四十五分でした。

反射的にというのは、コンフェッションが始まると時計と携帯は没収されるからです。時間を判らなくするためです。これもセミナーの真似です。

時間が判ると、あと一時間我慢すればとか、それが気持ちの支えになりますよね。その支えを取り上げるための没収です。セミナーの場合は、そうすることで講義に集中できると納得しましたけど、これも形を真似しただけですから、集中できるというより、まだやるのかよってうんざりする効果しかありませんでした。

コンフェッションをやるのは五人ですから、一人三十分として終了は夜の九時過ぎかと、おれは覚悟しました。泊まり明けなんです。ほんとうに勘弁して欲しかったです。でもあと二時間半だと自分に言い聞かせて頑張ることにしました。おれたちは、時計と携帯をあいつの横の会議テーブルに置きました。

「もっと向こうに置け。テーブルが使えないじゃないか」

あいつが言ったんで一つ隣の会議テーブルに移動させると、あいつが足元から持ち上げたレジ袋の中身を横の会議テーブルに広げたんです。

案の定でした。

二リットルのコーラのペットボトルが四本、ポテチの大袋が五袋。品揃えまでドンピシャだったので、藤代さんと目を見交わして声を出さずに笑ってしまいました。

これだって考えてみれば失礼な話ですよね。社員に懺悔させながら、あいつはポテチ食ってコーラを飲んでいるわけです。その場面を思い浮かべてみてください。

馬鹿馬鹿しいにもほどがあるでしょ。

しかも本心から懺悔しているかどうか、それを判断するのはあいつなんですよ。ポテチを喰っているあいつに、おれらは裁かれるわけです。腹が立ちませんか。

それから二時間くらい、思ったより早い時間にコンフェッションが終わりそうな空気になりました。最後の一人、石井くんの懺悔におれたち全員が立ち上がって、あいつが拍手して、やっと終わったよって、その場で膝を突きました。

ところがです。

「おい、おまえも行け」

あいつの声がしました。

しばらく状況が把握できませんでしたが、あいつに「行け」と指示されたのは純子さんでした。

「こいつらの懺悔見て、だいたいの感じは判っただろう」

「でも、わたしは何を懺悔すればいいのでしょう」

「何を、だと？　ああん。どこまでおまえは、面の皮の厚い女なんだ。この旅館の経営を傾けたことに対する贖罪の意識はないのか？　ええぇ、どうなんだよ。懺悔するべきことは山ほどあるだろうがあ」

顔を歪めて言いました。

純子さんがおずおずとおれたちの前に立ちます。そして純子さんのコンフェッションが始まります。

そこからがその日の本当の地獄の始まりでした。

最初、純子さんは望海楼の経営状態について話し始めました。

具体的な数字は覚えていませんが、おれたち素人が聞いても、かなり絶望的な経営状態であるのは理解できました。

おれも望海楼にお世話になって十五年です。

最初のころに比べると、目に見えてご利用されるお客様が減っています。その結果の経営不振でしょうが、しかしそれを招いたのは純子さん自身ではありません。もっと以前から、売り上げは右肩下がりでした。純子さんは東京の女子大に通っていたのです。

それから、大きな会社の秘書室に採用されて、秘書として働いていたのです。

純子さんの母親である大女将がリウマチを悪化させて、起き上がることさえままならなくなって、それで純子さんが帰って来られたのですが、それ以前に、望海楼の経営は傾いていたのです。それを旅館業については素人の純子さんが、立て直せるわけがありません。責任を問うべきは大女将であり、亡くなった大旦那様です。

いや、それも酷です。要は時流なんです。

海辺にあるというだけで、千葉県の外れの旅館がリゾートを謳っても、集客できるはずがありません。おれみたいな人間でさえそれは判ります。

それなのに純子さんは一切そのことには触れない。

ただただ自分の責任だけを言って反省するんです。おれは声を張り上げて言ってやりたかった。「純子さんのせいじゃない」って。

しかしそんなことをすれば、コンフェッションに水を差したと、あいつが文句を言うに違いありません。

声を張り上げる代わりに立ち上がりました。席を立ち上がるということは共感したということです。共感なんかしていない。でも、理不尽としか思えない純子さんの懺悔を、それ以上聞いているのが辛くて席を立ちました。

藤代さんも憮然とした顔で席を立ちました。

二人に続いて、フロントの花沢恵美が、そして総務の石井くんも席を立ちました。

少し遅れて鐘崎も席を立ちました。

鐘崎は、おそらく背後に控えるあいつのことを気にしていたんでしょう。彼は普段から、あいつの顔色を窺って仕事しているようなところがありましたから、あまり早く立つと、あいつの機嫌を損ねるのではないかと気にしたんだと思います。

五人が立ち上がりましたが拍手は起こりませんでした。代わりにあいつの罵声が飛びました。

「おまえら、立つのが早過ぎんだよ。まだ十分に反省してないじゃないか」

鐘崎が慌てて座りました。ほかの四人もいやいや座りました。

純子さんの懺悔が続きます。

でも喋る内容がなくなってきたのでしょう。同じことの繰り返しになってきました。

そこをあいつが突きます。

「何、同じことばっかり喋ってんだよ。おまえは壊れたレコードか。もういいよ。聞き飽きたわ」

もういいと言ったのです。

おれたちは全員席に座ったままです。

終わりなのか？　そう思って、おれは振り向きました。

あいつの目が血走っていました。
五、六枚重ねたポテトチップを、苛立たしげに嚙み砕きながら喚《わめ》きました。口の周りはポテトチップの滓《かす》だらけでした。

「ここに帰ってからのことはもういい。おまえは東京で何をしていたんだ。女子大生だったころのことを白状してみろ」

意外な言葉を吐きました。

大学生のころのこと？

それがどう関係しているというのでしょう？

それからおれたちは、驚くような事実を知らされました。

純子さんは大学に通いながら、銀座の高級クラブに勤めていたと告白したのです。

しかしそれは、自分が贅沢したいからということではありません。学費のこともあります。生活費だって掛かります。望海楼が経営不振になって、仕送りが止まった純子さんは、必要なお金を水商売のアルバイトで稼いでいたのです。

それだけではありません。そこで得られた収入のほとんどを、純子さんは、自分の分は最低限だけ使って、残りは逆に大女将に仕送りしていたのです。

――ええ、純子さんがそう言ったんです。あの人が嘘を言うわけがありません。

そんなの目を見れば判りますよ。あんな綺麗な目で嘘なんか言えるわけがないじゃないですか。

それを聞いておれは思わず立ち上がりました。

もういい。これ以上責めてどうするんだという気持ちでした。

おれと同時か、ひょっとしたらおれより先に、藤代さんが立ち上がりました。藤代さんもおれと同じ気持ちだったのでしょう。

花沢と石井くんは唖然としていました。早く立てよとおれは睨み付けてやりました。

「綺麗ごとを言うな」

また罵声です。

「おまえは水商売でチヤホヤされたかったんだろう。家のためにと言うんだったら、ソープに行けばよかったじゃないか。もっと稼げただろう。どうしてそうしなかった」

あいつ、とんでもないことを言いやがった。

おれと藤代さんは、立ったまま思わず振り返りました。

藤代さんが拳を固めて、あいつに歩み寄ろうとしたので、おれは反射的に腕を取って止めました。

「それに似たこともしました」

蚊の鳴くみたいな純子さんの声に、ビクンと反応して藤代さんの身体の力が抜けました。まさかです。それこそまさかの懺悔でした。藤代さんが脱力としたのも当然です。

「クラブで知り合ったお金のある男性の方のお世話になって、援助もして貰いました」

純子さんの告白が続きました。

腰が抜けたみたいに、藤代さんが椅子に座り込みました。

おれもわけが判らなくなって椅子に腰を下ろしました。

「月にいくら貰ったんだ」

「五十万円くらい頂いていました」

「肉体関係もあったんだろ」

「ございました」

「相手はひとりか」

「いいえ、何人か……」

「抱かれたのは相手の家か、おまえの部屋か」

「ホテルが多かったです」

「シティホテルか、ラブホテルか、どっちなんだ」

「シティホテルのときもありましたが、だんだん、ラブホテルを利用することが多くなりました」

「どうしてだ。変態行為がしたかったのか」

「そういうわけではなく……」

あいつとの一問一答で、聞くに堪えない懺悔が延々と続きました。

予想もしていなかった展開に、おれはどうしていいのか判らず、頭は混乱するばかりでした。そんな質問をしながら、合間、合間に、あいつは声を荒らげます。

「もっと大きい声で懺悔しろ」

「恥ずかしがるな」

「おまえの恥部を全部を吐き出せ」

そんな風に罵声を飛ばします。

完全にヒステリーを起こしていました。

それに釣られて純子さんも喚き散らすように答えます。

コンフェッションの前に、強風のSSで乱れていた髪に櫛《くし》を入れていたんですけど、櫛を入れたくらいじゃダメだった。額に汗を浮かべて、長い髪を振り乱して、あいつの卑猥な質問に答える純子さんの姿に、おれは唖然としてしまいました。

これはもう、コンフェッションじゃない――。

そんな風に思いました。

止めるべきだと考えました。

しかし体が動かない。

言葉も出ません。

あまりに衝撃的な純子さんの懺悔に狼狽えていました。

あいつの質問は延々と続きます。純子さんは汗をびっしょり掻いて、それに必死で答えます。

大学時代の話から卒業後に話が移ります。

純子さんは大会社の秘書室に勤めていたのではありませんでした。専業のホステスとしてクラブ勤めを続けていました。世話になった男も一人じゃなかった。大学生のときから一人どころか三人も、四人も、いや、もっと。しかも同じ時期に、複数の男の世話になっていた。そんな真実がどんどん暴かれました。

「おまえはおれを憎んでいるだろう」

またあいつです。

「実家から、なかなか再建資金が出なくて、おまえはおれを憎んでいるだろ」

「そんなことは……」

「正直に言え。高富《たかとみ》や、高梨や、石和田もだ、おれが次々整理した。馘を切ってやった。加藤《かとう》秀子とかいう営繕の部長がいたな。あの女は、おれが馘首したのを根に持って、あてつけがましく自殺までしやがった。ぜんぶおまえを慕《した》う幹部連中だ。手足を捥《も》がれて、おまえはおれを憎んでいるだろう。正直に言え。憎んでいますと、言え」

「はい、憎んでいます」

言えと言われたから言ったのに、あいつは純子さんの言葉にますます昂《たかぶ》りました。

「何で真剣に旅館の再建に取り組んでいるおれを、おまえは憎むんだ。筋違いだろう。おれは旅館のためを思って、したくもないリストラをしたんだ。泥を被ってやったんだ。そんなおれがどうして憎まれなくてはいけないんだ。むしろ感謝されて当然じゃないか」

「はい、感謝しています」

「嘘をつくな。ええ、この糞女が。正直に憎いと言え。さっきそう言ったじゃないか」

「はい、憎いです」

「どれほど憎い。どれほど、おれが憎いか、正直に言ってみろ」

「そんな……」

「殺したいほどか。殺したいほど、おれが憎いか。どうだ。どうなんだ。ええ、言ってみろよ。糞女。殺したいほどおれが憎いと言ってみろよ」

「殺し……たいほど、憎い……です」

「声が小さあああああい」

「殺したいほど……憎い、です」

「もっとちゃんと言えよ、糞女。本心なら、叫んでみろ。ええ、叫んでみろよ」

ずっとそのやりとりでした。何度言っても、あいつは純子さんに同じことを言わせました。しまいには純子さん、「殺してやる」って絶叫させられました。

「もう、止めて」

大声を張り上げたのは花沢恵美でした。会議室が凍り付くような悲鳴でした。

その悲鳴に純子さんが、ハッと我に返った表情になって、何かが体から抜けたように、その場に崩れ落ちました。恵美が倒れた純子さんに駆け寄りました。上半身を抱き上げて、呆然としているおれたちを怒鳴り付けました。

「何をぼさっとしているの。すごい熱よ。誰か薬と冷やしたおしぼりを持って来て」

おれはそれでも動けませんでした。

「石井くん。あなた薬が置いてある場所が判るでしょ。取ってきなさいよ」

名指しされた石井くんが飛び上がって走り出しました。

「何か冷やすものも持って来て」

恵美の怒鳴り声が石井くんに投げ付けられました。

会議室から飛び出して、しばらくして石井くんが戻りました。

救急箱と、ペットボトルのスポーツドリンクと、おしぼりを手にしていました。それを恵美が受け取って、純子さんを看病しました。

純子さんの髪の毛が、バケツの水を被ったみたいに、汗でびしょ濡れになって額に張り付いていたのを覚えています。

「まだ終わりじゃないからな」

あいつが耳を疑うようなことを言いました。

「この女は、せっかくぼくが立て直そうとしているこの旅館を、ほかの男に任すつもりなんだぞ。そんなことが許せるか。それも白状させてやる」

言っている意味が判りません。

「小休止だ」

言い捨ててあいつが会議室を後にしました。

あいつが去った後の床に散乱した、ポテトチップの滓を呆然と眺めながら、おれの耳の奥で、「突破、突破」という言葉が鳴り響きました。

「突破、突破」「突破、突破」「突破、突破」「突破、突破」「突破、突破」「突破、突破」「突破、突破」と。

すみません。午前中は興奮してしまいました。続けられます。お昼を食べて落ち着きました。

――突破？

ああ、それ自己啓発セミナーで覚えた言葉です。自己啓発セミナーでは、講義の締めくくりに音楽が流れます。その講義に合わせて選択した音楽です。その前に、講義のテーマ曲とは別に、流れる曲があります。『唐船《とうしん》ドーイ』という琉球民謡です。三線《さんしん》の速弾き曲で凄くテンポがいい。最初はセミナーのスタッフの人のリードでエイサーの真似事をしますが、エイサーって沖縄の盆踊りみたいなものですね、だんだん受講生も勝手に踊るようになります。その踊りのときにセミナーの塾長が囃し声を入れるんです。それが「突破、突破」です。

塾長はセミナーの最後におれたちに言いました。

「五日間お疲れさま。きみたちは生まれ変わってここを旅立つのだけど、普段の生活に戻ったら、また行き詰まることもあるかもしれない。いや、あって当然だと思う。そんなとき、思い出してほしいのが突破だ。きみたちは自分の殻を破って生まれ変わったんだ。そのことに自信を持ってほしい。そして自信が揺らいだとき、思い出してください」

塾長の言葉が胸に染み込んできます。おれたちはとてつもない達成感を味わっています。しみじみと語る塾長の声の後ろで、音量を絞った《唐船ドーイ》が流れ始めます。壇上の塾長を囲むように体育座りしていた受講生が、一人二人と立ち上がります。自然と体がそう動くんです。照明が落とされミラーボールが回り始めるころには音量も上がります。

塾長が叫びます。

「突きぬけろお」って。

おれたち受講生は堪らずに踊り始めます。もうスタッフの人たちのリードは要りません。曲に合わせて塾長が囃し立てます。

「突破、突破」「突破、突破」「突破、突破」「突破、突破」「突破、突破」「突破、突破」「突破、突破」

――すみません。思い出しただけで踊りそうになってしまいました。

意味ですか?

なんて言えばいいのかな。自分の殻を破るみたいな意味だとおれは解釈しました。

つまりこうです。

人間には誰しも被っている殻があるんです。それは生まれた環境であったり、生い立ちであったりするわけですけど、その殻に閉じこもって、その範囲で色々と思考する。たとえばおれが、寿司学園に一歩踏み出せないようにです。

でも、それじゃ成長が止まってしまう。その殻を破って、新しい発想をする。そのことを突き抜けるって解釈しました。突破です。

――熱いですか？

ええ、受講前は斜《しゃ》に構えていましたけど、あのセミナーを受講して、ちょっと人生の見方が変わりました。自信が芽生えました。

あいつ、総支配人ですけど、あいつは違います。やたらとセミナーで言われたこととか、やったことを真似していましたけど、あれは偽物です。上面をなぞっただけです。

育ちが違うんですよ。

何不自由ない家庭に育った人間には、あのセミナーは響かないです。

迷いとか不安がないんですね。

そりゃ金持っている人間にも迷いや不安はあるでしょうけど、あいつら基本、おれたちみたいな人間を見下して生きているんですよ。

あれはまだおれが二十歳になる前でした。造園業のアルバイトをしていたんですけど、ある日浄水場の生垣の剪定《せんてい》の下働きをやりました。職人さんがエンジンバリカンでトリミングしたカスを集める仕事です。朝が早い仕事だったし、昼休憩のときに木陰の芝生で、おれたち寝転んでいたんですね。そしたら小学校低学年くらいのガキを連れたおばさんが通り掛かってガキに言いやがった。

「ヒロシちゃんも、お勉強しないとあんな風になるのよ」って。

ほっとけよって思いましたよ。

あんな風ってどんな風なんだよ。

あのおばさんの旦那がどれだけのもんか知りませんけど、ああやって、あの人らは自分のガキに、人を見下すことを教えているんですよね。あんな母親に育てられたガキが、まともな人間に育つわけないじゃないですか。人を見下す人間に育つんですよ。

世間なんてそんなもんです。

誰かを見下さないと生きていけない。

まあおれたちもね、東京とかに出掛けたときにホームレス見掛けると、あんな風にはなりたくないなって見下しますよ。

見て見ないふりをします。

でもちゃんと判っているんです。

あのホームレスにもそれなりの事情があって、あそこまで落ちぶれているんだって。おれだって見下しはするけど、紙一重だろ。一歩間違えたら、おれがあっち側にいたって全然不思議じゃないんだって、それくらいの想像力は働きますよ。

裕福に育った人間にはその想像力がないんです。自分たちは絶対に安全圏にいると思い込んでいる。そんな人間が自分を変えたいなんて思わないです。むしろ変えたくないって思うでしょ。見下しているおれたちと自分は違う人間なんだ。そう思っているに違いありません。だから上級クラスで育った人間には自己啓発セミナーなんて必要ないんです。それが間違えて受講してしまうとどうなるか。

いい答えがあいつですよ。

もともと自分は上級の人間だと思い込んでいるから、セミナーの真似をして、おれたちを導く立場に立とうとするんです。自分がどれだけ下劣で程度の低い人間なのか、爪の垢ほども考えない。

違う人間もいますよ。たとえば純子さんです。

純子さんはお金のある家に育ったけど、家が傾いたら自分で働いて大学に通い続けて、家に仕送りまでした。そういう人なんです。男の人の世話になったのも、理由があってのことだと思います。絶対に贅沢をしたかったからではない。

——なぜそう思えるか?

考えてもみてください。純子さんは、あれだけの容姿をしていて、あんな豚みたいな汗臭い男と結婚したんですよ。それは家のためでしょ。あの人は、そうやって自分を犠牲にできる人なんです。

でもあいつは違う。人の痛みも辛さも想像できない人間なんですよ。

自己啓発セミナーは、おれたちみたいな中の下か、下の中か、みたいな家庭に育って、将来に大きな希望も抱けない人間にこそ必要なセミナーなんです。

セミナーを受講して自信が付きました。生きていくビジョンを摑んだような手応えです。

そりゃおれの場合、リッチじゃないけど、それはそれとして、自分なりのビジョンをしっかり持って生きていけば、人生捨てたもんじゃないって思えるようになりました。サイコーでしたよ。セミナーを受けて、寿司学園の資料を取り寄せました。ネットで調べて申し込んだんです。

次の段階は説明会と面談です。

それはまだ申し込んでいません。

申し込む前に事件を起こしてしまいました。

でもおれとしては資料を取り寄せただけでも、今までの自分から一歩前に進んだと思います。ここで立ち止まる気はありません。他にも同じような訓練学校があるので、もう少し検討したいと思っていました。それで今回の事件です。

でも、何年か、刑務所に入るかもしれませんが、おれは諦めないつもりです。

むしろ今回のことで、普通の就職は絶対無理だと思うので、出所したらその足で寿司学園に行くつもりです。ただちょっと心配なのは、前科のある人間に、受講料のローンが組めるだろうかということですね。もしなんだったら、自己啓発セミナーに、もう一度行こうかと思っています。あそこに行けば次の一歩を踏み出せる気がします。

——突破についてですね。

自己啓発セミナーでは講義の最後に曲が流れます。その講義のテーマ曲です。突破を知ったときのテーマ曲はさだまさしさんの『HAPPY BIRTHDAY』でした。歌詞を完全に覚えているわけではないですけど、頭に残ったフレーズがあります。「昨日迄の君は死にました。おめでとう。おめでとう」って歌詞でした。なんかすごいフレーズですけど、あのときはスッと心に入りました。

——あいつを殺した夜？

そういえば突き抜けた感覚がありました。あいつを殺したときじゃなく、あいつを殺すと決めたときに、です。なんか、自分を押さえつけていた、鬱陶しいものから解放されたような、そんな気持ちになりました。

みんなもそうじゃなかったでしょうか。そうだったと思います。セミナーのときも同じ感覚を持ちました。受講生同士での共有です。臨死体験をした後に思い切り弾けました。

大声で、自分がこれからしたいことを叫ぶんです。どんな馬鹿なことでも、突拍子もないことでも、構わない。思い切り叫びます。そして周りは囃し立てる。「やれえ」とか「できるぞお」とか。

そのときのBGMにさっき言った『唐船ドーイ』が大音響で流れるんです。

あの曲が流れたのは二度目かな。その前の「なりきり劇」という講義でも流れました。スタッフの人たちのリードで、受講生が踊り始めます。二度目だったので、自然に踊れました。

曲の合間、合間に、塾長がマイクで「突き抜けろ」って叫びます。受講者たちは踊りながら、それに応えて「オオー」とか手を突き上げて叫びます。

ヘトヘトになるまで踊って叫んで、床に転がったときには、すごい爽快感に充たされます。

――臨死体験ですか。

あれは思い出すのもしんどいです。辛くなります。

最初に短冊が配られます。

コピー用紙を短冊形に切り揃えた紙です。

五枚。

講師は若い女性でした。美人の講師です。

「一枚目の紙にあなたの仕事を書いてください」と言われます。

〈調理〉って書きました。

「二枚目の紙にあなたの趣味を書いてください」と言われたので〈野球〉と書きました。

「三枚目の紙にあなたの友人の名前を書いてください」

何人でも構わないと言うので、野球部のころの仲間で、今も付き合っている連中の名前を書きました。短冊が小さかったので裏にまで書きました。一人一人の顔が浮かびました。

「四枚目にあなたの家族の名前を書いてください」

書きました。

「五枚目にあなたの夢を書いてください」

だんだん照明が落とされていました。気付かないほど微妙にです。

五枚目には〈一人前の調理人〉と書きました。

そして少し間が空きました。

照明がさらに落とされます。

ほとんど手元しか見えないくらいまで落とされます。

講師の女性がやや後方のダウンライトに浮かび上がります。逆光で表情は見えません。

スーツのポケットから文庫本サイズの手帳みたいなものを取り出します。

「これは、ある若い女性の日記帳です」

そう言って日記帳を開きます。静かに読み始めます。若い声、というかアニメ声に近い声です。自然に若い少女の姿が目に浮かびました。

「六月一日。先週からお腹に痛みを感じていた。きょう病院で診察を受けたら胃潰瘍だと言われた。幽門というところに潰瘍ができているんだって。検査入院してから、どうやら手術みたい。手術をしたら二ヶ月は入院だと言われた。放置していたらますます悪くなるばかりでしょ、神様がくれた休養だと思って休みなさい。お母さんに言われて、会社に病欠の連絡をした。課長が心配してくれて仕事のことは心配しないで、ちゃんと治すんだよと言ってくれた。感謝。でも手術怖いよぉ」

講師が日記帳を閉じました。そして言いました。

「あなたは仕事を長期間、休むことになりました」

間がありました。そして言いました。

「あなたの仕事を書いた紙を破ってください」

破りました。

臨死体験って言っているので、もうお判りですよね。

おれたちは臨死体験だと知らされていませんでしたが、この日記の女性は胃潰瘍ではありません。進行性の癌に侵されています。

日記の中で癌はどんどん進行します。そのうち女性は、ベッドから起き上がることもできなくなります。

「もう、趣味に時間が使えなくなりました」

講師の女性が言います。

「あなたの趣味を書いた紙を破ってください」

破ります。

病状が進んでついには面会謝絶になります。

「あなたの友人の名前を書いた紙を破ってください」と言われます。

このあたりで受講生は、女性の病気が胃潰瘍ではないこと、そして女性が死に向かっていることにうすうす気付き始めます。それでも日記は進みます。

「九月一日。モルヒネがないと痛みに耐えられない。体にセットされたポンプで朝から晩まで、わたしが眠っているときも、一定量が身体に注入されていく。頭がはっきりしない。意識もぼやけている。だんだん家族さえ判らなくなってきた。わたし、どうなるんだろ。お母さん、どこにいるの。怖いよぉ」

命令されます。強い口調です。

「あなたの家族の名前を書いた紙を破りなさい」

追い討ちをかけるように繰り返します。

「あなたはモルヒネの副作用で、自分の家族さえ認識できなくなりました。だから、あなたの家族の名前を書いた紙を破りなさい」

女子の受講生からすすり泣く声が聞こえ始めます。

日記が最後の日を迎えます。

「十二月一日。娘が天に召された。若い。若すぎる。どうして母親より先に逝ったのだろう。これが、あなたの運命なの？　せめてクリスマスまではと思ったけど、これでいいのよね。もう苦しまなくていいんだもの。私たちの娘でいてくれてありがとう。わたしたちは、あなたのことを、心から愛していましたよ。天国で、安らかに眠ってください」

前の席の女の子が震えながら嗚咽していました。おれもブルブル震えました。

そして女性講師に言われます。

「夢を書いた紙を、破りなさい」

パニックになって、「いやあ」とか叫ぶ女の子がいます。講師は容赦なく命令します。

「夢を破きなさい。もう、あなたに、夢を見ることはできないの。未来は消えたの、さあ、最後の紙を破り捨てなさい」

ビリビリ。ビリビリ。ビリビリ。

紙を破く音が、会場のあちらこちらで聞こえます。

そしてすすり泣く声。

号泣する女の子もいます。

急に明るくなります。

いつの間にか講師が男性に変わっています。

セミナーを最初から仕切っていた、頼りがいのありそうな男性講師です。ほかの講師からもスタッフからも、「塾長」と呼ばれていました。その塾長が朗らかに言います。

「お疲れさま。死んだ感想はどうだったかな。死がどういうものか判ってくれたと思う。

夢だね。未来と言ってもいい。それが閉ざされるのが死なんだ。でも幸いみんなはまだ死んでない。未来がある。その未来に――」

いきなり手近な受講生を指します。

「きみは何をやりたいかな」と訊きます。

「嫁さん孝行がしたいです」

指名された受講生が答えます。

「届かないな。もっと大きな声で」

塾長が声を張り上げます。

「嫁さん孝行がしたいですっ」

受講生が負けないくらい声を張り上げて答えます。

「まだ届かない。今だけじゃない。きみの声を、未来のきみに届けるんだ」

塾長の叱咤激励に、受講生が喉も割れんばかりの声で叫びます。

「ぼくは嫁さん、孝行が、したいですっ」

塾長が「ようし」と頷いて、満面の笑みを浮かべます。

その笑顔を消して、呆気にとられたような顔で受講生を見渡します。

「みんなはどうして黙っているんだ」

質問されます。

「彼の声が未来に届いたと思ったら、ようしと応えてあげようじゃないか」

塾長に促されて、受講生が「ようし」と口々に言います。小さく言う人、大きな声を出す人、様々です。それも二人目、三人目と、塾長に指名された受講生が、未来へのメッセージを言うたびに、声が大きくなります。「ようし」だけではありません。「やるんだ」とか「いいぞう」とか、叫び声にもバリエーションが生まれます。そして『唐船ドーイ』が大音響で流れて、みんなが狂ったように踊りはじめます。

塾長が調子を合わせて囃し立てます。

「突き抜けろ」

「突き抜けろ」

囃し声が突破になります。

「突破、突破」「突破、突破」

塾長の囃し声に、全員が同調します。踊り狂いながら、

「突破、突破」「突破、突破」「突破、突破」「突破、突破」「突破、突破」「突破、突破」と声をあげます。

そのうち『唐船ドーイ』の音量が絞られていきます。踊りはしゃいだおれたちも、『唐船ドーイ』が遠ざかっていくのに同調して、踊りが緩やかになっていきます。

「疲れたね。座っていいよ」

塾長がマイクで囁くように言います。

いつの間にかスタッフの人たちの手で、椅子や机は片付けられています。おれたちは

床に座り込みます。『唐船ドーイ』が止みます。また、塾長が囁きます。

「身体を楽にして。手足を広げて横になりなさい」

おれたちは言われた通りにします。頭がぼうっとしています。酸欠です。

でも、何だかわけの判らない達成感を味わっています。

また部屋の照明が絞られます。

薄暗い。そのまま眠ってしまいそうに心地いい感覚です。

静かに音楽が流れ始めます。

最初は歌詞が聞き取れないほど。

さだまさしさんの『HAPPY BIRTHDAY』です。

次第に音量は上がりますが大音量にはなりません。心に沁みるような、ちょうどいい音量です。耳に歌のメッセージが流れ込んできます。

だからハーピ、バースデー。ハーピ、バースデー。

昨日迄の君は死にました。

おめでとう。おめでとう。

もうだめです。泣いてしまいます。

声をあげてとか、すすり泣くとかじゃなく、涙腺が壊れたみたいに、涙がどんどん溢れて止まりません。何か大きな感情に包まれます。自分がではなく、全員が一つの感情に包まれて充たされます。

あの時の感覚です。

これから人を殺すというのに、踊りはしゃいでいる人間はいませんでした。

どちらかと言えば沈鬱でした。

それでもみんなは、あのときと同じように、何か大きな感情を共有していたんだと思います。

――そういえば、「突破、突破」「突破、突破」「突破、突破」「突破、突破」「突破、突破」「突破、突破」って、囃す声が聞こえていたような気がします。

花沢恵美（28）フロント契約社員

――動機。……うーんなんでしょう。

殺したいほど腹が立ったこと……ですか。

たくさんありすぎます。あの男気持ち悪いんです。

たとえばですね、台所でゴキブリ見つけたら殺虫剤をシュッてやりますよね。殺虫剤がなければスリッパで叩き殺すかもしれない。あれも殺意なんでしょうか。

――広い意味での殺意ですか。

だったらわたしの動機は気持ち悪いからってことになります。

――どうして気持ち悪いって思ったか。……だから、たくさんありすぎますよ。

たとえば時計。

あの男、時計のコレクターなんです。ロレックスのマニアです。

あの男が着任してまだ間がないときのことでした。

チェックアウトが終わって、チェックインまで少し間がある、業界で言う中抜けの時間帯です。フロントに立っていたのはわたしひとりでした。

あの男がクレストの陰に隠れてこっちを窺っているんです。あの巨体で。

あの男がロビーに出てきたときから、わたし気付いていましたけど、なんか様子がおかしいんで、声を掛けづらくて見て見ないふりをしていました。そしたらあの男、フロント前のクレストの陰まで近付いて来て、クレストって大きめの観葉植物です、その枝の隙間からこっちを覗いているんです。

はっきりと視線も感じました。

怖くなって、といってもまさか悲鳴を上げるわけにもいかないですよね、だからあの男に向かって、ニッコリ微笑んで、軽く会釈したんです。そしたらあの男、わざとらしい咳払いをして、クレストの陰から姿を現して、「ヒマそうだね」なんて言うんです。

「ええ、チェックアウトが一段落しましたから」

そう答えました。そしたら、

「もうそんな時間か」って、スーツの左腕を捲《まく》ったんです。

「えっ」って、声を上げてしまいました。

あの男の太い左腕に三つも時計がしてあったんです。三つとも厳《いか》つい時計です。「十三時三十二分四十七秒か」って、あいつ呟きました。正確な時間は覚えていませんけど、そんな感じで呟いたんです。

「凄い時計ですね」

お愛想で言ってやりました。

確かに凄かったです。いろんな意味で。

厳つい時計を三つも腕にしているんです。

頭、壊れてんじゃないのって思いました。

あんなものを見せられて無視はできませんでした。だから「凄い時計ですね」って言ったんです。

そしたらあの男、「そう」って、嬉しそうに微笑みました。

無邪気な笑顔でした。あれがほかの人間だったら可愛いと思えたかもしれません。でもあの男はダメ。目が卑しいんです。ぜったいに可愛くなんか思えない目なんです。

「これ、全部ロレックスなのね」

そう言って、解説というか、自慢話が始まりました。

いちばん肘に近いのがサブマリーナーデイトです。

圧倒的なリセールバリューの高さを誇る定番モデル、大型のドットインデックスで視認性に優れたダイヤルデザイン、セラミックベゼルで、ほとんど傷はつきません。

覚えたんじゃないですよ。

覚えさせられたんです。

今言ったこと、ほとんど自分でも何を言っているのか言葉の意味さえ判りません。ただの丸暗記です。

訊けば喜んで教えてくれたのでしょうが、覚える気もありませんでした。とにかくあの男から、何度も、何度も、何度も、何度も、嫌って言いたくなるくらい自慢話を聞かされて自然に覚えました。

二本目が、エクスプローラーI。

手首にしてあったのが、GMTマスターII。

ぜんぶセールスポイント言えますけど、そんなの取り調べには関係ないですよね。調書を取っておられる若い刑事さんもご迷惑ですよね。わたしはぜんぶ覚えさせられましたけど。

三本全部じゃないですよ。六本全部。

あの男、特注ケースに六本もロレックス持っているんです。

それの名前と、セールスポイントを完璧に覚えるくらい自慢されました。

値段も頭に入っています。

バカみたいな値段です。

一本買うだけでも、わたしのお給料何ヶ月分なのよ、みたいな。

六本で軽く一千万円を超える値段です。

「どうして三本もしてらっしゃるんですか」

場繋ぎで訊きました。

「ロレックスはね、自動巻きなの。世界初の全回転式自動巻き機構パーペチュアルなのね。だからケースに入れたままだと、この子ら止まってしまうんだよね」

自慢たらしく言いました。

犬や猫を「うちの子」って言う人たまにいますけど、時計にそれを言う馬鹿は初めてでした。

そう言えばあの男、こんなことも言いました。

「時計なんて時間が判ればどんなものでもいいと思っていない？」

「ファッションの一部だと思いますので、特に女性の場合、どんなものでも、とは言いませんが、時間が正確だというのは時計にとって大切なことだと思います」

優等生みたいな回答かなと思いましたが、そう答えました。そしたらあの男、チッチッチッて人差し指をメトロノームみたいに横に振りながら否定するんです。

「いい。きみらの時計とぼくのロレックスじゃ同じ一時間でも同じじゃないんだな」

意味が判りませんでした。

「例えば花沢くんの一日とアメリカ大統領の一日は違うでしょ」

こいつ何を言っているんだと呆れました。

「アメリカ大統領は世界を動かしている。花沢くんの場合は、フロントに一日ボサーッと立っているだけだよね。これが同じ一日と言えるかな」

「ボサーッと立っているわけじゃありません」

ムッとして言い返した。

「まぁまぁ、そうむきにならないで」

宥められました。

「ちょっと今のは喩えが極端だったかな。それじゃ職業の三段階について考えてみようか」

「三段階ですか」

「職業に貴賤はないって言葉知っている?」

「ええ、なんとなく」

「あれは嘘なのね。あの通りなら、職業によって給与格差があるのはおかしいよね。それじゃどうして給与格差って発生してしまうんだろ。考えたことある?」

「それはやっている仕事の内容が……」

考えたこともないことでした。

給与格差なんてあって当たり前ですし、それを疑問に思うことなんてありません。

「そう。仕事の内容が違うんだね。で、恵美ちゃんはこんな諺《ことわざ》知っているかな?」

呼び名が恵美ちゃんになりました。確かにわたし、恵美って名前ですけど、なんでこの人に名前で呼ばれなくちゃいけないのって、諺がどうよりそのことに頭が行ってしまいました。

「駕籠《かご》に乗る人担ぐ人、そのまた草鞋《わらじ》を作る人、って知ってる？」

「倫理の授業で習いました。人はそれぞれ役割があって、誰が欠けても社会はうまく回らない。だから駕籠に乗る人も、それを担いでくれる人や、その担ぐ人の草鞋を編む人のことも考えて、感謝しなくてはいけないって教わりました」

「そうなんだよね。それが今の教育。そうやって馬鹿を再生産しているのが教育の現場なんだよね」

「馬鹿……ですか？」

遠回しに自分が再生産された馬鹿だと言われたように感じました。

「恵美ちゃんは、どの立場の人間になりたいかな？」

「それは……誰だって駕籠に乗る立場の人間になりたいですよね」

「だろ。でも全員がそう思ったら社会は動かない。だからね、たった今、恵美ちゃんが口にした感謝みたいな話にこの諺はすり替えられているの」

「すり替えですか？　だったらこの諺が本当に意味していることは何ですか？」

「諦めろ、ってこと」

訳知り顔で言って微笑みました。

「人にはそれぞれ持って生まれた才覚があるんだから、高望みするなってことね」

「何か酷い諺なんですね」

「この諺は省略されて伝わっているんだ。正式にはこうなんだ」

ちょっと考え込んで一気に言いました。

「箱根山、駕籠に乗る人担ぐ人、そのまた草鞋を作る人、捨てた草鞋を拾う人。欲深き、人の心と降る雪は、積もるにつけて道を忘るる」

何かちょっと必死感があったので「よく覚えたね」って言ってやりたかったです。

「ねっ、ここまで言ったら、この諺の本当の意味が判るでしょ。つまりね、上を目指して欲を掻くなということなの。そんなことをすると人としての道を誤るよっていう諺なの」

悔しいけど、わたし、ちょっと感心してしまいました。諺の意味がどうこうというより、よくこんなどうでもいいことを知っているなという感心です。

「まあ、これは江戸時代の諺だから、ちょっと現代に当て嵌めるのには無理もあるけど、ここで言う草鞋を拾う人は今で言えばホームレスかな。社会全体の構造として、これはいったん横に置くね。そのうえでさっきぼくが言った職業の三段階について考えてみようか」

何か学校の授業みたいになってきました。

「駕籠に乗る人と、担ぐ人と、担ぐ人の草鞋を作る人、ね。結局今の職業も、その三段階しかないわけ。駕籠に乗る人はホワイトカラーの上の人、担ぐ人は恵美ちゃんみたいなサービス業の人、担ぐ人の草鞋を作るのは工場で単純作業をやる人かな。その中間もあるけど、基本的には駕籠を担ぐ人が乗る人にはなれないわけ。ここまで大丈夫?」

「はい。……まあ」

「それが判ればいい。恵美ちゃん賢いよ。だからアメリカ大統領の一日と恵美ちゃんの一日は違うわけ。そういうことなの。判った?」

いきなり結論に飛びました。

ずいぶん飛躍したように思いましたが、面倒臭いので「判りました」と答えました。ただ本当に判ったこともあります。

この人、身分制度みたいなものを信じているんだってことです。でもそれはこの人に限ったことじゃないかも知れない。世間で言われる成功者とか裕福な人というのは、口に出さないだけで、みんなこの人と同じような感覚を持っているのかも知れない。そう考えてぞっとしました。

ぞっとしているわたしを置き去りにしてあの男の話は続きました。

同じ一日でも価値が違う一日なら、その一日の時間を刻む時計も変わって当然だとか、そんなことを言っていました。もう馬鹿馬鹿しくてまともに聞く気にもなれませんでした。フンフンと適当に頷きながら、早く自分の部屋に帰れよって思っていました。

それから毎日です。

あの男の話をフンフンって聞いてしまったのが徒《あだ》になりました。

懐かれちゃったみたいで、ほとんど毎日のように、フロントに顔を出すようになりました。

それも中抜けの時間を狙ってです。

お客様がいらっしゃる時間帯は姿を見せません。仕事のジャマをしたくないから、なんて言ってましたけど、違いますね。あの男、図体ばかりでかくて人見知りなんです。中抜けの時間にフロントに来ても、連泊のお客様がお土産コーナーをぶらりとされるだけで、そそくさと姿を隠します。ロビーから消えるんじゃないですよ。クレストや柱の陰に身を隠します。覗いているんです。あの巨体で。

人見知りの幼稚園児みたいでした。

気味悪がってお部屋に戻られるお客様もいらっしゃいました。

接客しろとまでは言わないですけど、せめて、お客様が不愉快な思いをされないよう気を付けてほしかったです。

その点、若女将の純子さんは違いました。

できるだけロビーに立つようにしていらした。

お客様のお荷物を運んだり、客室にご案内したり、お土産コーナーをご覧になっているお客様にお声掛けしたり。あの清楚な美貌でしょ、ロビーに佇《たたず》んでいるだけで、なんかうっとりするような方でした。

その純子さんが、総支配人の着任の挨拶のとき言ったんです。

「これからは経営と運営のすべてを総支配人にお任せしようと思います」って。純子さんの旦那様でもあるのですから、今までになかった総支配人という役職を設けた以上、そんな言葉で説明しなければならないのだろうなと、わたしたち、ボンヤリ聞いていました。でもほんとに翌日から、純子さんはほとんど会社にお顔をお見せになることがなくなりました。

不思議でした。

だってそれまでの純子さんは、ほんとに誰よりも会社を愛していらしたし、身を粉《こ》にして、いつ休んでいるんだろうって周りが心配するくらい働いていましたから。

それがふっつり顔を出さなくなるなんて、狐に抓《つま》まれたみたいでした。

あれこれ憶測も出ましたけど、わたしたちの出した結論は「登くんとお母さま」に排除されたんだろうということです。総支配人とその母親ですね。

着任の挨拶に二人できました。

あの男は母親の後ろに隠れて、ろくに挨拶もできませんでしたが、母親が凄かったです。

「うちの登くんは、大学で経営学を修めました」

いきなり言いました。でも大学の名前は言いませんでした。どうせどっかの箸棒Fランク大学でしょ。名前を書けたら受験者全員合格みたいな。

で、母親が言いました。

「この旅館の再建には、わたしの主人が社長を務め、わたしが副社長、長男が専務を務める夷隅製鉄所が、全面的に登くんをバックアップします。登くんも夷隅製鉄の常務を務めていました。その重要な職を辞してまで、ここの総支配人に就任するのですから、登くんに感謝の気持ちを持って、皆さんも夷隅家の次男である登くんを守り立ててくださいね」

そんなことを言って、最後に「いいわね」って、凄い目でわたしたち一同を睨み付けました。

純子さんがいれば、どうしてもわたしたちの目は純子さんに向きます。

登くんの求心力が得られない。

だから純子さんを排除した。

それがわたしたちの結論です。

そのあとで、何人もの正社員さんがリストラされるわけですけど、いちばんにリストラされたのは純子さんだとわたしは思っています。

――仕事の話はなかったですね。

フロントに来て、あの男はいつも時計自慢をしていました。

あっ、ひとつだけ、仕事の話らしいものがありました。着任して半年くらい経ったころです。

「チェックイン、チェックアウトを、ひとりでこなすのは無理かな」って、ある日聞かれました。

いますよね。答えを持っていて質問する人って。あれです。迂闊なことは言えないと構えました。でも相手の思惑が判らないので、正直に答えるしかありませんでした。

「ひとりでなんてぜったい無理です。最低でも三人はいないと、こなせません」

実際ピーク時は三人でも無理です。

フロントの後ろのドアは事務所に繋がっています。

いよいよお客様をお待たせしそうになると事務所に声を掛けます。

サポートが入ります。

純子さんも加勢してくれます。

受付精算ができるパソコンは四台しかないので、純子さんの主な役割は、お待ち頂いているお客様へのお声掛けです。黙って待たされているより、それだけで、お客様のお気持ちもずいぶん違いますよね。どっちにしても、ひとりでフロントをこなすなんて土台無理な話です。

「AIって知っているかな」

わたしの名札を覗き込んで「恵美ちゃん」って言いました。

名前を呼ばれただけで、ぞっとしました。何度呼ばれても慣れることはありませんでした。

「人工知能ね。それがこれから世界を変えていく。ネットで世界が変わったでしょ。それと同じ。もっともここは、そのネットですら有効活用ができていないようだけど」

ヤレヤレとでも言いたかったのでしょうか。両手を天井に向けて開いて肩を竦めて、欧米人のように呆れた仕草をしました。

「ＡＩはほとんどの人間がやる知能労働を代行できる。でもその逆は無理。それは判るね」

わたし、反論しました。

「人工知能が人間に代われない分野も、あるのではないでしょうか」

「ほう、面白いことを言うね。具体的にはどんな仕事だろう」

「たとえば、悦子さんの仕事です」

「悦子さん？」

「失礼しました。副支配人の高富悦子さんです」

「その悦子さんは、どんなことができるの？」

「副支配人は常連のお客様千人のお顔とお名前を覚えていらっしゃいます」

「それがなんの役に立つんだろ？」

「お出迎えしたときに、チェックインシートをお書き頂くまえにお名前で対応できます」

「チェックインの記名が要らないということか？」

「いえ、いちおうは書いて頂きますが、そういうことじゃなくて……」

「だったら意味ないじゃん」

笑い飛ばされました。

そのときはそこまでだったんですけど、それから暫くして、QRコードを利用した自動チェックイン・チェックアウト機が導入されました。お客様がご予約のとき、ネットから取得されたQRコードを読み取って、手続きをしてくれる機械です。

従来のカウンターの半分を潰して四台が導入されました。

その機械は、ルームキーの情報も読み取って、チェックアウトの精算もこなします。フロントのパソコンは一台に減らされました。でもパソコン以上にわたしたちが耳を疑ったのが悦子さんのリストラです。

悦子さんはその時点で六十一歳でしたけど、長い間接客仕事をしていたせいか、四十代と言っても通じるくらいの若さがあります。その悦子さんに、「老人の働ける職場ではなくなったんですよ」と、わけの判らない理由を告げて、あの男、馘を言い渡したんです。

悦子さんのことが殺意に繋がったわけではありません。

悦子さんの旦那さんは高校の校長先生をされていました。

校長先生になる前の教頭先生のころから転勤が多くて、悦子さんは仕事があるから一緒に行けないので、ずいぶん長い間単身赴任をされていたみたいです。

旦那さんが定年で退任されて、今では一緒にお暮らしですが、それでも悦子さんは夕イムカード無視で働くので、ご夫婦のお時間をお持ちになれなかったと思います。

悦子さんが会社を去る日、わたしたちに挨拶されました。

「これでやっと、夫孝行ができるわね」って。

まるで奥さんをほったらかして仕事に打ち込んだサラリーマンの退職挨拶みたいだって、悦子さんご自身が苦笑しておられましたが、これで良かったとわたしも思いました。

悦子さんの意志を継ぐのはわたしたちだと固く決心しました。

あんな気持ちでいたときに殺意を抱くことなんてありません。

自動チェックイン・チェックアウト機導入直後はてんてこ舞いでした。

うちはご高齢のお客様が多いので、スマホでQRコードを取得してみたいな案内がなかなか理解されません。チェックインされるお客様の半分以上を、一台きりになったフロントのパソコンで対応することになりました。最初の三日間は、機械のメーカーの人が研修も兼ねてフォローしてくれたんですけど、その人が言うのには、もともとこのような設備はビジネスホテルのために開発されたらしいです。

それなら判ります。

ビジネスホテルに泊まるお客様だったらネットの対応にも慣れているでしょうし、導入にもそんな混乱はなかっただろうなと思いました。ところがです。そのビジネスホテルでさえ、導入時にはお客様からの苦情があったそうです。

操作の説明をしている従業員が「そんな時間があったら、今までのチェックインができるだろう」とか、お客様からお叱りを受けるようなこともあったとメーカーの人に聞きました。

「そのうちに円滑に運営されるようになりますよ」

メーカーの人はそれを仰りたかったみたいですけど、ビジネスホテルでさえ混乱したシステムなんです。それが定着して円滑に運営されるまで、どれだけ時間が掛かるのか、考えただけでうんざりしてしまいます。

――あの男ですか?

あの男は、導入初日の様子も見に来ませんでした。

その後もほったらかしです。

業務がどうなったかなんて訊きもしません。あれからも相変わらず、フロントにはちょくちょく顔を出しますけどね。時計自慢をしにです。

時計自慢だけじゃないか。ランチュウ自慢もあります。

あれきついんですよね。

ランチュウはフロントに持ってこられないじゃないですか。

だからわたし、総支配人室に呼ばれるんです。

――ランチュウ、ご存じないですか?

まるまる肥えた、あの男みたいな金魚です。

――そうですね。たいていのお客様が、悦子さんの退職を惜しまれます。

なかには、怒り出される方もおられるくらいです。

そんなとき、わたしたちは、制服の胸ポケットに忍ばせている悦子さんの写真をお客様にお見せします。悦子さんが旦那さんと微笑んでおられる写真です。

お辞めになって一ヶ月後の写真なのですが、疲れが出たのか、安心されたのか、悦子さん、すっかりお年なりのお顔になられて、お化粧をしなくなったということもあるんでしょうか、いい感じの初老のご婦人という感じになられて、たいていのお客様にはその写真で納得して頂けます。ときどき写真を売ってくれとまで言われるお客様がいらして、それには難儀してしまいますけどね。

――お昼ですか。もうそんな時間。午後からも取り調べはあるんですね。

――ランチュウのことですか。ええ、そちらのほうが動機に繋がる理由かもしれません。

――ランチュウのことでしたね。

あの男が引きこもっている総支配人室で飼っている金魚です。

金魚といっても、わたしたちが知っている可愛い金魚ではありません。

むしろグロテスク。

大きさも、ソフトボールくらいあります。もう少し大きいか。なかなかこの大きさまでは育たないいんだってあの男が自慢していました。それが二匹。総支配人室で大切に飼われています。

ある朝フロントのパソコンを起動したら待ち受け画面が変わっていたんです。金魚でした。赤い魚だから金魚だと判りました。それまでの待ち受けは望海楼の全景でした。

その日わたしは朝の五時からの勤務でした。八時まではひとりでフロント周りを担当します。だからどうして待ち受けが金魚に変わっているのか、確認する相手もいませんでした。総務の石井くんか早出のアルバイトの人が出勤したら確認しようと思い、待ち受けはそのままにしました。

わたしが仕事を始めて三十分もしないうちに、あの男がロビーに姿を現しました。そんな時間に姿を現すなんて初めてでした。

「どう、気に入ってくれた」

朝の挨拶もなしにあの男が馴れ馴れしく語りかけてきました。

「はい？」

「待ち受けだよ」

「これ、総支配人が変えたんですか？」

「そうだよ。昨日の深夜に変えてあげたんだ」

なんか得意そうに言うので腹が立ちましたが、総支配人は役員ですし、どうして変えたんですかと問い詰めることもできません。

「で、気に入ってくれたかな」

再度訊かれたので、

「ええ、まあ。可愛いですね」と、おざなりに答えました。

わざわざ深夜に変えたくらいだから、なんか自慢したかったんだろうと思いました。

実際はグロテスクだと感じました。

「実物見せてあげるよ」

有無を言わさず総支配人室に連行されました。フロントを無人にしてです。

わたし、あの汚部屋でセクハラされました。

強姦されたとかいうのではないので、表沙汰にする気はありませんでしたが、たくさん身体を触られました。わたしをランチュウの水槽の前に正座させて、後ろから、肩を抱くみたいに、身体を密着させて耳元で囁くんです。

「どうだ。可愛いだろ。こいつらがいくらすると思う」って、また値段自慢です。

二匹合わせてわたしの年収並みでした。わたしは無人にしたフロントが気になって、金魚どころではありませんでした。それと自分の背中にいるあの男にイラつきました。

あの男、汗臭いんです。

それが身体を密着させてくるんですから、立派なセクハラです。

本人にその意識はなかったのかもしれませんが。

密着させないと水槽を見られないほど散らかり放題の部屋でした。

散らかり方があんまり酷いんで、わたし、営繕の藤代さんに「掃除してあげたら」って言いました。

藤代さんは館外の担当なので、館内清掃はやらないんですけど、あの男が総支配人になった後、営繕の管理職だった人たちが辞めてしまって、言える相手が藤代さんしかいなかったんです。

それに相手が相手です。アルバイトの人に頼めることではありません。

その点藤代さんは頼りになるっていうか、大人なんです。迫力があります。まあ、経歴が経歴ですから。いいえ、悪い意味じゃないですよ。いい意味で。

藤代さんも別にそれを隠したりしていませんので、言ってもいいと思いますけど、元は日雇いの土木作業員さんだったんですね。東京の下町の簡易宿泊所に住んでいた経験もあるみたいです。一泊千五百円とか二千円の宿泊所らしいです。

厨房の鐘崎さんが「それって矢吹丈《やぶきじょう》が住んでたところですよね」なんて興奮していました。

後で聞くと、矢吹丈って漫画の主人公なんですよね。ボクシングの選手で、その下町からのし上がって、最後は世界チャンピオンと互角に闘ったらしいです。

鐘崎さんの話によると、最後の試合は丈の勝ちだったなんて言っていましたけど、その漫画のことはよく判りません。

とにかく頼りになる人だったんで、藤代さんにお願いしました。

それに藤代さんは、あの男とちょっとした因縁もありましたし。たぶん若手社員の中であの男を一番嫌っていたのは、藤代さんだと思います。

——嫌っていた理由ですか？

ちょっと拙《まず》いかな。

わたしから聞いたって言わないでくださいね。

藤代さん、純子さんが好きだったんです。もちろん相手は若女将ですから、営繕の社員が大っぴらにできることではありません。それに藤代さんに限らず、みんな純子さんが好きでした。ただ藤代さんの場合は、純真と言うか、それがはっきり判るほど眼差しが熱いんです。

それが悪いことだとは思いません。

むしろわたしなんかは可愛い人だと思っていました。

あれですよ。保育園児がね、保育士さんを好きになるような感じです。

でも園児なら保育士さんに抱き着いたり「先生、お嫁さんにしてあげる」なんて甘えたりもできるんでしょうけど、そこは大人ですからブレーキが掛かっているんですよね。

休憩室でバイトの女の子たちと二人の噂話なんかしましたけど、それは陰でこそこそ言い合うゴシップというのではなく、ほのぼのとした気持ちになれる噂話でした。

——藤代さんの反応ですか？

「よし、オレがガツンと言ってやる」みたいに鼻息を荒くするような反応ではありませんでした。ごく普通に「お願いしたらええんやな」って、あっさりした反応でした。

で、藤代さんに言われて、営繕のアルバイトの子が二人、あの男の部屋に行ったんですけど、案の定、あの男にめちゃくちゃ怒鳴られて部屋に入れてもらえませんでした。

そしたら藤代さん、怒鳴り込みに行った。このあたりがさすがです。

「ここ客室やねんど。総支配人のあんたが使うのは勝手やけど、せめて綺麗にせんかいな。この部屋で湧いたハエやゴキが、他の部屋に紛れ込んだらどないすんねん。恥ずかしないんか」

みたいにまくし立てて。わたし廊下で聞いていたんですけど、ハラハラしました。

藤代さん馘になるんじゃないかって。

だって藤代さんのお嫁さん、わたしの友達なんです。まだ新婚さんだし、わたしが焚き付けて、それが原因で馘になったら拙いでしょ。

でも大丈夫でした。

あの男、強く出られると弱いんですね。

あわわわって、しどろもどろになっていました。

結局あの男が自分で掃除するからと謝って、その場は収まったんですけど、その後もわたし、何度かランチュウ自慢に部屋に呼ばれましたが、「どこを掃除したの？」って有様でした。

ただ藤代さんにご注進するのは止めました。

したらまた、怒鳴り込むでしょうし、それが重なると、あの男がどんな強権発動をするか判りませんから。

気の弱い人間て、逆ギレするじゃないですか。それを心配しました。

でも、あの時の藤代さんはカッコよかった。男の人はあれくらいでなくちゃと思いました。

ただ普通じゃ無理ですよね。

だって誰でも失業の恐怖はありますから。

そうそう上に逆らえるものではありませんよ。

厨房の大出隆司さんなんかも、あの男にはかなりムカついていますけど、面と向かっては強いこと言えませんもの。だからって弱虫だとは思わないです。理不尽なことに耐えるのも、別の意味で、わたしは男らしいとは思います。

何と言ってもあの男が導入した新シフトも効いています。わたしもそれで働いていましたけど、月収が三十万円を超えるんです。これは凄いです。そんなお給料、わたしたちみたいな人間が普通じゃ絶対貰えません。だから守りに入ってしまうんです。

総務の石井くんによると新シフトは労働基準法に違反しているらしいです。

時給換算で考えてみてよとも言われました。

「月に三十万円以上と言っても、時給換算したら千円ちょっとでしょ。しかも超過勤務加算を含めなくてそれですよ。含めて計算すると九百円くらいの時給なんですよ」

訳知り顔で言いますけど、要はいくら貰えるかってことですよね。時給換算がどうでも、超過勤務加算がどうでも、三十万円ですよ。三十万円貰えるんです。

石井くんはこうも言います。

「雇用費用とか教育費とか、それも含めると、結局、便利に使われているんですよ。時給九百円以下のアルバイトを雇うより、契約社員、臨時社員という形で、社員を月に三百時間働かせたほうが、結果として、会社の負担は小さいですから」

そうかも知れませんけど、それは会社の都合であって、わたしたちからしてみたら、月給がいくらかってことですよ。月に三十万円くれる勤務先なんてこの辺りには絶対ありません。たぶん東京に出てもないと思います。だから大出さんも含めて、わたしたちは望海楼を辞められないんです。

どうせあの男は、わたしたちのことなんて、あの水槽の金魚ほども考えていないんだって、それは百も承知です。それでも、金魚以下でも、わたしたちは辞めるわけにはいかないんです。

——ええ、この金魚です。

これがランチュウです。わざわざお昼休みにプリントアウトしてくださったんですね。お手間をお掛けします。でもせっかくプリントアウトしてくださったのに言いにくいんですけど、これはダメですね。ランチュウとしては二級品です。

いえ、ごめんなさい。わたし見極めができるようなマニアじゃないんです。ただあの男からね、自分のランチュウがどれだけ優れているか、細かいことあれこれ、耳にタコができるくらい聞かされたんで、その基準で言えば、これは二級品のランチュウということになります。

これは上から撮った写真なので判りやすいところからご説明しますと、まずこの尾びれの両サイド、この部分を親骨と言うんですが、それが左右対称ではありません。それと同じく尾びれで、真ん中の部分、尾芯です。これがぶれています。お腹の膨らみも片腹気味ですね。

ごめんなさい。なんかマニアみたいなこと言っていますけど、わたし、ぜんぜんそんなんじゃないです。でもね、大まかに言っても、ランチュウにはチェックポイントが十七ヶ所あります。大まかに言ってです。その個所ごとに、評価の仕方が幾通りもあるんです。その評価も、上から見る上見、横から見る横見、そして手に取ってひっくり返して評価する裏見とあります。

それが正式なものかどうかは知りません。

何しろわたしのランチュウに対する知識は、あの男から教えられたものだけですから。

あのゴミ溜めのような総支配人室で、です。

思い出すだけでも、ゾッとするようなゴミ部屋でした。汚れた洗濯物や、食べ滓が残っている食器や、敷きっぱなしの蒲団や、お饅頭《まんじゅう》なんかの空き箱や、スナック菓子の空袋も散乱していました。

お饅頭の空き箱で思い出しました。

あの男、夜中にロビーの売店から勝手に商品を持ち出すんです。売店はネットを被せているだけで、それ以上の盗難対策はしていません。必要ないからです。深夜を除いては誰かしらフロントにいますし、夜中にスナック菓子やお土産の銘菓を、わざわざネットを捲りあげてまで万引きするお客様なんていらっしゃいません。

でもあの男が総支配人室に住み込むようになってから、在庫が合わないことが度々というか、毎日のように発生して、まさかとは思ったんですけど、念のため防犯カメラをチェックしました。

あの男でした――。

薄暗いロビーで、巨体がお土産物売り場を物色していました。

罪悪感はなかったのだと思います。

もしあったら、堂々と空き箱や空袋をそのままにしないでしょう。それとも無神経な馬鹿なのか。どっちにしても、あの男にとって、売店のお菓子類は自宅の棚に置いてあるものと、さして変わらない感覚だったんじゃないでしょうか。

――ええ、厨房の冷蔵庫も荒らされました。

それは大出さんから聞きました。調理の大出さんです。厨房には防犯カメラはないので誰が盗んでいるんだと、大出さん、頭から湯気を出していましたけど、ロビーを通らないと、厨房には行けません。だからロビーの防犯カメラの録画を見てもらいました。呆れてました。

業務用の牛乳パックとかコーラのペットボトルとか、抱え込んだあの男が、忍び足でロビーを横切るんです。忍び足と言っても、あの図体ですから笑っちゃいます。ただ持ち出す量が半端ではないので、それも毎晩なんで、業務に差し支えるって、大出さんとわたしで注意しました。注意というかお願いです。そしたらあの男、

「ぼくを泥棒扱いするのか」

凄い剣幕で逆ギレしちゃって、手が付けられないんです。

結局わたしたち二人が頭を下げて、その場は収まりましたけど、どういうことなんでしょう、あれって。どうしてわたしたちが謝らなくちゃいけないんでしょ。

——はい、そんなことがあった後も、深夜の持ち出しは続きました。防犯カメラを気にはしていましたけど、あの図体ですから。ほんと、情けなくて笑っちゃいます。

——いいえ、あの人、お酒は飲まないのでそれは助かりました。でも支払いと売り上げが合わなくなるじゃないですか。だから総務の石井くんが、総支配人勘定っていう勘定科目をわざわざ作って、それで処理していました。

総支配人勘定で思い出しましたけどあの男の母親も酷かったです。

例のお母さまです。

どこの成金なのよって言いたくなるくらいキンキラキンの下品な格好で、ちょくちょ

くあの男、登くんに会いに来ていました。

さすがにあの汚部屋には招き入れにくかったのでしょうか、会うのは別の特別室です。あの男が三階の特別室を使っていたので、二階の奥の特別室でした。

母親はいける口で、食事も部屋に運ばせますが、ビール、日本酒、遠慮なしです。もちろん支払いなんてしません。

全部総支配人勘定で処理していました。ただですね、それくらいまでだったらまだ許容範囲というか、我慢もできたんですけど、何回目かに来たとき、

「十万円出してちょうだい」

フロントにいたわたしに、いきなり手を出すんです。お酒臭かったし顔も真っ赤でした。

呆気にとられて「なんのお金でしょうか」って訊くと、「足代でしょ」の一言です。さすがにそんな大金、右から左に出せるわけがないので、

「少々お待ちください、若女将に確認します」と、純子さんの携帯に電話しました。

そしたら電話が繋がる前に、プイッとフロントから離れて、電話が繋がって、でもお金を要求した相手がいないので、ちぐはぐな説明をしていたら、転がるみたいな勢いで、あの男が、階段を駆け下りて来ました。そしてわたしの手から奪い取るみたいに受話器を取り上げて、金切り声で怒鳴りました。

「なんだ、おまえのところの社員は。ええ。うちのお母ちゃまに、恥を掻かすのか。い

ったいどんな教育してんだよ」って。

わたし、あの男の怒鳴り声よりも「お母ちゃま」に驚きました。

お母ちゃまですよ。あの男、人前では「お母さま」ですけど、母親と二人になると「お母ちゃま」って呼んでるんですね。マザコン丸出しじゃないですか。

しばらく怒鳴り散らしたあと、あの男から受話器を渡されて、純子さんから、

「ごめんなさい。渡してあげて」とだけ、小さなお声で言われました。

こっちが悲しくなるほど辛そうなお声でした。

「おい、金出せ」

あの男が手を出して、十万円渡しました。悔しくて涙が出ました。

一回きりではありません。

それから来るたびに、三万円とか五万円とか、さすがに十万円というのはありませんでしたけど、そのつど「足代」を請求されました。全部、総支配人勘定で処理しました。

——それが動機？　いいえ頭に血は上りましたが、あんな馬鹿親子、もう放っておくしかないなって諦めの心境でした。

そんなことがあった何日かあとに、純子さんが久しぶりに会社に顔を出されたとき、わたしに丁寧に頭を下げて、

「ごめんなさい。恵美ちゃんには嫌な思いをさせてしまったわね」と謝られたんです。

——はい。ベテラン社員のみなさんがお辞めになったあと、時々純子さんがお顔をお

出しになるようになりました。やっぱり望海楼のことが心配だったのだと思います。あの男の手前、お忍びでお見えになって、お会いするのも近くのファミレスとかでしたけど、お会いして話を聞いて頂けるだけでずいぶん癒されました。慰めになりました。

――わたしだけではありません。ほかの社員とも会っていらしたようです。厨房の鐘崎さん以外の。

鐘崎さんはあの男の腰巾着ですから避けたのではないでしょうか。それに彼は、新シフト導入後に、あの男が臨時社員に登用した人間です。純子さんが若女将として働いておられたときは、まだアルバイトだったですし、それほど接点もなかったのでしょう。

あんまりあの男の悪口を言っても、純子さんがご心配されるだけなので、極力暗い話はしないようにしていたのですが、それでも我慢できずに、お母ちゃまの足代のこととか話してしまいました。

「一度だけじゃなかったのね」

純子さん驚いていらした。お顔を曇らせて、わたしに頭を下げてくれました。そしてまた、「恵美ちゃん、ごめんなさい」と、消えるようなお声で謝ってくれました。

どうして純子さんが謝るんですか。わたしはむしろ純子さんがお可哀想でした。

だってそうでしょ。着任の挨拶のとき、あの馬鹿親、お母ちゃま、言ったんですよ。旅館の再建は夷隅製鉄が全面的にバックアップしますって。でも石井くんに訊いても、資金援助はゼロだったって言うじゃないですか。むしろ設備投資を名目に夷隅製鉄にかなりのお金が流れているって。

純子さん、あの馬鹿親子に騙されたんです。

きっとそうに決まっています。

あんな馬鹿みたいな値段の時計を見せられて、ランチュウとかも見せられて、資金援助もしますとか、調子のいいこと言われたんだろうなと思います。

それを考えると、純子さんがお可哀想で、お可哀想で。

そう言えば純子さん、あのランチュウをすごく嫌っていました。わたしがランチュウの話をすると、とても怖い目つきになるんです。あんな怖い目つきをする純子さんを見たことがありません。

悔しかったんでしょうね。グロテスクな金魚なんかに何百万もつぎ込んで、望海楼には一円の資金援助もしてくれないんですから。

純子さんはあれだけの器量よしです。その気になれば、もっといいご結婚相手もいたと思います。見た目が良くてお金持ちの男性です。

わたしも女ですから、高校生まではそんな玉の輿みたいなのに憧れていました。

わたしが通った中学も高校も、県立の普通校ですから、周りにそんな男子はいません。案の定、卒業後も同級生の男子らは地味に生活しています。地道ではなく地味に、です。

玉の輿なんて、とてもとても。夢のまた夢というより、そんな相手に出会う機会すらありません。

だからと言って、わたしみたいな中の上クラスの月並みな女の子が、モデルとかになれるわけないし、大学に進学していたら、ちょっとは機会があったんでしょうか。大学は全国から学生が集まるわけですし、大卒でそれなりの企業に就職していたら、同僚とか先輩社員で、将来性のある男性と巡り合えたかも知れません。でも、田舎の高校通っていて、しかも女子で、それほど勉強が好きなわけでもなくて、そんな子が大学進んでなんて発想しないです。

結局わたし、高校の同級生で、サッカー部のキャプテンをやっていた彼と付き合うようになって、卒業してからも続いていて、それでも彼を狙っていた女子は結構いましたから、その意味では、わたしもそれなりに頑張りましたし、彼も地元の工務店に就職して、六年目に主任になって、結婚の話が冗談交じりにですけど、二人の口から出るようになって、まあ自分なりに幸せかと思っていました。

でも、彼のお父さんが……。

お金はありませんけど、彼、優しいんです。それと母親思いです。

彼のお父さんは三年前に事業に失敗して、事業と言っても地元の運送会社ですけど、借金のかたで二台あったトラックも取られてしまいました。

お父さんは生活を支えるために、長距離トラックの運転手として雇われて、ある日、九州方面だったかな、荷物を運んで、ちゃんと向こうには届けたんですけど、そのまま届けた先の近くの駅の駐車場にトラックを置いて失踪したんです。

それが三年前——。

お父さんが失踪した時点で、まだ借金は残っていましたが、お父さんも、いろいろお辛かったんだと思います。彼の家には高校生のときから遊びに行っていたので、お父さんのこともよく知っています。とても優しくて温厚な人でした。そのお父さんが失踪したんですから、よほどのことだったんだと思います。

お父さんを捜して貰うよう、探偵事務所に依頼することも彼と相談しました。五十万円から七十万円の費用で請け負ってくれると、探偵事務所のホームページにありました。それをプリントアウトしてお母さんとも相談しました。

「パック料金なんていうのもあるんだ」

お母さんが言いました。ちょっと呆れた言い方でした。

「なんかずいぶん事務的というか、安直なのね」

お母さんの仰りたいことが判ったような気がしました。見つけるだけでは意味がない。たぶんそういうことを仰りたかったのだと思います。彼にもそれが判ったようで、探偵事務所への依頼は話だけで終わりました。

その結果というのではないのですが、借金の残りを彼と彼のお母さんが被ることになりました。自宅が担保に入っていたんです。

債務整理をしようと思えば、自宅を手放すことになります。自宅を手放せば、その瞬間だけは、少しは楽になれたんでしょうけど、彼、頑張った。

債権者と話し合って、コツコツ借金を返す道を選びました。

ただ彼の収入だけでは無理がありました。お母さんもビル清掃のパートをしながら、それでなんとか生活していました。

お父さんが失踪したとき、わたし、彼から「別れよう」って言われましたが、でもお父さんの借金を返すために、コツコツ働いている彼を見捨てることはできませんでした。お身体が良くないのに、ビル清掃のパートに通っているお母さんも見捨てられなかった。

そんなこんなしているうちに、わたし、二十八歳になってしまって、去年のクリスマスにわたしのほうから「結婚しましょ」って彼に言いました。

「今なら大丈夫だよ。シフトが変わってわたしのお給料も三十万円になったんだよ。二人で頑張って借金きれいにしようよ。お母さんには家でゆっくりして貰おうよ」

あとで考えれば、ずいぶん生意気なことを言ったものだと思います。

彼は「せめて親父の借金を終わらせてから」と言いましたけど、そこまで頑張っていたら、お母さんが倒れてしまいます。わたしのお給料と彼のお給料を合わせれば、お母さんが働かなくても、月々の返済と生活はなんとかなります。だから結婚しようって。

彼、最初は戸惑っていました。

それまでと同じこと「せめて親父の借金を終わらせてから」と繰り返しました。

でもわたし、それまで待てないって強く言いました。自分の年齢が理由ではありません。苦労を一緒に背負いたいと思いました。そしたら彼に言われました。

「恵美の夢は、玉の輿に乗ることだったんじゃなかったのか」って。

覚えていたんですね。彼と付き合う前に、高校生だったころのわたしがそんなことを言っていたのを。

言われてわたし、恥ずかしかった。

馬鹿なことを言ったものだと思いますが、女の子なんて、そんなものです。

男の子が将来野球選手になるとか言う、あれと一緒です。

ただ男の子の場合は、もっと早く、その夢を諦めますが、女子の場合は、自分の才能とか努力とは関係なく、運次第で、玉の輿の夢も叶うわけですから、けっこう年齢がいっても、そんなことを本気で考えてしまうんですね。男子が見向きもしない恋愛小説を、いい歳をした女子が読むのも、そういうことじゃないでしょうか。

でもまさか二十八歳にもなるわたしが、そんなことを本気で考えているなんて、彼が思っていたことにも驚きました。

彼にどう言えばいいのか迷いました。

まさか「わたしは、あなたで妥協することにしたの」なんてことは言えませんよね。実際、そう思って結婚する女子も少なくはないかもしれませんが、わたしは違います。彼しか考えられないんです。

あの男を殺した後、ロビーに向かう階段で彼に電話しました。

それまでも、あの男のことは、いろいろ愚痴を聞いてくれていましたから、彼、判ってくれました。

裁判に応援に来てくれるって言ってくれました。証人として弁護するって。刑務所にも差し入れを持って面会に来てくれるって。出所するまで待ってくれるって。

そして……「結婚しよう」って。

わたし涙が止まらなかった。

皮肉ですよね。

わたしが殺人犯になって、彼もようやくわたしを受け入れる気になってくれたんです。でも、それは断りました。

お母さんがビル清掃のパートをして、彼のお給料で足りない生活費を補っています。お母さん、喘息とかあって、お身体丈夫じゃないんです。でも結婚すれば、お母さんがパートを辞めても、ふたりの給料を合わせたら返済しながらでも十分生活できます。

そう思っていましたが、わたしが何年刑務所に入るかも判らないし、刑務所を出ても、ちゃんとしたところに勤められるかどうかも判らないし、これ以上、彼と、彼のお母さんに苦労はおかけできません。わたしは諦めています。彼にもわたしのことは諦めてほしいです。

——あの日のことですか?

——あの男を殺した日のこと。

全館休業日だったのに朝から呼び出されました。凄く寒い日でした。あっ、これはSSだなって、わたし、ピンときて、思い切り厚着をして出かけました。

SSはソーシャルなんとかの略で、要は社会奉仕活動で、ゴミ拾いです。

わたしたち、自己啓発セミナーに行かされた社員は、全員が定期的にそれをやらされます。あの男がセミナーの塾長に、いい顔をしたいためにやっているんです。偶々《たまたま》フロントのパソコンで見た自己啓発セミナーのサイトに、あの男が紹介されていました。「社員の自己啓発活動に熱心な経営者紹介」のコーナーです。自分が受講したあと、社員にも受講させて、そのうえ受講後も、セミナーで学んだことを実践している意識の高い経営者だって。

とんでもないです。

実践なんかしていません。

だってあの男、SSだけじゃなくて他のことも、自分は高みの見物で、わたしたちにやらせるだけなんです。あの日もそうでした。

それに信じられないのは、わたしたちだけならまだしも、あの日は、純子さんも参加していたんです。そのうえ純子さんは、防寒着を着てこなかった石井くんに自分のコートを貸してあげて、セーター一枚で参加していたんです。

気付けよって思いました。

気付いて純子さんを軽トラに乗せてあげてよって。

石井くんも石井くんです。

そりゃ、普段着で来ていたのには同情しますが、条件はわたしも同じです。わたしはあの男の狙いを察して、厚着して行きました。完全防寒でした。

石井くんは、迂闊だったんです。

それなのに、純子さんのコートを平気で借りたりして、あいつ本当にダメダメです。普段から労働基準法がどうたらと能書き垂れているばっかりで、あんな場面になると、まったくの役立たずです。

でもSSはまだ良かった。最悪だったのはその後のコンフェッションです。

あの男、純子さんを標的にしました。

もともとコンフェッションは、あいつの気分で誰かを標的にするんですけど、たいていは藤代さんか大出さんが標的になります。石井くんとかわたしは、あんまり目をつけられていないので、ほとんど標的になることはありません。鐘崎さんなんかは、あの男の腰巾着なんで、標的になりようがありません。

どうせあの日も、藤代さんか大出さんが虐められるんだと思っていましたが、最初に立った大出さんがさらっと終わって、ああこれは藤代さんだなって思っていたら、二番目に立った藤代さんもすんなり終わって、その前のSSに九時間近くも掛かっていたんで、さすがに今日は早めに終わる気かと、わたしも甘いことを考えました。

ところが、まさかの純子さんがその日の標的でした。

虐めなんてもんじゃなかった。

嬲《なぶ》りです。

セクハラ、モラハラ、パワハラ。違いが判らないんですけど。その全部です。

あの男が純子さんの東京時代をどうして知っているのか、それが不思議だったけど、聞きたくもない話をどんどん暴露するんです。

純子さんがクラブ勤めでホステスをしていたとか、お金で複数の男の人の世話になっていたとか、そのうえで、何か訳の判らない言いがかりを付けていました。

純子さんが旅館の経営を諦めて、望海楼の運営を他の人に任せるだなんて、そんなことあるわけないじゃないですか。

だって誰が、経営的に難しい望海楼の運営を引き継いでくれるって言うんですか。あんな男に嫁いでまで、純子さんが経営を助けて貰いたいと思ったほどの旅館なんですよ。

もしあの男が言うように、あの男と結婚する前からそんな話があったのだとしたら、純子さん、あんな男と、そもそも結婚する必要がなかったじゃないですか。そのうえでです。最後には、

「おまえ、おれが死ねばいいと思っているだろう」

みたいなイチャモン付けて、純子さんよりわたしのほうが、おまえ死ねよって思いました。

そして最後の最後に、純子さんに無理やり「殺してやる」と何度も言わせたりして、

狂っていますよ、あの男。

ついには純子さんが倒れました。駆け寄って抱き起こすとすごい熱でした。

無理もありません。

あんな寒い中で九時間もゴミ拾いをして、そのうえコンフェッションで嬲られに嬲られたんですから。

石井くんに薬を取りに行くよう言いました。

バファリンをスポーツドリンクで飲んでもらって、冷やしたおしぼりを脇の下に挟んで、ちょっと落ち着いたのでタクシーを呼んで病院に行ってもらいました。

あの男は「まだ終わりじゃないからな」って捨て台詞を吐いて会議室を出ましたけど、石井くんの話によれば、あの男、コンフェッションの最中に安定剤だか抗鬱剤だか、デパスという薬をかなり飲んでいたみたいでした。それは睡眠導入剤としての効果もある薬なんで、「朝までグッスリじゃないでしょうか」と石井くんが言いました。自分は朝までグッスリで、わたしたちには帰っていいとも言わないなんて。

そのうえ倒れた純子さんを心配する言葉もなかった。

心底呆れました。

でも許可が出ていないので帰るに帰れません。どうしようかと迷っていたとき、膝に肘を突いて座っていた大出さんの呟きが耳に届きました。大出さんは床に目線を落としたまま、小声で、うなされるみたいに呟いていました。

「突破」「突破」「突破」「突破」「突破」「突破」「突破」「突破」「突破」「突破」って。

その呟きを聞いているうちに、わたしは、大出さんが何を考えているのかぼんやりと理解しました。セミナーのことを思い出しているんだろうなと思いました。わたしたちが受講した自己啓発セミナーです。

凄くためになるセミナーでした。

わたしは何となく生きているようなところがあったんですが、あのセミナーを受講して、人生の目標が見えたように思えます。

——具体的にですか?

どう言えばいいのかな。つまりですね、流されちゃいけないってことです。

わたしみたいに学歴もない他人に自慢できるような特技もない、容姿だって飛び抜けているわけではない。そんな人間は、社会の片隅で目立たないように生きていくしかない。そう諦めていました。自分を前面に出したりしちゃいけないんだと。

もちろんそれでも幸せは摑めます。現実にわたしは今の彼と出会って幸せです。

でも陰でいろいろと言われることを少し気にしていました。

わたしがあの男に懐かれて、時々総支配人室に呼ばれていることで、何かわたしがあの男にお金目当てですり寄っているんじゃないかって、そんな陰口を言う人がいるのも知っていました。でもわたし、流されていたんです。相手は総支配人じゃないですか。呼ばれたら行かないわけにはいきません。

でも自分の仕事のことをちゃんと考えたら、フロントを空けるなんてするべきことじゃないです。そう判っていても、相手は総支配人だと思うと断り切れずに流されてしまうんです。

そのほうが楽ですから。

でも、そうじゃないって。やっぱり自分を持って、断るべきことは断るべきだと、考えるようになりました。考えるようにはなったんですが、なかなか実践できないでいました。

それが大出さんの「突破、突破」を聞いているうちに、セミナーで考えたことが頭に浮かんできたんです。言うべきことを戸惑って流されてはいけない、と。

純子さんのことだってそうです。

純子さんが辛そうなことは気付いていたのに、コンフェッションを止めるように進言できなかった。倒れるまで傍観してしまった。

わたしは卑怯者でした。

今から総支配人室に乗り込んでやる。そう思いました。

乗り込んで純子さんの体調が思わしくないので、タクシーで病院に行って貰いましたって、きっぱり言ってやる。あの男は「小休止だ」と言って部屋に戻りましたが、少なくとも純子さんは、これ以上の継続は無理だと言ってやる。流されずに、言うべきことはちゃんと言ってやる。

そうです。わたしは突破したんです。

そのタイミングで藤代さんの声がわたしの耳に届きました。

「殺したる」

大出さんと同じように、膝に肘を突いて座って、床を見つめたまま藤代さんが呟きました。思いつめた声でした。はっきりと聞こえました。

殺したる、と。

総支配人室に乗り込もうと思っていたわたしの胸に、藤代さんの言葉が刺さりました。

そうだ。

あの男は生かしておくべきじゃない。

乗り込もうと思った気持ちが、そんなところにまで突き抜けてしまいました。

ずいぶんな飛躍ですよね。

今、自分で考えても、どうして？　と首を傾げたくなるような飛躍ですけど、わたしはすんなり藤代さんの言葉を受け入れました。

とことん突き抜けていたんだと思います。

藤代さんの声は、全員の耳に届いたと思います。そしたら石井くんが、

「あの人の部屋の鍵はマスターキーで開けられます」と言いました。

それで決まりました。

それからは藤代さんが、あの男をいちばん恨みに思っている石和田さんに声をかけて、

わたしたちは合流した石和田さんを先頭に、あの男を殺すために、総支配人室に向かいました。

——罪悪感？　あの男に対してですか。ありません。

——おはようございます。

いいえ、やっぱり眠れません。ウトウトすると、総支配人を殺してしまったときの感触が蘇ってしまいます。わたしは実際には見ていないのですが、首を絞められて苦しんでいる顔まで浮かんできます。人を殺すって重たいことなんですね。

——事件のことではないのですか？

自己啓発セミナーについてお知りになりたい。

はあ、判りました。わたしの記憶の範囲でお答えします。

——いいえ、大丈夫です。凄く強烈な体験でしたから、かなりはっきりと覚えています。

初日はお昼過ぎから始まります。

前泊ではなく初日の朝の移動ですので、受講生全員が揃うのがお昼過ぎになるんです。スタッフの指示で時計と携帯電話を受付に預けます。それからセミナー会場で待機しますが、さすがに全員の表情が硬いです。お互い知らないどうしですし、これから始まることへの不安もあります。

初日のメインはお互いの紹介です。

みんなの前に立って自己紹介するということではありません。

最初に隣の席に座った人とペアを組みます。席を指定されて座っているわけではないので、部屋の照明が落とされて、椅子に座ったまま、軽く膝頭が当たるくらいに接近します。そのうえで軽く手を握り合います。お互いの目を見るよう指示されます。

全部講師の指示です。

初対面の人とお互いの目を見るなんて、普通だったら恥ずかしくてできないでしょうが、照明が落とされているので、それほど抵抗なく指示に従うことができました。

その姿勢で自分のことを相手に伝えます。氏名とか、年齢とか、所属とか。でもそんなの、すぐに終わってしまいますよね。そこで講師から次の指示が出ます。

「あなたはどんな小学生でしたか？　それをパートナーに教えてあげましょう」

そんな指示です。

小学生が終わると中学生。

これでお互いがどんな子供だったのか理解し合います。

「子供のころにした悪戯で、自分でもあれは酷いなと呆れる思い出を語ってください」

そんな指示が出ます。

受講生が語り始めると、セミナー会場のそこかしこでクスクス笑う声が聞こえます。

みんな子供らしい罪のない悪戯の思い出を語っているのでしょう。

そんな風にして手を握り合ったまま、薄暗闇で二時間くらい、お互いのことを話し合います。時間は正確ではありません。だいたいそれくらいの時間だったと思います。

それから会場が明るくなって、一組ずつ、ペアを組んだ二人が壇上に呼ばれます。

「あなた方お二人は、さっき初めて会いました。でも、膝を突き合わせて手を握り合って目を見交わして、子供のころからの話をしました。もう親友と言ってもいいほど相手のことを知っている仲です」

さすがに最後の「親友と言ってもいいほど」と言われたのには首を傾げましたが、講師は気にせずに続けます。

「それでは花沢さん。あなたの親友のことをほかの受講生に紹介してあげてください」

いきなり言われてまごつきました。

だって相手の名前も出てこない。

最初に聞いてはいるのですが、一度聞いただけですし、その後に、小学生の時の話から始まって、ずいぶん色々と話をしているのです。もうその時点では覚えていません。

仕方なく覚えていることから話し始めようとします。講師に注意されます。

「まずは名前から紹介しなくてはいけないんじゃないですか?」

慌てます。講師のフォローが入ります。

「仕方がないですねえ。親友の名前を忘れましたか。それではこうしましょう。忘れたときは、そこで内緒話をしてもいいことにします。ほかの人には聞こえないように、内緒で教え合ってください。それからルールを一つ追加します。パートナーが自分の紹介をしているときに、いやそれは違う、と思ったら、軽く相手の肩に触れてください。内緒話で訂正することを認めます。その逆も、つまり相手に確認したいことがあった場合も、相手の肩に触れてください。そして確認も、内緒話でしてください」

その指示があって壇上の二人は遠慮なく内緒話を始めます。

相手を紹介する途中で、何度も内緒話をします。その様子が微笑ましくて、見ているほうは、ついクスクス笑ってしまいます。

そうやって全員の紹介が終わるころには、すっかり夜になっています。わたしのときで参加者は三十二名いました。十六組がお互いのパートナーをみんなに紹介するのですから、結構時間は掛かります。

紹介が終わると「おしゃべりタイム」になります。

講師から説明があります。

「睡眠は男女に分かれて、大広間でとっていただきますが、大広間に入ったら一切の私語は厳禁です。無言の行をしていただきます。ですから今のうちに思いきり喋って、お互いの交流を深めてください」

始まる前は緊張していたわたしたちも、不思議なほど打ち解けています。それから夜が更けるまで延々とお喋りが続きます。

大広間には蒲団も敷かれていません。

スタッフが無言で押入れを指差して、蒲団の在《あ》り処《か》を指示します。

それから全員で分担して蒲団を敷くのですが、シーツも掛かっていません。枕カバーも全部自分たちで掛けなくてはいけないのです。ついつい言葉が出てしまうと、スタッフの人が短く笛をピッと吹きます。わたしたちは無言で寝る用意をします。

この初日で、わたしたちは完全に仲間になります。

薄暗闇でお互いのことを話し合って、パートナーのことをみんなに披露して、おしゃべりタイムがあって無言の行です。アイコンタクトだけで寝床を用意するうちに、相手が何を求めているのか、以心伝心で判るようになります。素晴らしく計算されたプログラムだと感心させられました。

二日目の午前中は体力を使います。

ランニングです。

それも普通のランニングではありません。普通に走ったのでは個人差がつき過ぎます。

セミナーでは、軍隊ランニングと呼ばれるランニングを採用しています。ゆっくり走りながら、担当の男性講師がミリタリーケイデンスで囃し立てます。

ミリタリーケイデンスというのは、米国の軍事訓練で唱和される行進の唄だそうです。

例えばこんな唄を講師が披露します。

おれたち日曜出勤だ。

社長はゴルフで接待だ。

おれたちタイムカードをごまかした。

社長はスコアカードをごまかすぞ。

ちょっと背徳的だけど笑える内容です。

これを講師に続いて全員で、大声で唱和しながらランニングをします。

最初は宿泊施設の空き地で、声が揃ってくると一般道に出てこれをやります。

わたしたちは自己啓発セミナーのロゴが入ったお揃いのポロシャツ姿です。

その日の朝に支給されたポロシャツです。

支給されるポロシャツは二枚セットで、汗を掻くたびに着替えます。汗を吸ったポロシャツはスタッフの方がコインランドリーで乾燥までしてくれます。受け取った時にマジックで名前を書いていますので、セミナー終了後は持ち帰りが許されます。

で、そのランニングですが、さすがに外に出るのは恥ずかしいかと思ったのですが、揃いのポロシャツを着ているのでそうでもありませんでした。

ミリタリーケイデンスの内容に、周囲から失笑されたり、偶には激励されたりしながら、集団でやっているので、恥も外聞もなくやり遂げることができます。これでかなり開放的な気分になります。

前の日に生まれた受講生間の親しみが連帯感のようなものに変わります。

それから近隣の清掃をしたあと、二日目の午後のメインは「なりきり劇」です。

昼過ぎから深夜までやります。

まず数人のグループに分かれた受講生たちに、かなり無茶な課題が与えられます。

「難産の妻に狼狽える旦那と、それを叱る舅と姑」とか。

「街頭で客引きをするオカマの娼婦が、キャッチした客を奪い合って口汚く罵り合い、興奮した客も、その罵り合いに参加してしまう」とか。

「二人の空き巣狙いがかち合って、盗品の分配を朝まで議論して家の人が帰ってきてしまう」なんていうお題もありましたね。

とにかく、あり得ないお題を与えられて、なりきっていると認定されるまで、延々となりきり劇が続けられます。それなりの衣装が用意してあって、劇の前にはグループごとの相談も認められていますが、入念に衣装を選択して、十分な打ち合わせをしたグループほど、なかなか認定は受けられません。

コツはとことん馬鹿になることです。

認定グループが出るうちに受講生もそれに気付きます。

そして馬鹿になります。

最初のほうのグループは認定されてヤレヤレみたいな雰囲気ですが、後になるほど、認定の喜びは大きくなります。観客である受講生とハイタッチしたり、挙句の果てには抱き合って喜び合ったりします。抱き合うところまで盛り上がってくると、『唐船ドーイ』が大音響で流れます。

初めて耳にする曲でしたが、これが流れると、講師やスタッフのみなさんが、受講生に紛れ込んで手踊りを披露します。みなさんカチャーシーの手踊りの講習を受けているそうです。

受講生たちも見よう見まねで一緒に手踊りをします。

ノリがいい人もノリが悪い人もいて、それは人それぞれです。わたしはすんなり踊れました。

でも男性で、ある程度年齢のいっている受講生は、なかなかそこまではいきません。まだ恥ずかしさが残っているのでしょうね。

受講を終えてセミナーのことを、わたしより先に受講した大出さんと話す機会がありましたが、驚いたことに、大出さんは「なりきり劇」のあとで『唐船ドーイ』を踊ったことは印象に残ってないそうです。多分あの人もノリが悪いほうの人だったんだと思います。

三日目も午前中はランニングと清掃で、昼からは「臨死体験」です。「臨死体験」というのは……。

——あっ、そうですか。大出さんがお話ししているのですね。

では四日目の話をさせていただきます。

午前中のランニングを終えて「人生にとって大切なもの」を全員で考える時間になります。

壇上に立った塾長が、わたしたち受講生に「きみたちにとって大切なものは何だろう」と問い掛けます。雑談風に始まります。

「家族」

「仕事」

「お金」

「友人」

「趣味」

色々な意見が出ます。出された意見を片っ端から塾長がホワイトボードに書き込んでいきます。幅四メートルくらいのホワイトボードを埋め尽くすくらい意見が出ます。中には笑いを狙ったとしか思えないような意見も出ます。それもすべて塾長は書き留めます。

たとえば、「ベッドの下に隠しているエロ本」とか。

やがて受講生からの意見が途絶えます。

「それじゃ、これをグループ分けしてみようか。ぼくがやるんじゃないよ。みんながやるんだ。さあ手を挙げて言ってくれ。どれとどれが同じグループになるか」

塾長に言われて次々に手が挙がります。

わたしも元気よく挙手しました。小中高と自分から挙手することなんてほとんどなかったわたしが、です。それがセミナーの空気なのです。

ためらいとか恥ずかしさとか、そんなものはどこかに吹き飛んでいました。

時間を掛けてグルーピングが終わると、また塾長から提案されます。

「それではそれぞれのグループにタイトルを付けてみようか。タイトルと言っても難しく考えなくていいよ。短い言葉でそのグループを表してみよう」

また手が挙がります。わたしたちは自分たちが出した大切なものを五つのグループに分けましたが、それぞれに短いタイトルが付きます。

「家庭」「仕事」「友人」「趣味」そして「お金」の五つです。

塾長が念押しします。

念押しと言うのは、その講義を通じてそれまでも何度か同じ確認をされているからです。アトランダムに意見を出したときとか、グルーピングをしたときにです。

「これは君たちから出た意見だからね。ぼくは一切関与していない。これはいいね」

全員が頷きます。実際にそうなのですから異論はありません。

塾長がホワイトボードをきれいに消して、その左半分に等間隔で円状に五つのタイトルを並べます。

「この五つの要素の関係を考えてみよう」と提案されます。

優先順位付けではありません。

「趣味を楽しむためには」

「家族を養うためには」

「友達を大切にするためには」

そんな風に質問されます。

必要なのは「お金」ということになります。

当たり前ですよね。

趣味を楽しむためには「お金」が必要です。家族を養うためにも「お金」は要ります。友達付き合いをするのにだって「お金」は必要です。「お金」がなくて家庭が円滑でないと友達付き合いもできません。ましてや「お金」の貸し借りなどがあると「友情」の破綻にも繋がります。

そんな風に話が進んで、ホワイトボードの右の余白に「大切なもの」が縦に並べられます。

一番上に「趣味」が来ます。

次が「友人」、そして「家庭」、四番目に「お金」が書かれます。

塾長の作為はありません。わたしたちが考えたことです。

下に行くほど重要、つまり上に書かれたものを支えているということです。

そして一番下に書かれるのが「仕事」です。

「仕事」をしなければ、「お金」が得られないですから当然ですね。

縦に並んだ五段階の「大切なもの」を示しながら、塾長が確認します。

「これは、ぼくが皆さんに押し付けたものではないよ。皆さんが、自分の頭で考えて、自分の意思で挙げたものを、ぼくはまとめるお手伝いをしただけだよね。これは皆さんが考えた大切なものと、その関連付けだね」

そう言われて全員が納得します。

わたしも納得しました。

凄く当たり前の結論になった気がしないでもないですが、わたしたちはその当たり前に改めて気が付いたのです。

そして塾長に言われます。

「こうやって見ると、ここにいる全員が仕事がいちばん大事だと思っているようだね。仕事が辛いとか、嫌だとか、辞めたいとか口にする人がいるけど、みんなにとって仕事が一番大事なものなら言わせて貰うよ」

わたしたちは息を詰めて塾長の言葉を待ちます。

「その仕事をやろうと決めたのは、君たち自身じゃないのかな。だったらそれは自己責任だよね。誰かに強制されて、今の仕事をやっているわけじゃない。自分で選んだ仕事だ。自己責任なんだよ。それが人生にとって一番大事なものだと思うのなら、辛いとか嫌だとか辞めたいと思う前に、そんな自分を変えて、頑張ってみようと思えば人生は、もっと輝くとぼくは思うんだけど、どうかな」

全員が大きく頷きます。何人かは、わたしもそうでしたけど、目を潤ませています。

最終日、五日目はコンフェッションです。

コンフェッションのことはご存じですね。

でも自己啓発セミナーのそれは、自分の気持ちの中にある滓《おり》をすべて吐き出して、すっきりした気持ちでセミナーを終わろうというのが目的です。望海楼のコンフェッションとは全然違います。

朝から始めて日が暮れるころに終わって、最後は「無」になる時間です。

全員がアイマスクをして、五日間を振り返ります。

使用した曲や、いつの間にか録音されていたわたしたち受講生らの歓声が静かに流れます。

講義ごとに、担当した講師の方が感想を述べられます。聞いているうちに涙が出てきます。感動の涙です。振り返りのすべてが終わると塾長が挨拶します。

「みなさん、五日間ご苦労様でした。これでセミナーを終了します。明日からまた、それぞれの職場に戻って、この五日間の気付きの体験を、みなさんの業務に生かしてください」

でもそれで終わりではありません。

ここからがクライマックスでした。

塾長の号令で全員がアイマスクを外します。

各受講生の前に誰かが立っています。

わたしの目の前には純子さんが立っているではありませんか。

「お帰りなさい」

温かい笑顔で純子さんが手を広げます。

わたしは純子さんの胸に飛び込んで声をあげて泣いてしまいました。

——すみません。思い出しただけで涙が出てしまいます。あのセミナーは、わたしの人生で最高の体験でした。

石和田徳平（65）元営繕係長

——動機ははっきりしています。あいつが許せなかった。殺したいほど許せなかった。

あの夜、同じ営繕に勤めていた藤代伸一から携帯に電話がありました。

「今からあいつを殺すかもしれないけど、徳平さんどうする」って。

飛んで行きました。できれば若い奴らが手を汚すのを止めたかった。でも、それ以上に、あいつを殺す気持ちで駆けつけました。

待っていると言われた会議室に乗り込みました。

みんなすごい顔をしていました。これは止めても無駄だなと思いました。

事情は訊いていません。訊けるような状況でもなかった。何があって、若い連中があれほど追い詰められていたのか判りません。でも止められませんでした。

「おれがやるから、おまえらは帰れ」と言ったんですが、誰も承知しません。

むしろ今まで待っていたこと自体、ずいぶん気持ちを抑えていたんだと伸一に言われました。

「だったら手を下すのはおれにやらせてくれ」と言いました。

絞殺するっていうので、若い連中には手足を押さえておいてくれと言いました。よく判りませんが、そのほうが、少しでもあいつらの罪が軽くなるんじゃないかと年寄りなりに考えたのです。

部屋の隅にあった延長コードを掴んで会議室を出ました。

——ええ、あいつを絞め殺した延長コードです。

付いて来なけりゃいいなと思いましたが、若い奴ら、付いて来ました。

——ご説明します。少々長くなりますがね。

わたしがあの会社の営繕に入ったのは十五年くらい前です。大女将がまだバリバリでした。

それ以前は土木作業員をやっていました。

中学出てからずっと土木作業員一筋です。それが五十のとき腰をやっちまって、騙し騙し仕事を続けられないことはなかったんですが、ひょんなご縁からあの会社の営繕に入りました。

営繕の仕事は館内の設備管理と館外の清掃整備です。

わたしはもっぱら館外を担当しました。土木作業に比べれば楽な仕事でした。鳶《とび》の経験もありましたからずいぶん重宝して貰って、十年目に係長の職を頂きました。

——動機でしょ。何をお尋ねなのか判っています。

でもね、これ、ちょっと話しにくいんだよな。

笑わないで聞いてくださいよ。

自分ね、同じ部署の加藤秀子さんって女の人と、恋仲になっちゃったんですよ。

いい歳をして恥ずかしいですけどね。

秀子さんは営繕の部長さんでした。お互い縁に恵まれず婚期を逃しましてね、寂しいもん同士が慰め合うようにくっついたって次第です。

最初はなんだったかな。

わたしはね、ひとり身だし、今まで土木の現場を流れ歩く旅仕事で食ってきたもんだから、飯場や簡易宿泊所が塒《ねぐら》だったわけですよ。

それが定職に就いたもんだから、住む場所が必要になって、それであの旅館の仕事を世話してくれた人が、大女将に口を利いてくれて、旅館の納屋を改装して住んでもいいってことになりましてね。

まあ、転職を決めたのはそれもあったかな。旅仕事に疲れてもいたんで、ここらで定住したかったんです。二つ返事でお受けしました。

——加藤秀子さんとは関係ない話です。順々に話しますので、ちょっと聞いていてください。

就職に際して世話をしてくれた人は、あの旅館の営繕の前の前の部長さんです。仕事の繋がりじゃありません。居酒屋で隣同士になったご縁です。

何の話だったかな。外構工事か。そうそう外構工事ですよ。

旅館の外構を直したいけど、業者に出すほどの規模でもないしなんて話でね。だったらもうすぐ今の現場にけりがつくんで、今の現場が終わったら、おれがやりましょうかって話になって、まっ、二日ばかりの仕事をやらせてもらったんです。

日当だけなんで二万円のはした仕事ですよ。プレキャストのU字溝なんかはこっちで注文して、部長さんに支払ってもらいました。

わたしの日当を入れても五万は掛からなかったでしょう。

外に出していたら十万超えたと思いますよ。

その部長さんが、わたしがその時入っていた現場を仕切る土木屋の社長と同級生だかなんだかで、ちょうど欠員も出ていましてね、わたしのことを土木屋の社長に問い合わせたら、真面目な人だよってことで、外構工事が終わった夜、居酒屋に誘われまして、このまま自分のところで働かないかって言われて、その時点で、本人にその気があるんだったら、土木屋の社長が身元引受人になってくれるって話ができていたみたいで、とんとん拍子で就職が決まりました。

――加藤秀子さんとのことですよね。

わたしが会社にお世話になったときは、まだ営繕の課長さんでした。

館内の管理を任されている立場で、自分を誘ってくれた部長さんが外回りの担当で、秀子さんはわたしの直接の上司というのではないのですが、部署全体のお母さんというか、お姉さん的な立場で、みんなに目を配ってくれている人でした。自分より三歳年下の秀子さんを捕まえて、お母さんだとかお姉さんだとか言うのは叱られそうですが、旅館の仕事に関しては自分なんかよりはるかにベテランで、自分は遠い人に感じていました。

入社して一週間目くらいのことです。

自分が風呂の排水を弄《いじ》っていると「石和田さんですね」と声を掛けてくれました。突然のことだったし、土木の現場で女性に声を掛けられることなんてほとんどありません。名前を呼ばれて、どう反応していいのか判らないでいると、

「館内を担当している加藤秀子と申します」

ずいぶん丁寧に挨拶されました。

自分、慌ててメットを脱いで、「石和田っす」と、ガキみたいな挨拶を返しました。

「このたびお世話になりました石和田徳平と申します。至らぬことも多いと存じますが、どうぞよろしくお願いします」

そんな挨拶くらいできなかったのかよって後で臍《ほぞ》を噛みましたが、そのときは、頭を下げるだけで精いっぱいでした。

もちろん土木の現場にも、まるで女っ気がないというわけじゃありません。

スコップ持っている女の人もいます。ダンプや重機に乗っている女の人もいます。時時他愛もない冗談を交わし合ったりもしますね。

最近なんかは、大学出たての若いお嬢さんが、現場管理者で着任することもないわけではないです。

ただそんな人らは、自分らみたいな現場作業員と直接言葉を交わすことなんかありません。監督か職長か、せいぜい言葉を交わすのは、そのあたりの人です。

自分ら一作業員が名前を覚えて貰うこともありません。

だから秀子さんのような、ちゃんとした女の人から、ちゃんと挨拶されたことなんてありませんでした。それで緊張してしまったんです。

「部長から、即戦力だと伺いました。期待していますので、よろしくお願いしますね」

そんな風にも言われました。

言われてみれば、入社した日の朝礼で部長がそんなことを言っていました。

「石和田さんは土木の経験が長く、即戦力です。先輩社員の皆さんには、仕事の流れを教えてあげてくださいとお願いすると同時に、石和田さんの技術を盗むくらいのつもりで、一緒に仕事をして頂きたいと思います」

そんな、勿体ないような紹介をして貰いました。

その朝礼に秀子さんも並んでいたのでしょうが、もう自分、緊張で頭がいっぱいで、その後で先輩社員やアルバイトさんの自己紹介もあったんですけど、全然お顔とお名前を覚えていなかったです。

「そのヘルメットいいですね」

自分が脱いで手に持っていたメットを、揃えた手の先で示して秀子さんが言いました。

柔らかく微笑みました。

「いや、すみません。これ自前で、慣れているもんですから」

なんて、あたふたと応えたと思います。

メットと安全靴は、部長に無理をお願いして我を通させてもらいました。

館外の仕事をする社員さんやアルバイトさんには、会社から制服と揃いで支給されるメットと安全靴がありました。でも自分、どうもその二つだけは、長年愛用した自分のものでないとしっくりこなくて、我儘《わがまま》を言って、入社してからもそのまま使わせて貰っていました。

支給されているメットはヘルメット・インナー・キャップというやつで、見た目は野球帽みたいに見えるメットです。安全靴もズックタイプのもので、それに引き替え自分のそれは、ドタ靴というか、いかにも重そうな靴でね、でも重く見えるくらいのドタ靴のほうが疲れないんです。それに実際は、そんなに重くない。見た目ほどは、ですね。

自分のメットは白で、その前面と背面に、太マジックで「いしわだ」って平仮名で大きく名前が書いてあります。それが土木現場の当たり前でした。胸に名札なんか付けません。漢字で書くのもダメです。一目で判りやすくということです。

土木作業で文字がかすれるたびに太マジックで上書きしていたので、かなりくっきりと読めるようになっています。ただいかにもダサいですよね。

そんなメットを「いいですね」って言われたもんだから、ますます自分、どう応えていいのか判らなくなって、メットを後ろ手に隠してしまいました。ずいぶん失礼なことをしたもんです。

「うちの父も、以前はそんなヘルメットを被っていましたよ」

秀子さんが言いました。

「お父さんも土木の方で？」

「ええ」とだけ、そこはちょっと哀しそうに微笑んで、秀子さんは「これからよろしくお願いします」と、その場を離れました。

別れ際の哀しそうな微笑み方が気になって、あとでさり気なく部長に訊いたら、秀子さん、父子家庭なんです。それどころか、お父さんというのが、最後にお世話になった地元の土木屋の現場監督さんで、そのお父さんがね、ダンプの横転事故で半身不随になって、もう何年も、寝たきりだというんですよ。部長にそれを教えて貰いました。

「あれだけの美貌の人だから、縁談は降るほどあっただろうけどね、父上の介護があるので、どうにも上手く話が進まなくてね」

そんなことまで教えてくれました。

その部長は自分が入社して十年目で定年退職しました。後釜に座ったのが秀子さんです。

　自分も繰り上げで係長になって、何かと相談する機会が増えました。

　さすがに役職まで頂いたのに、納屋を改装した小屋に住んでいるのはどうかと思えて、町場にアパートを借りて移り住みました。

　アパートを探してくれたのは秀子さんです。

　大家さんが秀子さんの知り合いでした。

　勤め先は地元では知らない人がいない旅館なんで、還暦の男ヤモメが住むといっても、嫌な顔はされなかったでしょうけど、それまで賃貸に暮らしたことがなかったので、勝手が判らずにいましたから紹介は助かりました。

　で、入居の日に言われたんです。

「これからは、住むところも近くなるから、時々寄らせて貰ってもいいですよね？」ってね。

　世話してもらったアパートは、秀子さんの自宅から歩いて五分くらいでした。

　もちろん自分に否はありません。男女の仲というより同僚として親しみを感じていました。ほんとそのときば、それ以上の気持ちはありませんでした。ほんとに、です。

　それからお互いの家を、徐々に行き来するようになって、秀子さんの家は、老朽化でかなりガタが来ていましたんで、その修繕なんかをやらせて貰いました。

　秀子さんは、自分が仕事に出ている間に部屋の掃除をしてくれたり、洗濯物は、さすがに遠慮したんですけど、汚れ物を溜めていると、勝手にやってくれたりして、すぐにそれも当たり前になりました。

仕事から帰ると、週に一、二度ですが、卓袱台に飯が拵えてあります。飯と汁と魚が一品と香の物と。

慎ましやかですけど、それまで喰ったことがないくらい旨い飯でした。家庭の味というやつを初めて知りました。材料費はどんなにお願いしても受け取って貰えませんでした。

そんなことが続くと、だんだん秀子さんとの将来のことも考えるようになります。お互い色恋って歳じゃありません。

手を握ったこともありませんし、具体的にそれを話し合ったこともありません。でも秀子さんも、同じ思いだったんじゃないでしょうか。そうでなければ飯の用意までしてくれませんよね。ねえ、そう思うでしょ。

ただお父さんのことがありますから、なかなか最後の一歩が踏み出せなかったんでしょう。

自分はそれでもいいと思っていました。

近い将来でなくてもね。

遠い将来でも、老後を穏やかに、共白髪で過ごせたらいいな、なんて思っていました。

ところがあの野郎が総支配人になって、いきなり秀子さんをリストラ要員に指名しやがった。

　誰が誰というんじゃないです。

　給料の高い順から首切りですよ。

　あの野郎、秀子さんに言ったらしいです。

「あなたの仕事ね、アルバイトでも代替できちゃう仕事ですよね。部屋を掃除する、お風呂を綺麗にする、ロビーや廊下を掃除する、他に何があるんだったっけ？　タオル類や浴衣なんかの洗濯。シーツの取り替え。いずれにしても大したことはないよね。アルバイトでもできる仕事だよね。でも会社はあなたに、アルバイトを五人雇えるくらいのお給料を支払っている。単純計算じゃないんだよ。例えば、時間いくらで働くアルバイトだったら、忙しい時間帯だけ、集中して雇うこともできるでしょ。それをぼくなりに計算したら、アルバイト五人分のお給料を会社はあなたに支払っているということになるんだよね。で、あなた五人分の仕事できますか？　できないよね。年齢も年齢だし、若い子みたいに軽快に動けないでしょ。残酷なようだけどそれが現実だよね」

　あの野郎、人前ではおどおどしてろくに喋れないくせに、社員と二人きりになると好きなこと言えるんです。あとで秀子さん泣いていましたよ。悔し涙でしょう。それに被せてあの野郎言いやがった。

「いずれはね、ぼくのパパの夷隅製鉄から、資金的なテコ入れもして、この旅館の再建も考えなくちゃいけないと思っているんだよね。でもね、出すもの出して貰って、それを貰うほうは、今までのままというわけにはいかないでしょ。それなりに痛みを伴う改革をしないとね。だからリストラなの。お給料が高い人順に辞めて貰うという単純な話ではないんだよ。責任の問題。判る？　この会社の経営が行き詰まった責任。もちろんいちばんに責任を問われるべきは、大女将とか若女将ら旧経営陣だよね。でもそれじゃ足りない。もっと血を流して貰わなくちゃ。それがあなたたち管理職なの。高い給料もらって、他人よりいい暮らしをしていたわけでしょ。それなのに経営を行き詰まらせてしまった。とうぜんその責任を感じて貰わないと、ぼくとしても、夷隅製鉄、いや、パパにお金を強請《ねだ》ることはできないじゃない」

そう言いやがったんです。

秀子さんは責任感の強い人だから言い返せなかった。

でも親父さんに金が掛かるんです。

ずっと寝たきりだった親父さんは、八十を超えて認知症になっていた。そのうえ癌を発症していた。その介護と治療にずいぶんなお金が掛かるんです。

自分はあの野郎に直訴しました。

自分をリストラしてくれって、ね。

その代わり秀子さんのリストラを撤回してくれって。

あいつは呑んでくれましたよ。

自分は直訴した次の日に辞表を出しました。先の当てなんかなかった。日雇いでもなんでもやる気で辞表を叩き付けてやりました。

だのに、あの野郎……。

――秀子さんのリストラですか？　約束通りあいつは撤回しました。

でもね、次の弾があった。

転勤命令です。

自分が辞めて三日後に、あの野郎、それを発令しやがった。父親が経営している夷隅製鉄の関連会社かなんだか、神奈川の川崎に倉庫会社があって、その守衛室に転勤しろって。住むところは、会社が用意した独身寮です。

寝たきりの親父さんどうすりゃいいんですか。管理職だから転勤は拒否できない。拒否するなら辞めて貰うしかない。そう言って秀子さんを追い詰めた。

わたしは余計なことをしてしまったのかもしれません。

秀子さん、素直にリストラを受けていれば、規定の五割増の退職金が貰えたんです。それでその後の生活が安泰というわけではないけど、少なくとも、割増しの退職金は貰えた。自分が余計なことをしたおかげで、秀子さんは、それさえ貰えなくなった。

――いいえ、恨み言を言われたわけではありません。

そんなの言える人じゃないです。でも……。

おれに一言もなく、秀子さんは……親父さんを道連れにして……。

秀子さんのことはほかの社員には知らせませんでした。

でもおれが引っ張ってきて、今でもちょくちょく家に遊びに来る藤代には気取られて、秀子さんのことを話しました。だからあの野郎を殺すと決めたとき、あいつはおれに声を掛けてくれたんだと思います。あいつを引っ張った後も、秀子さんと三人で、何度かうちで飯を食ったりしましたしね。

それから純子さん。若女将です。無理心中する前に、秀子さんは手紙を送っていました。届いたのは亡くなった後ですけどね。

中身は見ていません。

ただ純子さんの話によると、おれのことをよろしくお願いしますって書いてあったそうです。

葬式に来てくれた時にそれを知って、おれは体が千切れる想いをしました。純子さんが慰めてくれなかったら、その場で後を追っていたかもしれない。

それからも度々、純子さんはおれを訪ねてアパートに来てくれました。ほんとにあの人は……。

おれね、営繕の外回り担当だから、それまで純子さんとはほとんど接点がなかったんですよ。でもアパートに来てくれるようになって、何て言えばいいんでしょ、ほんとにあの人は天使みたいな人ですよ。

どれだけ俺が慰められたか。膝枕までしてくれるんです。

——いえ、そんな男女のあれこれじゃありませんよ。

おれがね、前に酔っぱらったとき、秀子さんが膝枕してくれたことを話したらね「わたしでよければ」って、してくれたんです。気持ち良かったですよ。徳平さんがお父さんみたいに思えるんです。

「わたしは中学生の時に父を亡くしていますから、徳平さんがお父さんみたいに思えるんです」

そんなことも言われました。

いろいろ悩みも聞きました。あんな美人なのに悩みがあるんですね。

——そうですね。大体は望海楼の経営不振についてでしたね。

それと旦那のこと。あの豚のことですよ。

ある時なんかは、膝枕してくれているときに、ぽつりと洩らしたんです。「殺してやりたい」ってね。

びっくりして飛び起きました。

「そんなにあの豚が憎いんですか?」

面と向かって訊きました。

純子さんがそれを願うなら、おれが殺してやっても構わないと思いました。あんな純真無垢な純子さんがそこまで思い詰めるなんて、許せない気持ちになりました。

——いえ、今回の事件とは関係のない話です。

殺してやりたいと言ったことも、おれの早合点でね。あの豚のことじゃないんです。金魚ですよ。ランチュウとかいう金魚。それを殺してやりたいと言ったんです。

何でも二匹で四百万とか五百万とかする金魚らしいです。そんなもんにうつつを抜かして、結婚前に約束した資金援助を一銭もしない。その意趣返しに殺してやりたいと口走ってしまったそうです。

――ええ、今回の事件と純子さんはまったく関係ありません。そんな血生臭い話とは全く無縁な人なんです。

それにしても何なんですかね。

労働者が保護されているなんて嘘っぱちもいいところですよ。会社なんて、上の思惑通りにしかならないようにできているんです。

その点流れの土木作業員は自由です。

収入が安定しないってことはありますけど、宮仕えじゃないですから。

一日の仕事が終われば、風呂入って、焼酎呷って、寝るだけです。現場で嫌なことがあっても、腹に溜めずに怒鳴り合えばいい。最悪、ケツをまくればいい。まあ、無責任と言えば無責任かもしれませんけど、ストレスのない仕事です。

藤代伸一なんかは、そのあたりのこと判っていますけど、ほかの若手、厨房の大出隆司とかは、どうなんですかね。月に三十万円ですか。まあ土木の世界で、重機のオペとか特別な技量もなくてそれだけの金貰うのは難しいです。せいぜいが日当一万円で、現場に二十五日間出て二十五万っていうのが、関の山かな。

ただ雨が降ったらそれも飛びますけどね。それにお盆と年末年始、それとゴールデンウイークか。長期休暇があるときはきついですね。月の収入がガタ減りしますから。

そう考えたら宮仕えと流れの土木作業員、どっちもどっちだね。

——秀子さんの葬式が終わった後もアパートに残りました。

そりゃ東京に移ったほうが仕事も取れるし現場に行くのも便利なんですけどね。ただ秀子さんとの想い出があるアパートを離れる気にはなりませんでした。

それにね、純子さんが来てくれるじゃないですか。

「出て行かないでほしい。頼れるのは徳平さんだけ」なんて言われて出て行けますか。おれはね、あの子の父親代わりなんですよ。

——藤代伸一との関係ですか？

今回の事件が起こる前に、伸一から辞めたいって相談受けました。

また流れの土木作業員に戻りたいってね。

ただあいつ、嫁さん貰ってるじゃないですか。嫁さんのためにもう少し我慢しろって止めました。

そしたら伸一の野郎、その次に嫁さん連れて来やがった。で、嫁さんが言うんです。

「伸一さんの希望通りにさせてあげてください。伸一さんから聞きましたが、石和田さんは、ゼネコンの所長さんとかにパイプがあって、以前は、現場をたくさん紹介してくれたそうですね。その仕事に、伸一さんが戻りたいと言っていますから、どうか希望を聞いてあげてください」なんてね。

困りました。

ゼネコンの所長にパイプがあるなんて、そんなもん、ベテラン土木作業員なら誰でも口にするハッタリですよ。

判るでしょ。

何年も土木作業員やってきて、それくらいのことがないと格好がつかないじゃないですか。

一年坊主も二十年選手も、現場に入ってしまったらそうそう稼ぎなんて変わるもんじゃない。

実際やれる仕事にそれほどの差があるわけでもないし、若い奴は腕力もありますからね。何年経験を積んだって、土木作業員なんて稼ぎが良くなるわけじゃないんです。だったらせめて自分はゼネコンの偉いさんとパイプがあってみたいな見栄も張りたくなるでしょう。

まあゼネコンの所長もね、その心理につけ込むっていうか、結構気軽に口にするんですよ。

「いやあ、あなたと仕事ができて良かった。また自分がどこかで現場を持ったら、必ず声を掛けますんで、是非力を貸してください」なんて酒の席で言うわけです。

――ただのお愛想ですよ。リップサービスってやつ。

大手のゼネコンの所長なんか、四十そこそこで八百万くらい年収があるんですよ。その上にね、正規の年収に加えて下請け会社が実弾を撃つわけです。

――実弾。現金ですよ。袖の下です。

呑ませたり女をあてがったりするのは鼻薬ですが、やっぱり一番効くのは実弾です。やり手の所長が長期の現場を持ったら、家一軒分くらいの裏金は貯めこみますよ。

そんな人間の言うこと真に受けていたら馬鹿を見るだけです。

とにかく嫁がいる伸一の生活まで不安定にするわけにはいかない。だから言ってやりました。

――いいえ、それは言わないです。あれは見栄で言っていたハッタリなんだ、なんて言えるわけがないでしょう。それじゃ自分がみじめじゃないですか。

こう言ってやったんです。

「いいかい、奥さん。ゼネコンの所長に繋ぐのはいいけど、いくらゼネコンだって、いつもいつも現場があるわけじゃないいんだ。現場が途切れたら収入減るよ。安定もしないよ。そのうえ現場を渡り歩く旅仕事になる。家の近くの現場にだなんて贅沢は言えない。少なくとも関東一円で現場が入ったら、どこにだって、喜んで行くくらいのフットワークがなくちゃ仕事は貰えないよ」って。

そしたら、

「わたしは構いません。お給料が足りなければ、わたしが働きに出ます。仕事が遠方だったら、その期間、離れて暮らすことも覚悟します。もし可能であれば、交通誘導員でもなんでも、彼が入る現場の近くでお仕事を探してみもします」なんて言うんですよ。いまどきよくできた嫁です。

ただおれも歳を食ったんですかね。以前なら「その覚悟があるのなら任せとけ」と言っただろうけど、言えなかった。それがこんなことで殺人犯になるんだったら辞めさせりゃよかった。嫁さんには本当に悪いことをしたと思っています。

でもね、流れの土木作業員なんてなんの保障もありません。ほら、昔の唄にもあるじゃないですか。

「工事終わればそれっきり。お払い箱のおれ達さ」ってね。

工事の終わりだけじゃない。怪我をしても、病気になっても、ちょっとしたことで、流れの土木作業員なんてお払い箱ですよ。

おれも以前ね、脚を折る怪我をしました。走路用の二トンからある鉄板の下敷きになったんです。ユンボで吊って移動していた鉄板が風に煽られて、フックが外れて落ちてきました。二トンの鉄板が煽られる風ですよ。強風どころじゃない。前の晩から吹いていました。爆弾低気圧っていうやつです。

こりゃ今日は休工だなって、でも晴れていたんで、念のため現場までは行ったんです。

そしたらゼネコンの所長が工事をやるって言う。

おれは若い奴らに注意しろって言いました。

そのおれが事故ってしまった。

入院しているおれのところに、おれが雇われていた協力会社の職長が見舞いに来ましてね。

——協力会社というのは、下請けのことです。

下請けという言葉が聞こえが悪いってんで、そのころには、協力会社という呼び方をしていました。誤魔化しですよ。

その下請けの職長が「労災申請はしないでくれ」って言うんです。

労災申請すると雇い主が基準局に睨まれますから、そういうことなのかと思ったら、違いました。ゼネコンのね、その現場の、けっこうでかい現場でしたけど、無事故記録が途絶えるのが、ゼネコンの所長としては面白くないわけですよ。

無事故記録は三日以上の入院で途絶えます。だから最初は二日で退院できないかって。

無茶言うなよって思いました。

大腿骨複雑骨折なんです。

それを二日で退院できるわけがないでしょ。

だったら入院していても構わないけど労災申請は止めてくれって。

下請けの職長から剝き出しで五万円貰いました。

見舞金です。

それで強風の前日に現場を辞めたことにしてくれって言われました。

辛そうだったなあ、職長。

ただね、おれが貰った五万円も、下請けの会社や、ましてやゼネコンが負担した金じゃない。職長の自腹ですよ。それを思うとおれも頷くしかなかったです。

休工が当たり前の荒天の日に工事強行を決定しておいて、その結果事故が起こっても、ゼネコンは知らんふりです。まあ、あの現場の所長が糞だったんでしょうけど。

で、結局おれの事故は無かったことになって、そりゃ出るとこ出たら、問題にはできますよ。でもそれをやったら、その下請けの会社は、次の工事からゼネコンの協力会社を外されます。そして出るところに出た作業員はどこの現場の仕事も貰えなくなります。

そう考えると宮仕えも流れの土木作業員も同じじゃないか。

保護されている労働者なんてどこにもいねえか。会社に勤めても、上が馬鹿ならどうしようもない。自由業の作業員でも、所長が馬鹿ならどうしようもない。

働くってなんなんだよ。

こっちは気持ちよく汗を流して、誰かに喜んで貰いたいだけなのによお。ああ、嫌だ、嫌だ。

嫌だねえ。

——飯ですか。そうですね。ちょっと息を入れますか。

——若い奴らのことですか。あいつらの殺意？

それを訊かれると、何とも答えようがないですね。ええ、確かに言いましたよ。止めようと思って行ったけど、止められる状況じゃなかったって。

でもだからって、あいつらが殺意を持って殺しに積極的だったとは言えないでしょ。もしおれの証言が、そのように誤解される証言であるのなら、撤回します。

そりゃあ、あの時はオレもテンパッていましたから、不用意なことを言ったかもしれませんが「自分が首を絞めるから、おまえたちはあいつを押さえ込んでおけ」って言ったのは、おれが絞め殺すのをお前らは見ていろって、そんな意味合いで言ったことで、殺人に協力しろと言ったわけじゃないんです。

それにおれだってね、あいつが眠っている部屋に行くまでは、どうしようか正直迷いはありました。

もし秀子さんのことが原因で、あいつを殺してやろうと思ったのなら、もっと早い時期にやっていますよ。あいつの部屋は三階でしょ。おれは鳶の心得もあるんですよ。三階なんて、縁側に上がるくらいの高さですよ。おれにとっちゃね。

あの時は、そうですねえ、あいつを痛めつけてやろうくらいにしか思ってなかったんじゃないかな。

——さっき言ったことと違う？

あいつを殺す気持ちで駆けつけた。

おれそんなこと言いましたか。

ちょっと混乱しているなあ。すいません。取り調べなんて初めてなんで、なんか混乱しているみたいです。

いえね、覚悟はしていたんですよ。罪を一人で引っ被るつもりで全部正直に答えようってね。でもちょっと言葉が前後しちゃったかな。

おれの殺意？

秀子さんのこと。

恋仲って言っちゃいましたか。

まあ、それはおれの個人的見解で。

あの夜のことは記憶がぐちゃぐちゃで。

確かに望海楼に向かいながら、あいつを殺してやろうって思ったかもしれません。ただそれは、向かう間ずっとそう思い続けていたってことじゃなく、そんな思いも頭を過ったということでね。

いちばんの目的は、やっぱり若い奴らを宥めようってことで。

ああ、だんだん訳が判らなくなってきやがった。

――殺意をはっきり意識したのは、それはあいつの部屋に踏み込んで、あの金魚を見たときです。

――どうしてって、あの金魚の値段ですよ。

厨房の鐘崎ですかね、小声で言ったんですよ。「これ、二匹で四百万円くらいするんだよな。持って帰れねえかな」ってね。秀子さんが生活苦で喘いでいたっていうのに、そんな馬鹿高い金魚を飼いやがって、と思いました。やっぱりこの男は生かしちゃおけねえって思いました。

それにあの金魚は純子さんも「殺してやりたい」って言った金魚なんですよね。それを思い出して、憎しみが沸点になりましたよ。

あのとき、おれどうしちゃったんだろう。

純子さんと秀子さんがごっちゃになって、金魚とあの豚もごっちゃになって。

「こんな時に何を言っているんだ」って、大出隆司が同じ厨房の鐘崎を叱りました。

「だって総支配人死んだら誰がこいつらの面倒見るんだよ」

鐘崎の野郎、口を尖らせて反論してやがったけど、どうせあいつは、持って帰って売り飛ばすことを考えていたんでしょ。あんな高い金魚、右から左に捌《さば》けるもんでもないでしょうにね。

――いえ、それで殺そうと決めたわけじゃないですね。生かしちゃおけねえとは思いましたけど、さあ殺してやるっていうんじゃなかった。殴ってやろうかとは思いました。

――ええ、そういう意味では、まだはっきりとした殺意を抱いていたわけでもないです。

それであいつの枕元に忍び寄った。

頭ぶん殴ってやるってんでね。

ところが手に延長コードを持っていた。

何だこれ。

ああそうか。

おれこいつを絞め殺すんだなって合点しました。

気が付いたらあの野郎の左右に伸一と隆司がいやがった。おれを睨み上げていた。目が合ったら二人とも口を結んで頷きやがる。それでもう、おれ引っ込みが付かなくなって……。

——はい。やっちまったんです。

いったん首を絞め始めたらあとは無我夢中でした。

あの野郎がトドみたいな図体で暴れるもんだから、もう無我夢中以外の何もんでもないですよ。

必死でコードを引き絞りました。

——殺意？

あったんでしょうかね。よく判んないや。

藤代伸一（35）営繕契約社員

――三十になるちょっと前からやから、もう足かけ六年勤めとることになります。徳平のオッチャンに誘われました。

流れの土木は歳取ってからが辛いで言うて誘われたんです。

自分が勤めとる旅館の営繕で若いもん募集しとるからどうや言うて。

徳平さんとは、なんべんか、現場で一緒になりました。土木仲間です。徳平さんが土木から足洗うたあとも、ちょくちょく電話とかあって、時間が合えば二人で呑みに行ったりしていました。

――出身はアマです。

兵庫の尼崎ですわ。

知り合《お》うた時の徳平さんは流れの土木作業員でした。

オレ気ィが短いんで組織に合いませんねん。

中学出て、アホやけど体力だけはあったんで、近所の土木の会社に入って、そやけどそこの職長と合わんかった。そのとき同じ現場で働いてたんが、徳平さんです。職長と合わんで拗《す》ねとるオレに、徳平さん、声掛けてくれましてん。

「今度、東で長期の現場入るけど、一緒に行かないか」て。

オレ兵庫から出たことなかったし、現場を渡り歩いてる徳平さんに憧れもあって、東もええんと違うやろうかと、よう考えもせんと徳平さんに付いて東京に来ました。そっからずっと関東です。

仕事があるときは現場の寮で、仕事が切れたら簡易宿泊所暮らしで、まあ気儘なんが性に合《お》うてました。徳平さんは長期の現場が入るたんびにオレに声掛けてくれて、たまたまオレに現場が入ってなかったら、オレもそっちに行ったりして、付かず離れずの仲でした。

あの人もずっと簡易宿泊所住まいでした。

仕事にあぶれてて、どっちかに金に余裕のある時は二人で朝から酒呑んでたりしていました。

簡易宿泊所の近所は物価が安いんが何よりです。

自販機のコーヒーかて、あっこやったら五十円ですからね。七年くらい暮らしましたけど、現場以外で東京の他の土地は知りません。

とにかく物価です。

朝飯食うにも、立ち食いの飯屋があるんですけど、白飯がどんぶり一杯六十円です。

味付け海苔は一袋五枚入りが五円。

タクワンも三切れで五円やったかな。

生卵は一個二十円でした。

豚汁が一杯三十円で、まあ肉はあんまり入ってへんけど、こんなん他ではありませんやろ。暮らしやすいとこでした。

ただね、そのうちちょっと暮らし難さを感じ始めるようにもなりました。

バックパッカー言うんですか、外国の旅行者が流れ込んでくるようになって、あの人ら風体はそこらのホームレスに毛が生えた程度なんやけど、何しろ明るい。明る過ぎる。明るくて煩いんです。あの明るさには気が滅入ります。

簡易宿泊所もバックパッカー向けに改装されるようになりました。

一階のロビーというか共有部分にパソコンが置かれるようになりました。四台も五台も。そこで白人さんが、インターネットをやってます。別にそれが悪いわけやないけど、なんかね、空気がよそよそしくなったいうか。

それと高齢者。

これがどんどん増えていくんです。

簡易宿泊所の周りが、知らん間に金のない高齢者の吹き溜まりになりました。爺さんら、昼間から酔い潰れとう。濁《にご》った眼ぇして、涎垂《よだれ》らして、何やわけの判らんことブツブツ言うとう。そんなんがどんどん増えていきますねん。

そうこうしてるうちに街の景色も変わりだしました。

近くの商店街はアーケードやったんやけど、屋根があるとね、浮浪者が寝に来るいうて、アーケード取っ払いよった。公園とかのベンチもね、一人分が座れる区画を分けるみたいな仕切りがついたり、大きく波打たせたり、あれはね、横に寝転がれんようにしとんですわ。

街の景観守るためやろうけど、何や悪意を感じましたわ。一般の市民さんには判らんように、オレらみたいなもんにはハッキリと判るように、街がデザインされていきますねん。

自分には縁のない明るい将来みたいなもんをバックパッカーらに見せつけられて、自分の間違いない成れの果てを爺さんらに見せられて、そやけど二十になる前から、土木で暮らしてきた自分です。いまさら生活を変えようにも、どう変えてええのかも判らへん。正直煮詰まっていました。

愉しみいうたら文庫本を読むくらいです。

おかしいですか？　オレらみたいなもんの愉しみが読書やなんて。

そやけどね、読書が一番の安上がりですねん。

古本屋行ったら百円で一冊買える。それで半日か一日時間が潰れる。荷物になるもんでもないし、公園でも道端でも、時間が潰せる。ちょっと賢くなった気にもなれる。そやから時間のある時は、本ばっかり読んでいました。

――好きな作家？

特にはないです。ジャンルもないです。本は厚さで選んでたんで。長い時間読めたほうが得ですやん。

そやけど、どんだけ長い時間読めても、しょせんそんなん一時の逃げですわ。煮詰まってることに変わりはありません。そんなときに徳平さんから電話貰《もろ》うたんです。何年ぶりかの電話でした。

――携帯だけはずっと持ってました。

それがのうなったら、社会と縁が切れますやん。

土木の仕事貰うにも連絡先が要ります。スマホとかではないです。いちばん安いピッチです。電場番号が070で始まるやつ、それに徳平さんから電話があって、自分がずっと住んでた小屋が空くから、そこに住んで、旅館の営繕の仕事やらんか言うて誘てくれたんです。正直、助かったって思いました。

――殺人の動機ですか。動機は嫁が屈辱を受けたことです。

――時期？

そんなことなんか関係あるんですか？

いえ、あいつを殺した日ィやないです。

もっと前です。

半年よりもっと前です。

――いえ、あいつを殺したんは、計画してやったのではありません。たまたまあの夜、全員の気持ちがひとつになったんです。そやから衝動的です。それまでは、殺してやりたいと思うことはあっても、実際に殺すまではいかなかったです。

――はい。徳平さんにはオレが連絡しました。

純子さんに言われたんです。純子さん熱出して倒れてしもうて、タクシー呼んで病院行って貰ったんやけど、タクシー乗るのにオレが介助したんです。そのときにね、掠れる声で言われました。

「徳平さんに電話して」って。

オレ早とちりしたんかも知れへんです。たぶん徳平さんが、秀子さんのことで、いちばんあいつを殺したいんやろうなって思てました。純子さんもそれを知っているはずやし、そやから徳平さんに加勢して貰えと言われたんやと勝手に納得したんです。けどそうやのうて、オレら血ィが上ってたんで、大人の徳平さんに連絡せいと言うたんかも知れません。自分の早とちりで徳平さんを巻き込んでしもうたんやったら、何とも申し訳ないですわ。いや徳平さんだけやない。オレが電話したことで、他の奴らも巻き込んでしもうたんかも知れません。あのままの流れでいっても、結局最後の最後は、殺人までには至らんかったんかも知れません。徳平さんいうエンジンがなかったら、結局オレらは総支配人室のドアをよう開けんかったかも知れへん。そのあたりのことはよう判りませんんわ。

「どこにいるんだ」

「会社の会議室です」

「すぐに行く、動くな」

そんな会話があって、十分もかからずに、徳平さんが血相変えて駆け込んで来ました。オレたちは説得されました。

「おまえたちが手を汚す必要はない。おれがひとりであいつを殺す」

そんなふうに言われました。

けどオレたち納得できんかった。どうしても、この手であいつを殺したかった。突き抜けたかったんです。突破したかった。

――嫁が屈辱を受けたときのこと。

あれは仲間内で開いた披露宴代わりのビーチパーティでした。その席にあいつが乱入して来たんです。あの豚が、です。

その半年前に、若女将の純子さんがあいつと結婚しました。

オレ、ショックやった。

純子さんに憧れていたんです。高嶺の花やて重々承知していましたけど、やっぱりショックやった。

どんな格好のええ奴が純子さんを射止めたんやと思いました。

けど新婚旅行から帰った足で純子さんに連れられて旅館に挨拶に来たあの豚を見て、びっくりしました。ブヨブヨなんです。贅肉の塊ですわ。

ハアハア肩で息して、暑うもないのに汗を掻いてくさった。腹を左右に揺すって足持ち上げて、階段一段上がるのにも難儀しているやないですか。

細身の純子さんがあいつの腋《わき》に手を入れて、汗だくの腋にですよ、補助している姿が堪らんかったです。なんでやねんって、叫びそうになりました。

そのうえ最悪やったのはあいつの母親です。

あいつの母親があいつの総支配人就任の挨拶をしやがった。純子さんやない、あいつ自身でもない。あいつの母親が偉そうに挨拶したんです。あいつらの一族が経営する夷隅製鉄たらが経営再建の肩入れをすると言うた。

そうか純子さんは人身御供になったんや。って、オレ得心しましたわ。

金です。

金であいつの家に買われたんです。

もう辛抱堪らんかった。

旅館が左前なんやったら潰したらよかったんです。

そらオレも含めて、たちまち路頭に迷う人間もたくさんいてるやろうけど、純子さんが犠牲になる必要なんてないやないですか。もともとは、亡くなった大旦那と、大女将が始めた旅館です。千葉の海辺のリゾート旅館ということで、一時は景気のええ時もあったようやけど、いまどき千葉の海辺をですよ、リゾートと考えるやつなんて、そのへんのサーファー小僧くらいのもんですやろ。

もともとの目論見が外れたというか、時代に取り残されて左前になったわけです。

東京のええとこの女子大に通って、東京で就職してた純子さんには何の咎《とが》もない。それやのに東京からコエ臭い田舎に帰って、それでも純子さん健気に頑張らはった。

お馴染みさんはお年寄りばかりや。どうしようもないやないですか。あいつは、というかあいつの家は、金を持っているかもしれんけど、もう終わっとるんです。いまさらいくら金を掛けたって、どうこうなる旅館やないんです。何でそれが判らんのやろ。

迷走ですわ。

ウロウロした結果が純子さんの結婚ですねん。

あんな豚野郎の慰み者になることなんですわ。

見た目だけが恋愛感情を抱く条件やないんかもしれません。そやけどそない考えても、あの豚は酷すぎますわ。百歩譲って、いや万歩でもええ、それだけ譲ったって、母親の陰に隠れて、ろくに挨拶もできんような男なんです。見た目以外の要素でも、あの豚野郎に純子さんが慕う気持ちを抱くわけがない。

そやから金なんですよ。金、金、金です。悲惨すぎるやないですか。

その夜は荒れました。

荒れ狂うた。

たまたま前から予定していた営繕の若手中心の呑み会やったんやけど、もうやってられるか、みたいな気持ちでね、めちゃめちゃ呑みました。呑み狂うたった。

そんなオレを介抱してくれたんが今の嫁です。

気が付いたらラブホの一室やった。

上着脱がされて頭に濡れタオル置かれていました。大の字になったオレの顔を覗き込んで、「大丈夫?」って、あいつ、微笑みよった。

気持ち悪さに辛抱堪らんようになったオレが跳ね起きて、トイレに駆け込んで、便器抱えてゲエゲエやっとる間もずっと背中を撫でてくれてた。

「純子さんのこと、ほんとうに好きだったんだね」

さみしそうに言いよった。

知ってました。あいつ、オレに気ィがあったんです。

あいつは営繕で風呂と洗濯場の担当でね、いつも、洗濯物の匂いをさせとるやつでした。

「これ、廃棄になるから」って、使い古しのタオルなんかを、汗拭き用にくれたりする女でした。使い古しやけど、あいつがちゃんと洗ったのをくれるんで、洗剤のええ香りがするタオルでした。

卑怯やと思いますけど、オレ、あの夜、そのままあいつを抱いてしもうた。

あいつ初めてやった。

こら結婚するしかないと思いました。

純子さんが結婚してやけくそになって決めたんやないです。あいつが可愛かった。この女と所帯持とう。真剣に考えて結婚することにしたんです。

自分の親とは疾《と》うから音信不通で結婚のことは知らせませんでした。

両親は死んだことにしてあいつの親御さんに挨拶しました。受け入れてくれました。

オレが納屋を改装した小屋に住んでいると知って、それやったら娘は一人娘やし、うちに同居したらええとも言うてくれました。築三十年からの建売です。かなりガタがきてましたけど、オレにとっては有難すぎる話でした。

結婚式はしませんでした。というかできませんでした。

金がなかった。

写真館に行って貸衣装でウエディングの写真撮っただけです。

新婚旅行はお台場のスーパー銭湯ですわ。

ふたりで一泊して部屋代は一万円でお釣りがありました。

徳平のオッチャンから三万円祝儀で貰いました。それでええもん食べました。たった一泊の新婚旅行やったけど、あいつ泣いて喜びよった。案内された部屋がベッドや言うて泣きよった。ベッドで寝たことないって泣くんですわ。

「最初のときラブホのベッドやったやないか」言うたら、

「あれとこれは意味が違うもん」て、ベソ掻いて抗議しよんです。

晩飯の懐石御膳を見ただけできれいやと泣きよった。何から箸付けてええか判らんて迷いに迷ったあげく一口目が、キュウリの酢の物でした。それが美味しい言うてまた泣きよった。着いてから帰るまでずっとそんな調子で泣いてばっかりやった。

「もうこれで十分です」

あいつ言いよった。最寄りの上総一ノ宮駅まで帰り着いたときです。

「ありがとうございました」と、他人行儀に深々と頭を下げられました。

なんやオレ、ウルウルしてしもうて、

「披露宴どころか結婚式もできんかって、すまんと思う。職場の仲間を呼んで披露宴代わりのビーチパーティやろうや」って、言うたんです。

ほんで職場のアルバイトとかに声かけて、次の週、二人が休める日に、ビーチパーティすることになりました。集まってくれたんは四人でした。あいつの友達の恵美にも参加して貰いました。

——そうです。一緒にあの豚男殺したフロントの花沢恵美です。

その時はもう旅館辞めていた徳平さんにも声をかけて、そやけど現場が休めんかって、また祝儀一万円貰いました。なんや催促だけしたみたいで申し訳なかったです。

そのビーチパーティにあの豚が乱入してきたんです。

バーベキュー道具は会社から借りました。

お泊まりのお客様用のセットがあって、お客様は高齢の方が多いので、ほとんど利用はありません。

時々フルサポートプランをご利用される方がおられるくらいです。フルサポートプランと言うのは、道具の運び込みから炭熾《すみおこ》し、食材の調達から下拵えに焼き方、最後の後始末まで旅館側でやるというプランです。

おひとり様七千円とやや割高かもしれませんが、旅館としては完全にサービス価格です。人件費考えたら赤字やないでしょうか。

お客様にしたら、手ぶらで来て手ぶらで帰れるわけですけど、手間が掛かるんで従業員にはあんまり受けがようないサービスでした。オレらは道具だけタダで貸して貰うて、食いもんはみんなで持ち寄って、飲みもんをオレが用意して始めました。

そこへあの豚男が来たんです。

首から双眼鏡下げて、近くのスーパーの、いちばん大きなレジ袋を二つ提げて、双眼鏡はあの豚が総支配人室から海辺を眺めるためのもんです。

要は覗きです。

九十九里はサーファーが集まる場所ですから、とうぜん水着のオネエチャンもいるわけで、それをあの豚、高倍率の双眼鏡で覗いとんです。その双眼鏡でたまたまオレらがバーベキューの用意しとんのを見つけたらしいですわ。

いや、たまたまやないか。

あの豚、オレらがビーチパーティやるの知ってましたから、双眼鏡で探したんでしょ。バーベキュー道具をタダで貸して貰うんですから、決裁印が要ったんです。だから知られてしもうたんです。

スーパーのレジ袋は差し入れかと思うやないですか。

そしたらあの豚「これぼくのね」て言いやがって、二リットルのコーラのペットボトル四本も買って来てやがってた。それをドーンとビーチテーブルに置いて、大股広げて座ったんがオレと嫁の席なんです。

見たら判るやろて言いたかったです。

気を利かせた仲間が用意してくれたブーケが飾ってあるんですよ。それをゴミみたいに横に退けて座りやがった。

「コップないの？」

豚が偉そうに言って、恵美がプラコップを出しました。

「氷は？」

また偉そうに言うた。恵美が「ありません」て答えると、

「使えねえ、女だな」て吐き捨てて、どぼどぼ、コーラをプラコップに注ぎ込んだ。

盛大に泡立ってテーブルに零れた。

あの豚気にもしませんわ。

オレらはそれを呆然と見ていたんやけど、それやと何も始まらないんで、スーパーで買《こ》うてきた特選ステーキ肉を焼くことにしました。

オレと営繕のアルバイトの男の子が肉を焼いて、恵美が紙皿を用意して、嫁は野菜を切ったりしてたかな、あとの二人、営繕のアルバイトの男子はちょっと遠巻きにして、缶酎ハイ飲みながら、あの豚に呆然としていました。

そやかて豚野郎、コーラを飲む勢いが半端やないんですもん。

最初の肉が焼けるまでに二リットルのペットを一本空けよった。ようやく肉が焼けると、

「早くしてよお」

鼻を鳴らしてブヒブヒ催促するんで、最初の一枚は豚の紙皿に載せました。

「ナイフとフォークは？」

「ありません」て、恵美が尖った声で言いました。それでまたあの豚、

「とことん使えねえ女だな」

鼻を鳴らして箸で食べ始めたんやけど、オレたちの分は、焼き上がってから、ポリの俎板で食べやすいサイズに嫁がカットして、そのカットが終わる前に、あいつ一枚食べ終わって、「お代わり」て、紙皿差し出すんです。

仕方なしにカットした分を嫁が皿に載せてやると、またコーラで流し込むみたいに、ガツガツ食べて、食べながらオレに訊きました。

「これ、犬の肉？」

豚なりの冗談やったんかもしれんけど、あの状況で笑いようがなかって、

「いえ、牛です」て言い返しました。

確かに、外国産の安い肉で硬かったかもしれませんけど、犬肉はないでしょ。だいたいそんなもん、どこで手に入れる言うんですか。そしたら豚野郎、

「あっ、そう。パサパサしているし、筋だらけだから、てっきり犬かと思ったよ」なんて言いながら、忽ち《たちま》、二枚目も片づけて、また紙皿を差し出すんです。

コーラは三本目になってました。

もうオレヤケクソで嫁がカットした分をトングで皿に載せてやりました。

三枚目のステーキ肉です。

用意した肉は人数分の六枚やった。

オレは嫁の皿に四枚目を載せたんやけど、あいつテーブルに着くのを嫌がって、立ったまま食べ始めました。そんですぐに枚数が足りんことに気付いたんでしょう、一切れ食べて、同じく立って缶酎ハイ飲んでた若い男の子に差し出しましてん。ふたりが遠慮してたら、あの豚が横から箸を伸ばして、肉を攫《さろ》うてしもた。

結局オレらが食べたんは、嫁が一切れ口にしただけで、五枚目も、六枚目も、豚が催促するまま喰われてしもうたんです。

「この肉、いくらしたの？」

豚に訊かれました。

「一枚三千五百円です」

買い物担当の子がかなり金額を盛って答えました。

「安いねえ」

大袈裟に驚いて豚が言いよった。

「だったら完全に元が取れてるじゃん」って。

意味が判りませんでした。三千五百円いうたら、オレらにしてみれば高級品です。それをほとんど全部食べておいて何が「元が取れてる」なんだよって首を傾げたら、豚が言うんです。

「だって今ぼくが食べたのが六枚で二万一千円でしょ。バーベキューセットは一人七千円だから四万二千円だよね」

なるほどそういう意味か。納得したわけではありません。一人七千円はフルサポートの食材費や手間賃を入れての値段ですから。

「まあ差額はぼくからの結婚祝いだと思って受け取っておいて」

しゃあしゃあと言いやがった。

そればかりか、あの豚、恵美に追加のコーラ買いに行かせて、恵美がその場を離れた途端、「誰に聞いたとは言えないんだけどね」て、なんや含んだ口調で喋り始めたんです。

視線でスーパーに向かう恵美の後ろ姿追いながらです。まるで恵美がそれを言うたみたいな仕草でした。恵美が見えなくなると、

「藤代くん、うちの純子に気があったんだって?」

いきなりとんでもないこと言い出すんです。

そら初めてあの豚が挨拶に来た晩、オレ呑み会で荒れましたよ。荒れて、アホなこと

口走ったかもしれません。確かフロントの子らも呑み会に合流してたような気がします。そやけど披露宴代わりのビーチパーティやって、豚には断っています。その席で話題にすることですか。

「あのクラスの女は藤代くんには重荷だよね」

豚が肩を揺らして笑いやがった。

「でも、いい奥さん貰えて良かったじゃない」

「はあ」としか応えられなかったです。そしたらあの豚、

「美人は三日で飽きるっていうからね」

そう言うて、うちの嫁の顔、上目遣いで見よるんです。

「その点藤代くんは飽きることないからいいね。誰かに似てるんだよね。誰だろう」

他人の嫁を上目遣いで見たまま、ワザとらしく首を傾げました。

「ああそうだ。人間だと思うからすぐに出なかった。あれだよ、あれ。色が黒くて口が大きくて――」

みんなの反応を愉しむように、あの豚、間を空けました。

「判んないかなあ、あれ、あれにそっくりじゃん」

まだ引っ張ります。ええ加減イライラして、

「誰に似とる言うんですか」

オレ言うてやりました。そしたらあの豚、

「あ、ん、こ、う」て、一言一言区切って言うんです。

すぐに頭に入らへんかった。

先に気付いたんは嫁でした。

いきなりしゃがんで、顔を覆って泣き出しました。

それでようやくオレも、豚が言うたんが「鮟鱇《あんこう》」やと気付いたんです。

「泣かないでよ。ぼく鮟鱇好きだよ。見た目は悪いけど、すごく美味しい魚じゃない。肝なんか最高だよね。アンキモ大好物だよ」

訳の判らん慰め方しよんです。

二リットルのペットボトルのコーラぶら下げた恵美が小走りで戻ってきました。泣いている嫁に驚いてコーラ置くなり、嫁の肩を抱いてその場を離れてくれました。

「何だ二本しかないのか。ほんと使えない女だなあ」

豚が舌打ちしました。

「これじゃ午後が持たないじゃん。あとでもう二本、いや夜の分も入れるともう六本は欲しいな。あの使えない子に、ぼくの部屋まで持ってくるよう言っといて」

レジ袋からレシートを取り出して、

「一本、二百九十円しないんだ。さすが庶民の店は安いね。ぼくが夷隅の家で飲んでるミネラルなんて一本千二百円だよ」

指で弾くみたいにレシートをテーブルに飛ばしました。

言うときますけど、あの豚、恵美にコーラ代渡してませんからね。それで最後に、「犬肉は胃に凭《もた》れるわ。部屋でカップ麺で口直しだな」

吐き捨ててその場を去りよった。

オレ、殺したろって思いました。

その思いが突き抜けたんがあの夜ですねん。豚を殺した夜ですわ。オレ、突破したんです。

石井健人（26）総務部正社員

——殺意は否認します。

明確な殺意というものはありませんでした。もちろん計画的でもありません。衝動的な行為です。その行為も殺人というのではなく幇助《ほうじょ》という意味で認めます。あのときぼくは総支配人が抗鬱剤のデパスを過剰摂取していたことや、総支配人が自分の部屋として使っている特別室を、総務部にあるマスターキーで開錠できることを告げてしまいましたから、その二点を以て幇助は認めます。

殺意に関しては、明確な殺意を持って今回の事件に関与したのは石和田さんくらいではないでしょうか。石和田さんと加藤秀子さんとの関係を、ぼくは知る立場にありました。辞令の交付や退職手続きを担当するのがぼくの部署の仕事ですから。

また加藤さんがお亡くなりになったとき、その原因は総支配人の人事にあると、石和田さんが提訴を匂わせたことがありました。法務を担当するのもぼくの部署ですので、経緯を知る立場にあったということです。

それ以外の関係者についても、ぼくは殺意がなかったと判断します。確かに藤代さんなんかは「殺したる」と発言しましたが、そんな言葉は日常的に誰もが口にする言葉です。ネットなどでは「シネ」というカキコなんか、ほぼ常套句と言ってもいいじゃないですか。

——総務部の所属ですが、昔でいう帳場の仕事と言ったほうが判りやすいでしょうね。

主にはふつうの企業の経理部がやる仕事をしています。それ以外に人事、法務、購買、要は事務全般を管轄する立場です。

新卒で入社しました。

卒業したのは千葉経済法科大学商学部です。

一応簿記二級は持っていて、働きながら公認会計士の資格を目指していました。年齢的にはもう限界かなと思っていたところで今回の事件です。きっぱり諦めるという選択もあるのでしょうが、刑務所というのは、そういう勉強もできるところなんでしょうか？　もし環境的に可能であれば腰を据えて勉強をしてみたいとも思っています。

——被害者について、ですか。

公認会計士を目指す人間として、経営者としての彼が許せなかったという点は否めません。

　とにかく杜撰《ずさん》です。

　公認会計士は財務書類の監査を業務としますが、あの会社にもし監査が入ったら一発でアウトです。その体質は大女将が経営の実権を握っているときからありました。若女将になって少しましになりかけたのですが、彼が総支配人として経営にタッチするようになってからはボロボロです。出るところに出れば背任罪や横領罪に問われることを平気でやっていました。

――具体的に、ですね？

　たとえば彼は会社の代表印を持っています。

契約なんかやりたい放題です。もちろんその前段として、取締役会の議事録の作成など必要なのですが、もともとそのあたりの手続きは大らかにやっていたという企業風土があります。まあ、上のほうで相互信頼が成り立っていたから、問題はなかったのでしょうけど、そこに悪意と無知の塊みたいな彼が乗り込んできた。さらに酷いことに、彼に付いてきた会計事務所が悪徳会計事務所だった。コンプライアンスなんかどこ吹く風です。彼を役員にして会社の再建を一任した時点で、すべて終わっていたということです。

――すみません。具体的に、ですね。

　たとえば彼が総支配人に就任して半年もしないうちに、設備投資費用として会社は五千万円の借り入れをしました。省エネ設備への投資です。

あれこれやりました。遮光フィルムをロビーの窓に貼るとか、風力発電の予備調査として風力計を設置するとか、あとなんだったっけ、そうそう太陽熱温水器っていうのもありましたね。一台が二十万円もしないのを五台旅館の屋根に設置しました。

「えっ？」って思うでしょ。

どうしてその程度の設備投資に五千万円も掛かるんだって。

不思議ですよね。

全部彼の父親が経営する夷隅製鉄所の関連会社かその取引先に発注されました。相見積もりもなしにです。さすがにそれは拙いんじゃないかって総務の外間《ほかま》部長が意見しました。総務の部長は旅館風に言えば番頭さんです。直ぐにリストラされました。

瞬殺でした。

総支配人が連れてきた会計事務所が監査に入って、重箱の隅を突《つつ》くみたいな監査をやりましてね、あれだけやられたら襤褸《ぼろ》も出ます。もともとがザルなんですから。会社の体裁はとっていますけど所詮は旅館業です。代理店や地元観光組合との付き合いもあります。表に出せないお金の流れがあるのは当たり前です。

それを指摘されてリストラに応じるなら不問に付すが、応じないのであれば懲戒免職手続きを取って、場合によっては提訴もあり得る。外間さんにとっては苦渋の選択だったかも知れませんが、選択を迫られた次の週にリストラを受け入れました。

辞表は総支配人宛てでなく大女将宛てに自宅に郵送で提出されたみたいです。外間さんなりの最後の意地ですかね。

その後はぼくが経理を担当して帳簿を見ています。実質的には総支配人の知り合いだか何だかの会計事務所が処理してくれるので、領収書を台紙に貼って整理するくらいの仕事です。ただぼくにとっては腰掛け感覚の職場なので不正も杜撰も関係ないです。

——正義感?

それで殺人ですか。

まさか。

ぼくには他の人と違って将来のビジョンがあるんです。そんな収支が合わないことをやるわけがないじゃないですか。

他の人と違うって?

だってそうじゃないですか。

彼ら将来ないですもん。お先真っ暗です。

新体制になって給料増えたって浮かれていますよ。厨房の大出さんなんか、そこらのサラリーマンと変わらないくらいの給料だって自慢しています。確かにね。額面は安月給のサラリーマンと同じくらいあるのかもしれません。

でも固定労働時間が月間で三百時間ですよ。

彼の言うそこらのサラリーマンは、一週四十時間労働でそれくらいの収入か、それ以上の収入があるわけじゃないですか。月間にすると固定労働時間は百七十時間くらいでしょう。大出さんらの場合は常態的に百三十時間前後の残業をして同じ額面ですから、同列には考えられないですよ。

残業時間がね、月間八十時間だったかな、それが恒常的に続いて体調に変調を来して死んだりすると過労死が認定されるんです。厚労省が認める過労死認定ラインが八十時間なんです。それを大出さんらは百三十時間、基本シフトでやっています。疲れるんでしょうね。仕事中は目が死んでいますよ。それでそこらのサラリーマンと変わらないくらいの給料だって自慢されてもね。可哀想過ぎて笑うに笑えないです。

千葉県の最低賃金は時間八百六十八円です。三百時間の三十万円だったら、時給にして千円ってことになりますが、それも違う。残業分の百三十時間には超過勤務手当がつきます。三万二千五百円。それが加算されての三十万円なんです。

超過勤務手当の加算を除いて計算すると、彼らの時給って八百九十円くらいです。さすがに最低賃金はクリアしていますけど最低ギリギリです。将来昇格したらって考えてもいたみたいですけど、知らないんですね。管理職になったら残業代が付かなくなるんです。現実リストラされた幹部の人たちも、今の彼らと同じくらいの時間働いて同じくらいの収入でした。

ローカルの企業で働く人間なんてそんなものです。

だからぼくはあの職場で埋もれる気はなかった。それなりの収入になる資格を取って、この層から抜け出る。そんな風に考えていたんですけどね。

——この層ですか?

貧困層ですよ。

年収三百万円あたりでウロウロする層です。相対的貧困と言われたりもします。

相対的貧困は言葉だけでは判り難いのでイメージとしてはこんな感じです。

お金がないために人と繋がりを持てない。

文化活動に参加できない。

人間としての可能性を奪われる。

子供を安心して育てられない。

そんな状態に追い込まれているのが相対的貧困層です。

どうしても貧困と言うと一般の人は生きることさえ危ぶまれる状態、簡単に言うと衣食住の確保さえままならないような絶望的な状態をイメージして、だから自分は貧困ではないと考えがちですが、このような層は絶対的貧困層と考えられます。今の日本ではほとんど存在しない層です。

忘れてはいけないのは、相対的貧困層も容易に絶対的貧困層に陥る可能性があるということです。

考えてもみてください。

今の相対的貧困層の老後はどうなりますか?

年金？

そんなものを頼りにする人はほとんどいないでしょうね。少なくとも相対的貧困層にはいないでしょう。いないから保険料を払いたくないという若い人間が増えていますよね。

そんな彼らの老後はどうなるか。

とうぜん年金は貰えませんから働くしかありません。ヨボヨボになってもです。

もちろんそんな彼らにもセーフティーネットは用意されています。

生活保護ですね。

ただそれだって、まともに暮らせる金額が支給されるわけじゃない。死なない程度しか貰えない。

一方で年金をちゃんと払った人はどうなるでしょう。

公的年金の受給開始年齢は原則六十五歳からです。したがってそれまでは働かなくてはいけない。今のご時世で高齢者が働き口を見つけるのは、それほど難しいことではないでしょう。しかしだいたいは単純肉体労働です。そうなるとむしろ難しいのは、その年齢まで働ける体でいることでしょう。

国民年金の支給年齢引き上げはずいぶん以前から議論されています。

実際に引き上げられてもいます。

以前は六十歳、現在は原則六十五歳です。これを七十歳まで引き上げようという議論もあるようです。その代わり定年も七十歳まで引き上げる。凄いですよね。『枕草子』で言う「すさまじきもの」ですよ。現代語訳すると「興醒めなもの」です。しらけます。総理大臣のご意見番と言われる人が言っていました。民間から登用された経済担当の大臣経験者です。「九十歳まで生きるつもりなら、それだけの金を貯めておけ」って。だったら他人の給料から勝手に年金掛け金を控除するなって言いたいですよ。今までに控除した分、きちんと返してから言えよって。

まあどっちにしても相対的貧困層の老後は暗いです。自分の時間を犠牲にして会社のために働くなんて、今はいいかもしれないけど、将来を考えたら絶望的でしょう。大出さんたちの選択したシフト、過労死ライン超えてやっと年収三百万円超だなんて論外です。もちろんぼくは四勤二泊一休なんて馬鹿げたシフトでは働いていません。強制されたら辞めるつもりでした。

幸い総務ですから泊まり勤務をする必要もなかったので、そのままの勤務体制で続けられました。月収は二十万円そこそこです。それでも時給換算すると千円を超えています。コンビニのアルバイトよりましという程度ですが。

事件の前は、来年チャレンジして公認会計士の資格が取れなかったら、税理士にチャレンジするつもりでした。だから一時の衝動で殺人なんて大それた犯罪なんかに手を出しませんせん。

――計画的？　収支完全無視じゃないですか。

それも違いますね。だいたい殺意がないのに殺害を計画するわけがないじゃないですか。

——ええ、繰り返しますが殺意は否認します。

でも、やっちゃったんだもんな……。

殺人は裁判員裁判なんですよね。

否認は裁判員の心証を悪くしますかね。

裁判員は一般市民なわけでしょ。

素直に殺意を認めたほうがいいかなあ。いくら殺意がなかったと抗弁しても、強制されたわけでもないし、殺人への関与を拒否することもできたんですよね。それなのについ加担してしまった。彼の部屋を開けるためにマスターキーを持ち出したのもぼくだし、頭部を枕で押さえ付けたりもしたしなあ。

やっぱり殺意は認めたほうがいいかなあ。

ある意味、総支配人は殺されて当然の人でした。一般市民である裁判員は、そのあたり汲んでくれそうですよね。一般市民から抽選で選ばれた裁判員なわけだし、社会的にはエリートの部類に入る職業裁判官とは善悪の判断基準が違いますよね。市民感情とそれほど乖離《かいり》していない。それが裁判員制度の導入意義ですよね。だとしたら殊勝に殺意を認めて、そのうえで総支配人の暴虐ぶりを訴えたほうが法廷戦略としては上かなあ。

どう思います？　刑事さん？

――ほかに第三者的に見て、彼が殺されても仕方がないと思えることですか?

裁判員に同情すべき情状を汲み取ってもらうんですね。

だったら総支配人勘定なんかはどうでしょう。

仮払い勘定みたいなものですね。

彼や彼の母親が会社の金庫からお金を持ち出したり、彼が夜中に盗み食いしたりした商品なんかを処理する勘定です。もちろんそのままにはできませんので、あとで会計会社がうまく誤魔化してくれますけど、将来公認会計士を目指している青年にとって、それって耐え難い行為でしょ。義憤に駆られてそれが殺意の発露になったなんてどうでしょう。いけるんだったらそう供述しますし裁判でもそう証言します。

――弁護士さん。そうか弁護士さんと相談することですよね。

刑事さんは立場上、イエス、ノーは言えないですよね。そりゃそうですね。失礼しました。

ええ、弁護士は私選です。国選ではありません。

日頃のお付き合いの賜物ですよ。

普通に考えたら、ぼく程度の資金力で私選弁護士をお願いするのは難しいでしょうけど、ぼくにはネットワークがあります。社会の歪みを正そうという志を持った人間が集まるネットワークです。

ぼくはそのネットワークで、生活保護家庭の児童を対象とした学習塾の講師をボランティアで務めていました。貧困という理由で教育の機会均等が得られない子供たちを救済する活動です。そのネットワークには弁護士、弁理士、司法書士、行政書士、税理士、社会保険労務士、公認会計士といった士業関係者も多く参加しています。国会議員、地方議員などの政治家も含まれます。

ぼくがお願いした弁護士さんは、冤罪を専門とする弁護士さんです。貧困であるがゆえに濡れ衣を着せられた人を救っています。死刑廃止論者でもあります。

事情をお話ししてお願いしたら、即答で引き受けてくださいました。無罪は難しいかもしれないが、うまくいけば執行猶予まで持っていけると仰っています。

若い従業員が共謀して役員を殺してしまったということで、かなりマスコミも騒いでいるみたいですね。遣り甲斐のある裁判だと言っておられました。

ですからさっきの件、裁判員の心証という観点も含めて相談してみます。

取りあえず現時点では殺意を否認します。

それにしても、自分が貧困救済ネットワークに助けられるとは思っていなかったです。助けるほうだとばかり思っていました。やはり善行は積んでおくべきですね。

今回の事件で逮捕されたほかの容疑者の弁護もお願いできないかと訊いてみたのですが、さすがにそこまでは手が回らないみたいです。

ぼくはね、以前からあの人たちにもボランティアをやらないかって声を掛けていたんです。あの時やっていれば、ぼくみたいにヤリ手の弁護士さんが付いてくれたんでしょうけど、可哀想にあの人たちじゃ国選ということになるんでしょうね。すみません。事件の取り調べでした。脱線してしまって申し訳ないです。

——パワハラとかモラハラですか。

うーん、ぼくにはなかったですね。

彼ってほとんど事務所にも来ない人だし、そもそもの接点がないんですよ。「お金頂戴」なんて言われたら、ぼくの場合、他の人みたいに使途を詮索せずにスッと渡しますから、軋轢《あつれき》はなかったです。むしろ可愛がられていたかもしれない。でもとにかく接点がないんですよ。

こんなことを言うとなんですが、ぼく、彼の顔も思い浮かびませんもん。ただ臭い人でした。汗臭いうえに口臭が酷かった。普通の口臭じゃない。息が便の臭いなんです。

彼ね、時々ロビーのトイレも使っていたんですけど、彼が使った後は臭いで判ります。わざわざ個室に入らなくてもトイレの外で判るんです。それくらい臭い。

あれって腸内細菌に問題があるんですよね。悪玉菌が異常発生しているんです。彼の場合、その異常発生ぶりが常人のレベルではなかったんでしょう。口臭まで便の臭いがするんですから半端じゃないですよ。あれも一種のパワハラかな?

——彼を殺した日のことですね。朝からですか。

一月の末の寒い日でした。北風がビュンビュン吹いていました。

あの日は休館日でした。

朝の六時ごろに総支配人から電話があって、すぐに出勤してくれって言われました。理由は言われませんでした。一方的に「すぐに出勤してくれ」です。ガチャ切りでした。なんか経理処理でミスがあったのかなって先ずそれを考えました。

とりあえず出勤するとみんなが揃っていました。

何人かは泊まり勤務の人だったかな。経理処理のミスではないなと胸を撫で下ろしましたが、ぬか喜びでした。これからSSでゴミ拾いだって言うんです。

勘弁してほしかったです。

――そうです。SS活動です。

セミナーはぼくたちより先に総支配人が受講していて、ぼくたち以上に彼が嵌まっていました。心酔していました。それでセミナーで体験したことの真似ごとをするわけです。

ただちょっと違うんじゃないって思ったのは、ぼくたちにやらせるだけで自分ではやらないんです。なんか自分がセミナーの講師になったみたいに勘違いしているんです。勘違いと言えば、その年の年初の挨拶でとんでもないことを言っていました。事務所で新年の挨拶をしたんですけど、こうですよ。

「最近ぼくは、ぼくの言葉がぼく自身の言葉ではないと思えてきました。ぼくではない、もっと大いなる天空の意思が、ぼくを通じて発している言葉ではないかと思えるんです」

唖然としました。

馬鹿でしょ。阿呆の極みです。何ですか、大いなる天空の意思って。

そう言えば、勘違いとは少し違うんですが、彼は口癖みたいに「自己責任」って言葉を口にしました。

「この会社を選んだのは、きみたちの自己責任。仕事を続けるのも自分で選択して続けているんだよね。新シフトも、SS活動も、ぼくが強制しているわけではない。嫌なら拒否すればいい。もちろんその場合は、ぼくとしてもぼくの方針に従ってくれるほかの社員の手前、何らかの措置を考えなくてはならないよ。でも強制しているわけではない。だからそれも自己責任だよね」

これね、彼のオリジナルじゃないんです。

自己啓発セミナーで徹底的に叩き込まれる論法です。

会社は何も悪くない。勤めるのも辞めるのも個人の選択。だからすべては自己責任だってね。どうもこの論法を、総支配人は自分の都合のいいように解釈している節がありました。

友人にこの話をしました。相手は「いつの時代だよ」って呆れていました。

「自己責任って言葉、いつから使われているか知っているか」って訊かれました。

「あの痛みを伴う政治改革のときからじゃないの」

そう答えました。

「違うね」

友人が首を横に振りました。

「その言葉はね、ヨーロッパの資本主義の発生時期から使われているんだ。それまでは封建制度の奴隷社会だった。奴隷制度が崩壊して資本主義が台頭した。資本家が目指したのは利益の最大化だよね。そのために必要なのは経費の圧縮だ。そして今も昔も、いちばん大きな経費は人件費だろ。それを徹底的に圧縮しようとした。その結果、奴隷時代より酷いことが起こった。労働環境の悪化だ。奴隷は売買によって得た個人の財産だ。どんな過酷な労働条件でも、所有者は奴隷を潰そうとは思わない。ところが資本家たちは、仮に労働者が潰れても、市場で新しいのを調達すればいいわけだ。ほぼ無料でね。もちろん不満を口にする従業員も出てくる。そこで伝家の宝刀を抜くわけ。この会社、この仕事を選んだのはあなたたちでしょ。奴隷みたいに売られたわけじゃない。もうあなたたちは自由なんだよ。働くのも自由、辞めるのも自由。自分の判断でこの仕事を選んだわけじゃないのかな。だったらそれは『自己責任』だよね、となるわけよ」

そんな社会に対抗して生まれたのが共産主義や社会主義だと友人は言いました。その主義の中から労働組合とかができて、国もこのままじゃいけないというので、労働基準法とかも整備されたって。

「それを今ごろ、自己責任の一言で片づけるなんて、お前の会社、時代錯誤もいいところだよ」って、ぼく笑われました。

でもね、友人が勤めているのは大手企業です。大学の同期ではありません。中学の時の友人です。東京の私立高校に進学して大学も有名大学でした。そのまま大企業に入社しました。つまり貧困層ではない人間です。

自己責任の欺瞞《ぎまん》を中小企業で言えると思います？

しょせんぼくらは奉公人なんです。

首を切られたらたちまち食べるのにも困ってしまう。身分保障なんてされてないんです。確かに言われてみれば、自己責任は酷い論法だと思いますけど、だからってどうしろって言うんですか。

最初に言った通り、ぼくは今まで、というか逮捕されるまで、貧困家庭の児童を相手にした無料学習塾の講師を務めていました。もちろん無報酬です。

貧困による教育格差の是正という会の趣旨に賛同して始めました。

でもやってみて判ったのは、教育格差の是正より、もっと大切なことがあるということでした。それは貧困家庭の児童に「社会は君たちを見捨てているわけじゃないよ」と感じて貰うことです。正直言って無料学習塾くらいで教育格差は埋められません。富裕層と貧困層では生活環境が違い過ぎます。児童を取り巻く人間関係もまるで違います。

そのうえ――。

これは声を潜めて言うべきことですが、知能レベルは遺伝するんです。

怖い話ですよね。

日本ではまだまだタブーでしょうけど、諸外国、特にアメリカなんかでは、このあたりのことはずいぶん以前から研究されています。

普通に考えたら判りますよね。運動能力が遺伝するという見解に真っ向から異論を唱える人はほとんどいないでしょう。

そもそも身体的な特徴が遺伝するわけです。背が高いとか脚が長いとか。それが組み合わさって運動能力が遺伝するというのは、誰しもすんなり受け入れられる。でも知能となるとそうはいかない。知能レベルが遺伝で決まるなんて言うと、たちまち拒絶反応が起こってしまいますよね。

もちろんぼくだって、すべてが遺伝で決定するなんて思いません。

研究報告でも、遺伝が知能レベルに及ぼす影響は五十％程度だとあります。

児童はその父母からあらゆる資質を受け継ぐわけで、父親か母親のコピーになるわけじゃない。その父母もさらに彼らの父母、そして祖先の資質を潜在的に受け継いでいるわけです。だからそれらの遺伝的な資質がシャッフルされた結果、どんな能力を持った児童が生まれるかは、単純にその父母の資質だけで語れるものではない。

でも半分は、やはり父母の知能レベルをおおむね受け継ぐんです。さらにこれに共有環境という要素が加わります。

共有環境とは一緒に住む家族の環境を似せようとする現象です。

これが親や家族によって決められる。すなわち学校の先生の家庭では学習を日常化しようとする環境が生まれる。たとえば土木作業員の家庭では腕力を是とする環境が生まれてしまう。

この遺伝的な資質と共有環境によって子供の将来が決まっていくわけです。

ぼくたちは——ぼくたちというのは無料学習塾の講師ですが——遺伝的な要素には踏み込めませんが、共有環境という要素には踏み込めます。自分たちが踏み込める要素を通じて、貧困家庭の児童の教育環境格差の是正に寄与しようというのが、基本的な考え方です。

すみません。ちょっと話がややこしいですかね。ぼくも完全に理論武装できているわけではないので。

——はい。話を戻しますね。ええと、自己責任から脱線したんでしたっけ。

——そうです。自己啓発セミナーでは徹底的に自己責任という概念を植え付けられました。

しかし総支配人のそれとセミナーで教わるそれとはまるで別のものです。総支配人は自分に都合のいいように自己責任を使っていましたがセミナーは違います。むしろ救済目的で使っていたように感じました。ともすれば安易な方向に逃げてしまう弱い人間に対する叱咤激励です。

さきほどぼくの夢を公認会計士だとお話ししましたが、何も刑事さんや検察の方だけが、法に則って正義を為すわけではありません。すべての法律が正義を達成するために制定されています。刑法だけが法ではないのです。

法の恩恵を社会的弱者に与えたい。

彼らの哀しみを照らす灯をかざしたいのです。

それがぼくの夢です。そのためにぼくは勉強して役に立てる資格を取ろうと思っています。

法以外で弱者の哀しみを照らす灯をかざすこともできます。

それは宗教とか哲学です。

そしてそれに類似したもので、もっと直接的に照らす手法をぼくは最近経験しました。

自己啓発セミナーです。

あれはすばらしい。

たくさんの気付き体験があります。

自己責任という概念を徹底的に植え付けるのも、会社に都合のいい社員を送り出す手段だとは思いません。あの自己啓発セミナーに参加しているレベルの人たちには、それくらいの割り切りが必要なんです。諦めではなく割り切りです。

それがなくて会社に対して不平不満を持っていたのでは、彼らは不幸になるばかりです。ぼくのように、自己責任という概念がなくて会社との関係を割り切れる人間には不要ですが、ほとんどの受講生はそうではありません。

ぼくは会社に冷めています。

それは次のステップが見えているからです。

次のステップが見えない人間が会社に冷めるのは感心できません。

会社と社員、両方にとって不幸です。

ぼくは今後も、繰り返し、あのセミナーを受講しようと思っています。

今の会社を離れても受講するつもりです。

そうすることによって、社会的弱者に向けられるぼくの言葉が、もっと輝くものになると感じます。ぼくの言葉がぼくの言葉でなくなる。もっと高みの、悟りの境地とでも言えばいいのでしょうか、そんな高みから弱者に語りかけることができるようになると思います。あのセミナーはそれに至る修業の場です。もし機会があれば、刑事さんもぜひ受講することをお勧めします。

——お昼を挟んでですか。

もうこんな時間。

確かにお腹空きました。午後からもよろしくお願いします。

なんか楽しいです。

普段は誰も、こんなに真剣に、ぼくの話を聞いてくれませんから。

——昼食は出前のかつ丼を頂きました。

自費なのは判っています。

でも裁判が終わったら刑務所ですよね。

お金を持って行っても自由に使えるわけではないでしょうし、今のうちに食べたい物を食べておきたいですからね。かつ丼という選択が当たり前すぎて、自分でも笑っちゃいますけど、なんか合いますね。丼物というのがいいし、濃い味付けもホッとします。

——自由に話をしてもいいのですか？

現在考えていることを？

それでは日本の貧困問題についてぼくの考えを述べさせて貰います。あとで説明しますが、これは今回の事件にもけっして無縁な話ではありません。

ぼくたち社会正義の実現を目指すネットワークでは、週に一度、自由討論会という形で勉強会を開催しています。最近その勉強会の参加者から興味深いデータが提供されました。数字はだいたいの記憶でお話ししますのでご了解ください。

そのデータというのはアメリカ合衆国の人口推移です。

一九八〇年のアメリカの人口は約二億二千万人でした。同じ年の日本の人口は約一億二千万人です。二〇一七年時点でアメリカの人口は三億二千万人。一億人増加しています。その一方で日本の人口はほぼ横ばい。微増です。

では出生率はどうなのか。

人口維持のためには二・〇七以上の出生率の維持が必要なのですが、アメリカのそれは一・八四しかありません。本来であれば人口が減るはずのアメリカでどうして人口が増加しているのか。

お判りですね。

移民が人口を押し上げているんです。

そう考えればアメリカの人口増加分約一億人は、移民で達成されていることになります。

では、その移民はどんな職業についているのでしょう?

言うまでもありません。

そう単純労働です。そして彼らは貧困です。

つまりアメリカの経済を下支えしているのは移民というわけです。

では日本はどうでしょう。

移民に対する強いアレルギーは国民全体にあります。

しかし政府は、財界の意向を受けて移民政策の緩和を図ろうとしています。国民的なアレルギーがアゲンストになっているので、そう簡単に移民の門戸解放には向かわないでしょうけどね。

だったらアメリカの移民に代わるものが必要になる。

それがぼくたちなんですよ。

ぼくたちはアメリカの移民層の代替えとして用意された貧困層なんです。

用意は周到に行われました。

ゆとり教育とか、生活保護の支給厳格化とか、年金の受給年齢引き上げもそうです。それによって今では六十五歳まで働くのが当たり前になっています。

もちろん富裕層はそんな現実を口にはしません。聞こえのいい言葉で現実を薄めて誤魔化します。

しかしあの人は違った。総支配人です。

馬鹿だから、違った。

ぼくたちを貧困層だと見下してそれを隠すことをしなかった。今回の事件の発端の一つはそこにあると思います。

殺意?

そうじゃないんです。

彼の態度が殺意に結び付いたと考えるのは、あまりに安直です。

そうではなくてぼくらが彼を同じ人間として考えることができなかったということです。

ゴキブリや蚊を殺すことに抵抗を覚える人は少ないでしょう。犬猫になるとかなりの抵抗を覚えるはずです。猿はどうでしょう。もっと抵抗が大きくなるでしょうね。鯨がいい例です。魚は殺してもいいけど、同じ哺乳類で知性のある鯨を殺すことに抵抗を感じる人は多くいます。

では人間は？

もし総支配人がぼくたちと同じ貧困層だったら、仮に富裕層であったとしても、そのことでぼくたちを見下す人間でなかったら、どうだったでしょう。

彼はぼくたちとの間に線引きをしてしまったのです。同じ人間ではないと。

だから罪悪感も薄らいでしまった。殺意どうこうという前に、同じ人間として命の重みを感じることができなかったのです。

厨房の大出隆司さんと鐘崎祐介さん、フロントの花沢恵美さん、営繕の藤代伸一さん、そしてぼくと純子さん、六人は海岸で横に一列になってゴミ拾いをしました。

自宅に帰ったら先ずは熱い風呂に入って、温かいものを食べて蒲団でゆっくりしよう。そんなことを考えていました。ところがそれで終わりじゃなかったんです。

「よし、このあと、コンフェッションやるぞ」

総支配人が言ってぼくらはその場に崩れ落ちそうになりました。

コンフェッション。

告白という意味ですね。

自白という意味もあります。

この場合は懺悔と訳したほうがいいのかな。

コンフェッションにはちょっとしたコツがあって、泣くと合格が貰えます。

本気でボロボロ涙を流すのです。

馬鹿げていると思われるでしょうが実際に涙が出ます。そんなことをさせられている自分が情けなくて出る涙です。反省しての涙ではありません。聴いているほうも貰い泣きします。これも自然に出る涙です。情けなさを共有するんです。

とにかくとことん自分を貶《おとし》めること。これにつきます。

自分の気持ちを追い詰めるんです。言い訳じみたことを言ってはいけません。自分を貶めて徹底的に追い詰めて、泣く。これにつきます。

泣くのもただ涙を流すだけじゃない。号泣するんです。最初は演技でやったりもしますが、そのうち本当に号泣できるようになります。

問題なのはこのコンフェッションを管理しているのが専門の講師ではなく、総支配人だということです。

彼の本性は子供です。それもかなり我儘な子供です。さらに知性の欠片もない。天の高いところから自分は啓示を受けていると信じる阿呆です。大馬鹿者です。したがって理性もない。自分に酔っているだけの餓鬼大将です。

彼が求めるものは部下の隷属です。そんな人間が絶対的な権力を持ってコンフェッションを管理する。何が起こると思いますか?

虐めです。

気に入らない人間を徹底的に虐める。

コンフェッションは、彼が自分の影響力を確かめ、意に沿わない人間を虐める場に過ぎないのです。

大出さんが先を争ってトップバッターで懺悔に立つのも、そのあたりのことに理由があります。

大出さんは総支配人に反抗的で日頃から睨まれています。それがあるから先を争って立って、少しでも虐めを軽減したいという気持ちが無意識に働くのでしょう。無意識にです。計算してそれをやれるくらいなら、普段の態度を改めますよ。

大出さんが総支配人に反抗的なのは、根にセントラルキッチンシステムに対する不満があるからなのだと思います。何しろ前のリストラされた調理長を「師匠」と呼んで、厨房のことを「板場」とか言う人ですから。でもぼくは、セントラルキッチンシステムを評価しています。半調理したアイテムが毎日デリバリーされて、調理に大した習熟も必要としないシステムです。猿でもできる調理システムなんです。

こんなことを言うと間違いなく大出さんは激怒するだろうけど、この「猿でも」という切り口は時代のキーワードです。試しに「猿でも」というキーワードでネット検索してみてください。数千万件を超えるサイトがヒットするはずです。

これはですね、本来市場に参加してこなかった層を取り込むキーワードなんですね。だから市場に参加する本来の人たちは、そんなキーワードには釣られません。むしろそのキーワードを使えるシステムを考えるほうに回ります。

調理も一緒です。

セントラルキッチンを考えた人が偉いのであって、それをオペレーションする実施者が偉いわけではありません。これを言うと同じ調理の鐘崎さんがむくれるでしょうけど、ただむくれても、オペレーションを会得している鐘崎さんのほうが、頑なにこの方式に背を向けている大出さんよりは上です。時代の流れなんですから、大出さんのように逆らっても、何も得るものはありません。終いには猿以下の評価を受けるだけです。

なんか大出さんは寿司学園とかの資料を熱心に読んでいますけど、あれも「猿でも」シリーズです。

だって三ヶ月だかの受講で、一人前の寿司職人に仕立ててくれて、そのうえ独立のノウハウも教えてくれる。就職も海外まで視野に入れて紹介してくれるというシステムですよね。

あれ、どうなんだろ。

ぼくは寿司職人になる気もないですから興味はないけど、なんか眉に唾をつけたくなります。似たようなのがあるじゃないですか。パチンコ攻略法とか、競馬必勝法とか。申し込んでそこそこのお金を払うと、パチンコの攻略法を教えてくれるっていうやつ。勝ち馬情報が送られてくるとか。

あれは誰でも大抵の人が眉に唾をつけますよね。

それと同じ。

成功の近道なんてないって、どうしてそう思わないんでしょ。

パチンコ攻略法や競馬必勝法を疑ってかかる人が、株式指南みたいな情報を簡単に信じてしまう。恐る恐るかもしれないけど、仮想通貨に手を出してしまう。どうなっているんですかね。

もうかれこれ三十年も経つのに、未だにバブルの夢から逃れられないんでしょうか。まあその後も、形を変えたＩＴバブルとかありましたから、完全に余熱が冷めることはないのかもしれません。

どちらにしても人生一発逆転なんてあり得ない。

そしてそのあり得ない夢を見るのが貧困層という皮肉な構造があります。

話が横道にどんどん逸れますけど、大出さんに戻すと、早く気付くべきですね。セントラルキッチンシステムは時代の流れなんです。不平不満を言っても大出さん本人が損をするだけです。手に職を付けるなんて前時代的なことなど考えず、目の前にあるシステムに、どれだけ自分を合わせていけるか、それを考えるべきなんです。

――コンフェッションの話でしたっけ。

すみません。また脱線していたみたいですね。

その日は意外なほどスムーズにコンフェッションが進みました。

誰も総支配人の標的になりませんでした。

これは早く終わりそうだなと思いましたが、早とちりでした。初めてコンフェッションに参加した人物のことを忘れていました。ＳＳでぐったりでしたから考えが及びませんでした。

初めて参加していたのは若女将の純子さんです。

総支配人が隣で見学していた純子さんに言いました。

「こいつらの懺悔見て、だいたいの感じは判っただろう」

そう言われて純子さんが前に出ました。

「わたしは何を懺悔すればいいのでしょう」

純子さんが晒し者の位置で戸惑ったように言いました。

純子さんは徹底的に自分を貶めました。ぼくは直ぐに立ち上がりました。純子さんが自分のコートを貸してくれたことも忘れて、寒がっていたぼく自身を強く反省しました。ぼくに前後して全員が同じようなタイミングで立ち上がりました。でも拍手がありません。代わりに罵声が飛びました。

「そんな言葉で騙されると思うのか。もっと心から反省しろ」

ぼくたちは仕方なく着席しました。

純子さんは延々と自己批判を続けました。

総支配人が苛立たしげにポテトチップを嚙み砕く音が会議室に響きました。ときどき派手なゲップも交じりました。

「なんで泣かねえんだよ。本心から反省してねえからだろ。反省してんだったら泣けよ。泣いて謝れよ。この糞女があ」

罵声が飛びました。金切り声でした。

思わず振り返りました。総支配人は口の周りをポテトチップの滓だらけにして、目を引き攣らせて、歯を剥いて怒っていました。狂人の目でした。

「泣けよ。泣いて謝ったら許してやる。泣けよ。泣かないか」

執拗にそれを言い続けました。でも純子さんは本心から反省しているのだと思いました。ぼくたち従業員に悪いことをしたと本心から思っているのです。

経営の失敗ではありません。時流が千葉のリゾート旅館を求めていないんです、そう言ってあげたかった。あなたが反省する必要はないのです、と。

いったいどれくらいの時間、純子さんは自己批判を続けたのでしょう。一時間以上です。二時間だったかもしれないし、三時間だったかもしれません。

これもセミナーの真似事なのですが、ぼくらは時計を取り上げられています。セミナーは泊まりなので初日にスタッフの人に時計を預けます。もちろん携帯電話もです。だから時間の経過がまったく判らなくなります。だいたいこれくらいの時間に終わるだろうな、そんな予測が立たないのです。

ひょっとしてセミナーでいちばん辛かったことはそれかもしれません。

朝は大音量の音楽で起こされます。

『ワルキューレの騎行』

ご存じでしょうか。

『地獄の黙示録』という映画で使われた、あの曲です。攻撃ヘリコプターのバックで流れた曲です。

耳が痛くなるほどの大音量で起こされます。

でも時間が判らない。

何時に眠ったのかも今が何時なのかも判らない。だから何時間眠ったのかも判らない。これはセミナーでの話ですが、あの日も時計がなかったので純子さんのコンフェッションが何時間続いたのか、ぼくたちには判りませんでした。

総支配人の攻め口はますますヒートアップしました。

経営が傾いていることを置いて、追及は純子さんの学生時代にまで遡りました。

大学生の純子さんがクラブ勤めをして、お酒の席で男性の相手をしていたことにぼくはショックを受けました。職業の貴賤を言うわけではありませんが、高額な対価を貰える仕事にはそれなりの理由が必要です。そしてそれは、多くの場合相反する理由です。

理由の一つは優れていることです。人より秀でていることに対して高額の対価が支払われます。年間で億のお金を稼ぐプロスポーツ選手がその代表格です。そしてそれに相反すること。それは人が嫌がる、あるいは眉を顰《しか》める仕事です。

あれは都市伝説かもしれませんが、死体洗いの仕事が高給だと、ぼくが小さなころから言われてきました。大人になってからも低賃金で働いている人間なら、一度や二度はもしそんな仕事があるならやってみたいと考えたことがあるはずです。それが人が眉を顰める仕事で、かつ高給の代表でしょう。

高級クラブのホステスはその両面を持ちます。

高級クラブですから、大前提として容姿が優れてなければダメでしょう。でもその反面、その容姿を売り物にして酔った男性の接待をする仕事は、眉を顰められる仕事です。

純子さんはとても清楚な美人なので、清楚という点で、相反する仕事のマイナス面が軽
減されたように思います。

ホステスのような仕事をしながら、それも健気だと思えてしまうからです。でもやっ
ぱりぼくにとってはショックでした。
ぼくは自分の感情を出さない人間なんですけど、純子さんに憧れていました。他のみ
んなは、純子さんのことを清楚だと褒めますが、ぼくの見方は少し違います。もちろん
清楚な美人だとは認めますが、それが純子さんの本当の魅力ではないんです。
——本当の魅力ですか？
知性です。
吸い込まれるような知性的な瞳が純子さんの本当の魅力です。
宗教画で描かれる女性に通じる知性が純子さんにはあります。この場合の知性という
のは単純に頭がいいとか、そんなレベルの知性ではありません。
悟りです。
それが究極の知性なんです。物事の心理を知ることが悟りですよね。それを純子さん

は身に纏《まと》っているんです。そして純子さんが得た悟りを外から覗くことができる窓が、あの深淵な瞳なんです。

藤代さんや石和田さんのように、性愛を絡めてぼくは純子さんを見てはいません。憧れなんです。

だからそんな純子さんがお酒の席で男の人の相手をしていたと知ってショックでした。

——石和田さんと純子さんの関係？

あれ、ちょっとぼく、拙いことを言っちゃったかな。

——ええ、そうですよね。ぼくが言わなくても、刑事さんが石和田さんの近辺を調べたら判ることですよね。近所の聞き込みとか。

石和田さんはね、もちろん秀子さんといい感じまで行っていたんですけど、秀子さんが亡くなった後、純子さんに急接近しちゃったみたいなんです。

最初ぼくが首を傾げたのは、石和田さんから大女将の自宅住所を教えてくれって問い合わせがあったときです。どうしてそんなことを知りたがるんだと疑問に思いました。秀子さんのことで抗議でもするのかなと警戒しました。

いやそうじゃないって石和田さん。永年お世話になって挨拶もせずに辞めたので、お礼をしたいんだって言うから教えてあげました。

それから少しして、今度は大女将から連絡がありました。「変な手紙が届いている」

って。

その手紙が回送されてきたんですけど、石和田さんから純子さんに宛てた手紙でした。

——ええ、読みました。

開封どころか広げられたのがクリアファイルで送られてきたので、嫌でも読みますよ。大女将も怒っていたんでしょうね。見せしめみたいに便箋を広げたまま回送してきました。

——内容ですか？

ラブレターですよ。ちょっと恥ずかしくなるような。

その手紙は会社の金庫の奥に保管してあります。何となく捨てるに捨てられなかったから置いてあるというだけのものです。別に大切に保管していたというものではありません。

——はい。今もあると思います。

——コンフェッションの続きですね。

暴露は大学時代のアルバイトだけでは終わらず、特定かつ複数の男性の世話になって対価を得ていたことにまで及び、その情報をどう処理していいのか、ぼくはすっかり混乱してしまいました。

でも、ぼく以外のメンバーは、ぼくほど混乱していませんでした。

意外かもしれませんけどローカルの低所得者って意外に性的なハードルが低いんで

す。アーバンのほうが低そうに思えるかもしれませんが、それは都市部に出ている田舎の人間がそうなのであって、田舎暮らしの低所得者は、性に対するタブーがそれほどはないいんです。だからぼくを除いた人たちは、ぼくほどにはショックを受けていなかったんじゃないでしょうか。

純子さんは肉体関係も含めたお付き合いの対価として月に五十万円を得ていたと告白しましたが、これも彼らが純子さんの話を受け入れた要因かもしれません。

毎日じゃないわけです。

時々会うだけで五十万なら、悪くないじゃんって、彼らはすんなり思えたんじゃないでしょうか。お金の前では、簡単に倫理観が薄れてしまうのも貧困層の特徴です。それだけ貰えるのであれば、嫌なことにも目を潰れるかと納得できるんですね。

大分以前になりますけど、女子高校生が憧れる職業の第一位がキャバクラ嬢だというのが取り沙汰されました。嘆かわしいというコメントもありましたが、ぼくはそうは思いません。綺麗な格好をしてお金を稼げるのであれば、女子高校生の目がそちらに向かうのも当然だと思いました。

「女子高校生が」というのはかなり的外れな感想です。

こんなことを言う人は大切なものを見落としています。

要は相対的貧困なんです。

ぎりぎり娘を高校に行かせることができる層の子女が、女子高校生になっているわけです。ですからキャバクラ嬢になりたいというのも、目くじらを立てるようなことではありません。女子高校生がそう考えるということではなく、そう考える人間が女子高校生になっていると捉えるべきことなのです。一般良識人に貧困層の常識など理解できるわけがないのです。

ぼくは違います。

一般良識人です。

ですから純子さんが対価を得て、男性と肉体関係を含むお付き合いがあったという事実に頭が混乱してしまいました。

そんなぼくが我に返ったのが、純子さんが倒れてから総支配人が言ったことです。

「この女は、せっかくぼくが立て直そうとしているこの旅館を、ほかの男に任すつもりなんだぞ。そんなことが許せるか。それも白状させてやる」

これにはほんとにびっくりしました。

どうしてそんなことが可能なのか。

ぼく自身が純子さんを問い詰めたかったです。

絶対無理でしょ。

もし望海楼の運営を請け負って、それで黒字まではいかないまでも、赤字を出さずに運営できるんだったら、それがどんなビジネスモデルなのか、興味津々でした。

だってそうでしょ。

バブルのころに計画・開発されて、今は廃墟になっている観光施設が日本全国にどれだけあるか。

リゾート法の置き土産です。それを再生できるビジネスモデルがあるんだったら、凄いことになります。IT長者なんてものじゃない、大富豪への路が拓かれるかもしれない。

ぼくはね、今のところは、公認会計士の資格を取って中小企業の経営を助ける仕事をしたいと思っていますけど、そんな地味なこと以外にも、まったく野心がないわけではありません。

でもたいていのビジネスは、世間に注目された時点で参入機会は失われているんです。ぼくらのような、世間の片隅で生きている人間が、そんなビジネスに係われる僥倖なんて、まず訪れるはずがない。そりゃあぼくだって、低所得者や、青色吐息の零細企業を相手にちまちまとビジネスするより、ドカーンと派手なビジネスに係われるものなら係わりたいですよ。でも、そもそもそんなビジネスに係わるチャンネルがない。それが純子さんにはあるんですよね。

だって高級クラブでホステスをやって、月のお手当を五十万円支払える複数の男性とお付き合いがあったわけでしょ。

そこで知り合った誰かが望海楼の運営を請け負うんだったら、かなり興味深い話じゃないですか。もっとそのあたりのディテールを掘り下げろと、総支配人の追及に期待しました。

ところがです。せっかくそこまで追い詰めているのに、追及の矛先を変えてしまいました。

成功しない人間の典型です。

チャンスを見逃してしまう人間です。

他の社員の人たちもそうです。望海楼の運営に名乗り出る人がいるのか、その人が何を考えているのか、興味はないのでしょうか。つくづくダメな人たちです。真剣に腹が立ちました。

純子さんが倒れたのでコンフェッションは終了しました。いや中断しました。

花沢さんが駆け寄って純子さんを抱え起こしました。

「すごい熱よ。誰か薬と冷やしたおしぼりを持って来て」と言いながらぼくを睨んでいます。

コートを借りた人間としては取りに行くしかないじゃないですか。

仕方なくぼくは事務所に走りました。

気を利かせて、薬だけでなく、事務所の冷蔵庫にあったスポドリとおしぼりに氷を包んで、薬箱を抱えて急いで戻りました。

かなり冷静な対応だったと思います。

ぼくとしては純子さんが小康を得たら、運営を請け負う人の話を、もう少し詳しく聞かせて貰いたいと思っていました。

とりあえず花沢さんがバファリンを純子さんに飲ませました。

純子さんは瘧《おこり》に罹ったみたいにガクガク震えていました。総支配人は「小休止だ」とか言って自室に戻りました。コーラの空きボトルやポテトチップの空き袋はテーブルに放置したままでした。

その空き袋の中にＰＴＰシートの殻が棄ててありました。

ＰＴＰシートは薬の容器に使われるシートです。シートにはデパスと表示されていました。デパスは代表的な抗鬱剤です。睡眠導入剤としても服用されます。

ぼくも勉強に熱が入り過ぎて寝付けない夜に、デパスを服用することがあります。気持ちが落ち着いてぐっすり眠れる薬です。

それがワンシート、空になって放置されていました。

ぼくはコンフェッションが始まる前、そのシートが支配人の胸ポケットにあるのを見ています。そしてぼくが懺悔しているとき、総支配人は無造作にシートから押し出した錠剤を口に含んでいました。その空シートが捨ててあったのですから、おそらく全部服用してしまったのでしょう。一時間後には熟睡しているだろうなとぼくは思いました。

――デパスですか？

確かに一般の人が見ても睡眠導入剤とは判らなかったでしょうね。でもぼくは心療内科に八年くらい通いました。境界性人格障害、パニック障害、不安障害、いろんな病名を言われました。みなさん専門医です。でも心の病気って病名が揺れるんです。ある時期を境にネットを中心にメンヘラという俗語が拡散するようになりました。あれは見方によっては意味のある言葉だったと思います。診立てによって違う病気を一言で括る言葉ですから。

同じような言葉に風邪があります。

風邪という病気があるわけではないのです。熱があるとか、咳がでるとか、くしゃみが止まらないとか、寒気がするとか、いろいろな症状をひとまとめにして、世間は「風邪」という言葉で理解しているのです。メンヘラも同じです。症状を包括する言葉です。でも拡散が始まったのがネット上だったのがよくなかったです。ネットは出来の悪い子供と貧困層の遊び場です。

そのうちメンヘラは、俗語から差別語になりました。

不眠とか、幻聴とか、正直に打ち明けているのに「このメンヘラやろう」みたいな言葉を、侮蔑を含んだニュアンスで投げかけられるようになりました。まあそのあたりは今回のことと関係ないと思いますが、そんな病状に悩んでいた時期があったので、デパスも一日で判りました。今も必要に応じて服用するときがあります。もうメンヘラは卒業していますけど。

ぼくは不用意な発言をしてしまいました。

「これデパスという抗鬱剤です。睡眠導入剤としても使われる薬です。かなりの量を服用していますので、朝までグッスリじゃないでしょうか」

調子に乗って言ってしまいました。

だから今夜は解散しましょうと続けるつもりだったのです。ぼくとしては純子さんを病院に運んだタクシー会社に連絡を入れて、純子さんの行先を訊いてあとを追うつもりでした。もちろん望海楼の運営を引き継ぐ会社なり個人を割り出すためにです。

ところがぼくの発言で場の空気が変わってしまいました。

一つは怒りです。

純子さんをあそこまで追い込んで、自分は眠る気かという怒り。早朝から社員を拘束して、自分は眠るのに社員には小休止とだけ告げて解放もしないという怒り。

もう一つは殺意です。

このまま眠っているのなら寝込みを襲って殺してしまうか。

——いえ、明確にそれを感じたわけではありません。

あくまでそういう空気を感じたということです。みんなもはっきりとそう意識していたのではないと思います。

やがて幽《かす》かに聞こえてくる声がありました。

「突破、突破」「突破、突破」「突破、突破」「突破、突破」「突破、突破」「突破、突破」

大出さんが憑《つ》かれたみたいに呟いていました。

その声を聞いているうちにぼくの頭の中で何かが切り替わりました。

何か、です。

うまくは言えません。切り替わったんです。

「殺したる」

藤代さんが絞り出すように言いました。

鐘崎祐介（36）厨房臨時社員

――動機っすか。

オレ、総支配人からクビだって言われたんだよね。それが胸の閊《つか》えになっていたわけ。わだかまりってやつだよね。結局クビは撤回されたんだけど、撤回するなら言うなってこと。

クビの理由？

遅刻と欠勤だよ。

そりゃそうでしょ。四勤二泊一休だよ。

休みの日なんか寝ているだけだよ。遊びになんか行けやしない。

やっぱさ、朝まで騒ぎたいとかってあるでしょ。でもそんなことしたら、身体が持たないじゃん。まっ、やってっけどね。それで遅刻。目が覚めたら昼だったなんてときは、そのまま欠勤だよ。

だってそうでしょ。

昼過ぎにのこのこ出勤したって、大出あたりに嫌味言われるだけだもん。「みんなぎりぎりのシフトでやっているんだから、遅刻は迷惑になるだろ」なんてさあ。好きで遅刻しているわけじゃないんだよね。目が覚めなかったんだから仕方ないでしょ。そんなに小言ばっかり言うんだったら、モーニングコールしろよってわけ。ほんと、糞生意気な奴なんだよな、大出って。

前職はファミレスでキッチンのクルーだった。

だから半調理の食材の配送があって、それをチンして出すのはお手のものだった。実際はチンだけじゃないよ。ちょっと焼き目をつけたりはする。物によってはね。一応調理もするわけ。

それを大出の奴、こんなの料理じゃないとか、うるせえんだよ。十五年修業したとか、そんなのさ、ファミレスじゃ通用しないっつうの。

あいつ相当ウザかったね。総支配人じゃないよ。大出ね。

大出の自慢何だと思う?

十五年間無遅刻無欠勤。

何それ。ただの健康オタクじゃん。

人間味がないよね。

人間だったら体調を崩すときもあるだろうしさ、寝過ごしたりもするっしょ。十五年間無遅刻無欠勤だなんて人間じゃねえし、それにさ、自慢するならもっと別のことを自慢しろよってえの。自分でも言ってんだよ。「これは当たり前のことで自慢することじゃない」ってね。だったら自慢するなよ。

——オレの自慢。

そうだね。生涯現役かな。

走りだよ。沿岸道路がオレのホームコースね。エンジン吹かしてぶっ飛ばすの。

さすがにバイクは卒業したよ。いつまでもガキじゃねぇんだからさ。暴走族はとっくに卒業した。いい歳して暴走なんてダサイっしょ。

今は走り屋。

警察の人だから違い判るでしょ。そう、オレらは人が多いところでは走らないの。目立ちたがり屋じゃないからね。だから沿岸道路がホームコースなのね。

バイク辞めて四輪に変わったけど、これが金喰い虫でね。パーツの交換とかで結構掛かるわけ。そのために働いてるようなもんだよ。

——車？

シビックに決まってんじゃん。

ほかの車と乗り方が違うの。

ＦＦのわりにアンダーが出ないんだよね。

だから偽アクセル踏んで曲がるの。軽さもあるから突っ込みもできるしさ、ライトチユーンとCPカム切り替えで、過給機車と変わらない加速とパワーが得られるの。でもオレたちの一番の武器はそんなメカ頼みのことじゃない。

気合よ。

四輪はね、気合で走らすの。それがオレのポリシーよ。

なんかぜんぜん喰い付いていないね。

——事件のことね。はい、はい。

総支配人はオレのこと判ってくれてたんじゃないかな。

そりゃそうでしょ。ファミレスで三年の経験があったもん。オレからしたら大出なんかアマチュアよ。なんかさ、一人で厨房背負っているみたいに粋がっていて、ウザイったらありゃしねぇ。

そのあたりのことは総支配人にも相談したさ。オレがチーフをやってもいいんで、あいつの上にしてくれって。何なら大出辞めさしてくれてもいいって。あいつの代わりなんか、いくらでもいるもん。

ただでお願いしたわけじゃないよ。総支配人のために、いろいろ力になってあげたよ。前の、リストラされた調理長の味が良かったとか言って、古い客が苦情垂れていると か、教えてあげたんだよな。信じられる？　大した旅館でもないのに、わざわざ調理の人間を部屋まで呼びつけて、意見する客がいるんだよね。お前、そんだけの金払ってんのかよって言いたくなるよ。

それをね、大出みたいな古い社員や大出にへいこらしているアルバイトが聞きつけると、総支配人の悪口になるんだ。だから大出やアルバイトの耳に入らないよう、総支配人に直接教えてやってた。

——総支配人の飯ね。

あれは厨房の誰かが総支配人室に持って行くんだけど、大出なんかはアルバイトに持って行かせてた。馬鹿でしょ。せっかく上の人間と接触できるチャンスなのに、無駄にしてやんの。

オレは必ず自分で持って行ってたね。

で、部屋で話した。

主には総支配人の評判に関する報告かな。

けっこう、そのあたりのこと気にしていたからね。

ちょっと盛った話もしたけど、上に対する報告なんてどこでもそんなもんでしょ。それなのに遅刻ごときでオレにクビを通告した。これ、ちょっと許せなかったな。

あの日もね、前日が泊まり明けでしょ、全館休業日だったし、昼前まで寝てオレ、渋谷に出る予定にしてたんだよね。それがSSだって総支配人から電話連絡があったわけ。がっくりしたけど、これ出たら今までの遅刻と欠勤はチャラにしてやるって言われたんで、顔を立ててやった。別にチャラにしてもらわなくても、臨時社員からアルバイトに戻してくれたらよかったんだけどさあ。アルバイトはいいよ。休み、自分で決められるもの。

毎月十五日までに翌月分のシフト希望を出せばいいわけ。基本それを基に大出がアルバイトの出勤シフトを決めるわけだけど、希望以外に出勤してくれって言われても、断ればいいいんだもん。

アルバイトでも時給八百五十円あるし、やっぱ自分の時間を大切にしたいっしょ。ファミレスなんかと比べて、あの職場のいいところは、働きたかったら何時間でも働けるってとこね。ファミレスはそうはいかない。一応ちゃんとした企業だからね。

店舗マネージャークラスの正社員でも、月の勤務時間が二百五十時間だか超えそうになると、自宅待機になっちゃうわけ。

その点あの職場はよかったね。自由だった。一ヶ月がっつり働いて、次の一ヶ月は半分くらい休むアルバイトもいたよね。あれが正解だよ。

年収が三百万円超えるっつうんで臨時社員になったけど、自分の時間がないんじゃ意味ないじゃん。オレはね、自由が欲しかったの。そのための金でしょ。金を稼ぐために自由がなくなるなんて、本末転倒だよね。年収九百万くらいくれるんだったら、ちっとは考えてやってもいいけどさ。ちっとはね。

——ランチュウ。いたね。総支配人室に。あんまり興味ないけど。

一匹二百万とかすんだよ、あれ。

持ち運びできるもんだったら、総支配人殺したあとにポケットに入れて持ち帰ったんだけど、石和田のおっさんが、「自首しよう。自首すれば罪も軽くなる」なんて言って、その場で警察に電話すんだもん。総支配人自慢のロレックスのコレクション狙っていたんだけど、それもパチれなかった。

――そうだよ。行き掛けの駄賃じゃん。

みんなが総支配人殺すんだったら、その隙に頂いちゃえって思ったよ。

そうそう、そうだよオレ。

ねえ、ねえ、刑事さん。オレ、やばいこと思いついたよ。

オレは殺しに手を貸してない。殺人の共犯じゃないんだ。

ロレックス貰いに行っただけ。窃盗未遂だよ。

殺人じゃない。

そうそう、そういうこと。

何で先に気付かなかったんだろ。

オレ、ロレックスを狙ったんだ。

窃盗未遂ね。

殺人は否認するよ。

オレって頭よくなくない?

――いまさら遅いの?

でも判断するのは裁判の人でしょ。

オレはロレックスを狙って総支配人室に侵入しました。でも未遂に終わりました。ここ大事だよ。ちゃんと調書に書いといてね。

——あの日のことを朝から話すの？

だからさあ、さっきも言ったように、あの日は休みで、昼前に起きて渋谷に出ようって思ってたの。そしたら、まだ外が暗い時間だよ、総支配人から電話があって、ＳＳやるからすぐに会社来いって言われたの。窓が鳴るくらい風が吹いてんじゃん。マジかよってうんざりしたけど、まあ仕方ないわな。

オレあの人のオキニだから、裏切るわけにもいかないじゃない。可哀想な人だよ。社員全員から嫌われているんだからね。何勘違いしてんだろね、あいつら。社員にね、役員嫌いになる権利なんかないっつうの。自覚しろよってこと。せめてオレくらいは相手してやらないと孤立無援だよ。

で、朝から寒い中、ＳＳやりましたよ。嫌だったけどね。救いは純子が来ていたことかな。

これはあとでほかの奴らにもばれてしまうことだけど、オレ知ってたのね。彼女、元クラブホステスなんだよ。そのうえだよ、愛人経験者でもあるの。総支配人が愚痴交じりに教えてくれたんだ。そう思って見ると、清楚な中にどことなく色気を感じる女なんだよね。

花沢や大出なんかは純子のこと清楚だ清楚だって、馬鹿の一つ覚えみたいに褒めてるけど、それだけじゃないんだよ。あの色気が判んないかな。ガキだね。同じガキでも石井はちょっと違うか。純子の色気何となく感じていたね。

ただ残念ながらボキャ貧なの。それか頭が固いの。

純子の色気をさ、知性がどうたら勝手に難しくしてやんの。もっと簡単なことなのによお。要は男に磨かれたってことでしょ。

それを総支配人がＳＳのあとで暴露してやるってんで、オレ、ワクワクしたよ。世間知らずのあの連中の顔が歪むところを見てみたかったからね。それから純子が萎《しお》れるところもさ。萎れて奴らから見放されたら、オレが慰めてやっかってなものよ。

まあ、オレなんかではどうにもならないだろうけど、ひょっとしたらって期待もあるじゃない。ゼロではないわけよ。それがさ、自分の毛皮のコート石井に貸したもんだから、セーターひとつで寒さに耐えているわけ。ああいうのそそるね。オレってＳの気あるから耐えてる女、堪んないんだよ。

――ゴミ拾い。やりましたよ。

ほかの奴らほど要領悪くないけどね。

なんであいつら、砂に埋もれているゴミを探すかね。それと波打ち際まで行って拾ってやがんの。飛沫《しぶき》がかかるじゃない。

オレはそんなことはせずに主に道路脇を攻めたね。昔、バイクで走りまくった道路だもん。勝手知ったるなんとかってやつよ。道路沿いの草むらにわんさかゴミがあるんだよね。

もっと狙い目なのは自販機とコンビニだね。

ゴミ箱ひっくり返したら楽々回収よ。

だから奴らとは離れて行動した。

融通利かない人たちだからね。それで早めに中継地点に行って、総支配人からハンバーガーとか分けて貰って喰ってた。そのときに聞いていたのね。もう少し具体的に。

SSの後にコンフェッションやるって。

マジかよって思った。この後もあるのかよって。

でも、「今日のコンフェッションは特別だぞ」って総支配人が目を細めて言うわけよ。

もともとあの人、顔デブだから目は細いんだけど。

「特別って何すか」って訊いたら、純子がその日の主役だって言うんだよ。目玉ね。

いきなり萌えたね。

純子贔屓るんだったら是非参加しなくちゃって、そのあとのゴミ集めにも精が出たよ。

ただね、ちょっと不安だったのは、純子がコンフェッションに参加すること、純子自身も知ってるって言ってたのよ。それじゃお楽しみ半減でしょ、って思ったね。やっぱりドッキリでなくちゃね。

「大丈夫だ。ただの懺悔で終わらせる気はない」

自信満々で総支配人が言ったのよ。

「どこまで懺悔させるつもりなんすか」って訊いたら、

「全部だ」って口を歪めて悪い顔で笑った。

それなら期待できるかって、オレも悪い顔でにやりと笑ったね。

それでSSが終わって、後片付けして、お待ちかねのコンフェッションだ。

連中、その後のスペシャルメニュー知らないもんだから、いつもみたいに張り切って懺悔してたよ。

バカバカしい。おまえらの懺悔なんてもう聞き飽きてるっつうの。

トップバッターの大出は、先週、料理の提供時間がどれだけ遅れたかって反省だったね。反省だけなら猿でもできるよ。あいつね、手際が悪いんだよね。決まった通りにしかできない奴なんだ。

冷凍品を解凍するのにタイマー設定の秒数をね、決まった秒数をきっちり守ろうとする。

いいんだよ。少々短くても。

厨房から出して客のところまで行く間に、余熱でなんとかなるもんもあるんだから。

例えばハンバーグね。レンチンとは別にコンベア・グリルで鉄板焼くわけ。

――そうか。知らないよな。

ベルトコンベアがグリルの中をゆっくり動いてんの。それにね鉄板を端から入れて、流れていく間にグリルできるわけ。

例えばステーキなんか、まさかレンチンだけというわけにいかないでしょ。鉄板に載せてコンベア・グリル通すと、こんがり焼けていかにもって感じになるわけ。レアからウェルダンまで自由自在よ。

一回流すか二回流すか三回流すかの違いだけ。

でもさ、ステーキ頼む奴はだいたい通ぶって「レアで」なんて言うわけよ。だからたいていは一回流せばオッケイだよ。

中にはいるけどね。「ウェルダンにしてくれ」なんつうわがままな奴が。その時は三回も流さなくちゃいけない。手間なんだよ。

あれはホールのバイトがとろいの。「焼き加減は如何いたしましょう」なんて聞くのが阿呆なの。ステーキの注文受けたら「レアでよろしいですネッ」って決め付けりゃいいのよ。この「ネッ」が大事なの。そのあたりが判らないんだよね。

ったく、とろい奴らばっかりだよ。チームワークが取れてないんだよ。

言ったよ。決め付けろって。そしたら大出の奴、素人のくせに「それはだめだろう」って文句言いやがんの。うっせいよ。

ハンバーグもレンチンだけじゃなくて、レンチンのあとで流すわけ。そしたら焼きたてになるの。だからレンチン時間なんて適当でいいの。

セントラルキッチンから配送されてくるパッケージに表示されている解凍時間は目安

だって、どうして判らないかねえ。書かれたとおりやることないの。頭使えって。試行錯誤っていうのがね、ないの。

客からクレーム来たら、その時考えればいいわけ。冷めているって言われたら「すみません。すぐ温めます」で済むわけよ。たいていの場合はね。

それでもクレーム言われたらなんか一品サービスすればいい。安いアイスクリームとかさ。そのあたりの機転が大出の奴全然利かないんだよね。もう十五年も厨房やっているっていつも自慢しているけど、何やってたんだろうね、十五年も。

コンフェッションの二番手は営繕の藤代さんだった。

オレ、この人には一目置いてる。

中卒で流れの土木作業員だったたって言うんだからパねえわ。簡易宿泊所にも住んでいたって。あしたのジョーが流れ着いた場所だよ。玄人だね。

ただコンフェッションのコツがまだ摑めてない。それが残念。

今回の懺悔はインターロッキングの埋め込みがどうちゃらだった。そんな専門的な懺悔されてても、聞いてるほうはちんぷんかんぷんだよ。普段だったら長引くところだけど、これもすんなり総支配人の拍手が出て合格だった。

そのへんであいつらの空気が緩みだしたね。

何しろ大出、藤代の二大問題児があっさりパスしたもんだから、きょうは早めに終わりそうって期待したんじゃないかな。馬鹿だねえ。そのあとで徹底した純子嬲りがあるって知らずによ。

石井が帳簿の付け間違いを、花沢が釣り銭間違いを懺悔して、オレが定番の遅刻を懺悔して、前座が終わった。

それにしてもさ、こうやって並べてみると、どれだけ無駄な懺悔しているかよく判るね。

その日はすいすい終わったからそうでもなかったけど、いつもはこんな懺悔しながら、あいつら、特に大出、石井、花沢あたりが本気で泣いたりするんだから呆れてしまうわ。オレも泣くけど、オレの場合は正真正銘の嘘泣きだから。

そしていよいよ、真打ちの純子の番になったわけよ。

いや驚いたね。あっこまでやるとは思わなかった。

御見それしましたよ、総支配人。

ネチネチやって、しまいには純子、倒れちまったよ。石井の馬鹿が防寒着さえ着て来ていたら、もう少し持ったかもしれないね。でも乱れた髪を額に汗で張り付かせて、目が虚ろになっている純子は色っぽかったね。オレ、股間が張り裂けそうだった。

こんないい女嫁に貰いやがってと、登くんに殺意さえ感じたほどだ。

おっと、今のはものの喩えね。

ほんとうに殺意があったわけじゃないよ。

最初にも言ったけど、オレは登くんのロレックスのコレクションを頂こうと思って総支配人室に行ったわけ。

だから殺人じゃなくて、窃盗未遂ね。ここのところほんとに大事だから、記録しておいてね。

突破？

何それ？

——自己啓発セミナーねえ。

つまんないセミナーだったよ。

ただね盛り上がると受講生の連中、抱き合って泣いたりするんだよね。けっこう若いオネェチャンもいたから、ハグは悪くなかったかな。

まあ、それくらいだよ。

あんなもんで人生変わるなんて、どれだけ安物の人生だっちゅうの。

第三章　供述／参考人たちの困惑

高富悦子《たかとみえつこ》（62）元副支配人

——ええ、おかげさまで、主人と穏やかな老後を過ごしています。でもあんなことがあって、あの子たちが殺人だなんて、わたしが残っていればどうだったんだろうって、あれ以来、そればかり考えてしまいます。

——リストラは仕方がないことだったと受け止めています。通告されたときはショックでしたが、確かにわたしも高齢ですし、望海楼の経営を傾けた責任も感じていました。ただ経営に関してはどうしていいのか判らなかったんです。結局は古いお馴染み様ばかりに頼る営業をしていました。とは言っても、お馴染み様は平均年齢が六十七歳を超えていらっしゃいます。十年後、わたしの年齢でそんな先のことを考える必要もないのかもしれませんが、十年後を考えれば何か手を打たないと、望海楼が終わってしまうのは明らかでした。

それが判っていても有効な手を思いつきませんでした。ただただ、その日その日を漫然と過ごしていました。お馴染み様のお顔とお名前を千人記憶しているなどという過大評価に溺れて、安穏と過ごしていました。千人は大袈裟です。覚えているとしても百人がせいぜいのところでしょう。

ただしお顔を拝見して、うっすらと記憶を刺激されるお客様もいらっしゃいます。そのようなお客様に対して、いかにも覚えていたようにふるまえるくらいの技量は身に付けております。それがまわり回って、千人のお馴染み様のお顔とお名前を記憶しているなどという過大評価に繋がったのだと思います。そもそもあの望海楼に、千人もお馴染みのお客様がいらっしゃるのかどうかさえ、疑問と言えば疑問でございます。

自動チェックイン機の導入は正解だったと思います。

社員の子らは知らないようですが、それ以外にも総支配人は、インターネットでの営業などにも積極的に取り組んでいました。ちょっとどうかと思えるような内容もありましたが、SNSなんかの活用も積極的でした。

三階の特別室、若い子たちは揶揄を込めて総支配人室とか呼んでいましたが、あの部屋にこもってブログとSNSですね、毎日、毎日、時々刻々と更新していました。その効果として、総支配人が就任されて半年後、わたしが望海楼を退職する時点では、新規のお客様のご利用が同月対前年比で二割も上がりました。ここ数年、下がり続けていた対前年比でございます。

それからもうひとつ、わたしたち古参社員では絶対に踏み切れなかった斬新な改革がございました。新しい勤務シフトの導入です。

四勤二泊一休。

このシフトが導入されたとき、わたしはまだ望海楼に勤務しておりましたが、そんなことをして大丈夫なのだろうかと、正直申し上げて導入には懐疑的でした。何しろ月の標準労働時間が三百時間なのです。

わたくしども古参社員も同じくらいの時間数働いておりましたが、当時の管理職社員にはタイムカードもございません。その気軽さから、適当に休憩ばかりか公休も自分の判断で取っておりました。時間から時間まできっちりと管理された勤務ではございません。

月に三百時間と言えば過労死を心配するような労働時間でございます。

現に休憩時間に、待機室で机を抱えるようにして、若い子たちが泥のように眠っていました。休憩時間ばかりか導入当初は、業務中に舟を漕ぐような姿も見られました。これは持たないなとわたしは思いましたが、若い人って順応性が凄いんですね。すぐにそのシフトに馴染んでしまって、問題なくこなすようになりました。そしてこなすだけでなく、彼らのモチベーションが驚くほど向上しました。

やはりお金でございます。三百時間という標準労働時間は感心しませんが、その対価として彼らは三十万円を超える月収を得るようになったのです。

最初のお給料日あたりから彼らの目つきが変わりました。俄然やる気を見せるようになりました。あれを見て、わたしは自分の役割が終わったと感じました。

ただお金だけでやる気が左右されるというのは、どうなのでしょ。きれいごとを言うようですが、やはり仕事そのものの遣り甲斐というものを見つけてほしかったようにも思います。

そしてリストラの通告です。

新しい勤務シフトが狙い通りに定着するかどうか、総支配人は冷静に観察していたんでしょうね。

確かにリストラを通告されたときの言われようはかなり酷いものでした。でも逆にあれだけきっぱりと言われたことで、わたしも踏ん切りがつきました。いろいろ問題のある人でしたが、今となってはあれくらいの荒療治が必要だったのだろうと思います。その意味でも今回の事件は残念でなりません。あのまま経営改善が続いていたらと、それこそ死んだ子の年を数えるようなものですが、どのような望海楼になったのだろうと、今も思わずにはいられません。

——純子さんには特別な感情はありません。お嬢さんだなと、そういう印象しかございません。軽んじているわけではなく、事実としてそう感じています。

若い社員の子たちには人望があったようですが、やはりそれは、あの清楚な美貌によるところが大きかったのではないでしょうか。確かに仕事ぶりは熱心でした。いつも口ビーに立ってお客様に対応されていましたから、健気にも映ったのでしょう。

でもそれだけです。

お客様のことを知ろうとしていない。

わたしなどはそう感じました。

一歩先、いえ半歩先でもいいのですが、それを考えて動くということがなかったです。はっきり申し上げて、あれでは接客業として失格です。物足りません。

ただ不思議と、おひとりでお見えになる男性のお客様には、それができていました。対応がこなれていました。お馴染み様ではありません。

そう言えば純子さんが東京からお戻りになって、おひとりでお見えになる壮年の男性のお客様が増えました。売り上げに貢献するほどではございませんが、それまでそのようなお客様はほとんどおられなかったので印象に残っております。

どちら様もみるからにご立派な方で、会社でそれなりの立場に就かれている男性の方だろうと推測しました。大女将のお話によると、純子さんは、東京の大きな会社の会長か社長の秘書をされていたということでしたので、その繋がりでそのようなお客様がお見えになったのではないでしょうか。

ただどうも……。

純子さんにとっては大切なお客様なのでしょうが、ほかのお客様に対する接客との落差があからさまでございました。お荷物を持って差し上げたりとか、お部屋にご案内したりとか、ほかのお客様にもそのような対応をするのならいいのですが、順番を取り違えたりとか、お歳を召したお客様のお荷物を無視したりとか、ちょっと目に余る接客もございました。

それだけではありません。

さり気ないボディータッチとか、耳元での囁きとか。

あの接客は、旅館の接客の一線を越えていると思いました。まるで飲み屋のホステスみたいだと顔を顰めるお馴染み様もいらっしゃいました。

——老舗旅館というのは大女将の願望です。

開業してまだ三十年ですから老舗とは言えません。この辺りでは一番古い旅館ですが、一番古いと言っても、望海楼以外には国民宿舎くらいしかない土地でございますし、歴史だけで言えば、その国民宿舎よりも浅いくらいでございます。

亡くなられた大旦那様はハイカラ好みの方で、ご本心ではリゾートホテルを造りたかったようです。でも和風好みの大女将に押し切られて、リゾート旅館にしてしまいました。ですからどことなくちぐはぐで、わたしたちも戸惑うことが多かったです。

大旦那様は民事を専門とするやり手の弁護士さんでした。

望海楼も、完成前に資金ショートを起こしてしまった所有者と工事会社の仲介者として介入されたという経緯がございます。大旦那様は工事会社の代理人でございました。調停を進める中で望海楼の所有権を取得されてしまったのですから、やり手と言えばやり手だったのでございましょう。

――横取り。

それはわたしたち事情を知るベテラン社員の間では禁句です。禁句ということで事情をお察し願えませんでしょうか。

とにかくそのような経緯で経営権を握った望海楼ですので、経営に関して大旦那様はかなり大らかなお考えをお持ちでした。少し大きめの別荘を手に入れたくらいに思っておられたのかもしれません。その反面、大女将はそれはもう大変な熱の入れようでした。完成半ばだったホテルを完成前に改装して旅館風にしたのですから、その熱意をお判りいただけると存じます。

運営につきましても、当初こそ大旦那様のご意向を尊重していらしたのですが、だんだんご自分のご意見を言われるようになって、その度に方針が変わるものですから、わたしたちもずいぶん右往左往いたしました。

いちおうわたしは副支配人という役職を頂いておりました。

最初の役職がフロアマネージャーで、その次が仲居頭、そして副支配人でございます。役職名が変わっても、仕事の内容は入社以来変わりません。役職名だけがそんな風に変わったのですが、それだけとっても、ちぐはぐな経営だったとお判り頂けるのではないでしょうか。

お料理なんかもそうです。

和食と洋食の混合でした。

何しろ最初の厨房の責任者は、大旦那様が引っ張ってこられたイタリアンのシェフでございました。大女将の注文が煩いと一年も経たないうちに辞めてしまいました。その次に厨房の責任者に抜擢されたのが、赤坂の割烹で板前の経験がある亀次さんです。開業時から勤めていらして、シェフが責任者だったときは二番板という役職でした。上司が部長クラスでシェフ、その下の課長クラスが二番板だなんて、ちぐはぐでございましょ。亀次さんが部長職に昇格されたときも役職名で揉めたようでございますが、結局は調理長という、当たり障りのない役職名に落ち着きました。

——わたしは開業前にスカウトされました。観光協会の理事長さんの紹介でございます。

経験としては、さっき出た国民宿舎の接客リーダーを務めておりました。そこでお茶お花、着付けの勉強会の講師をしていたのを大女将に認められての採用でございます。

国民宿舎での勉強会は、主に地元の高校生や若い主婦を対象としたもので、受講料も国民宿舎なりの値段でしたから、それほど本格的なものではございません。子供のころから習い事が好きで、師範のお免状を頂いてからは若い人に教えたくなったのですが、個人でお教室を開くのはたいへんです。流派の家元に支払わなければならない看板代だけで、たいていは赤字になります。かと言って、流派を名乗らなければ生徒さんも集まりません。だからわたしは特に流派を名乗ることもなく、国民宿舎の文化活動、地域貢献活動の一環として、お教室を開いていました。

それは今も続けています。

望海楼をリストラして頂いたおかげで、国民宿舎のお教室を再開することができました。程好い老後の趣味でございます。毎日主人の食事の用意もできますし、わたし個人としては、とても充実した毎日です。それだけにあの子たちのことが気懸かりでなりません。

――先日、純子さんから望海楼を手伝って欲しいというお電話を頂きました。

今さら今の生活を捨てて、また元の仕事に戻ることに躊躇《ちゆうちよ》はございますが、純子さんが仰ることには、あの子らが戻って来るまで望海楼を守りたいということでした。

事件の影響もあって経営的に難しいのではないかとわたしなりの懸念を申し上げたところ、旅館の看板は下ろすけど建物や設備はそのままで、前々から運営を希望されていた方がいらっしゃるそうで、経営のほうはそちらにお任せするとかで、運営資金も、すべてそちらにご負担頂けるとのことでございます。お金の心配はないとも仰いました。具体的なことはまだ伺っておりませんが、そういうことならお手伝いさせて頂こうかと考えています。

でもそんな当てがあったのなら、どうしてもっと早くその話を具体化しなかったのか、それを疑問に思い、思ったままをお訊ねしましたところ、

「もし、わたしが旅館の看板を下ろすと知ったら、あなたたちは、反対なされなかった

かしら」と、少し強めの口調で言われました。

胸を衝かれた思いでした。

確かにわたしが副支配人をやらせて頂いていたときに、そのようなお話があったら、大女将の手前もあって、わたしは反対していたでしょう。大女将に直訴したかもしれません。旅館としてではなく、他の目的で運営するなど、許されることではないと考えたでしょう。

国民宿舎より歴史が浅いなどと言いながら、わたし自身も、老舗旅館という根も葉もない矜持に拘っていたようにも思えます。

いずれにしても運営資金の心配をしなくてもよく、そしてあの子らの帰りを待つ場所を守れるのであれば、わたしのできる範囲でお手伝いをさせて頂こうと今は思っております。

——あの子たちの殺意ですか？　それがはっきりしない？

どういうことでございましょう。

——らしきものはあるが、それが決め手となる殺意とは考えにくい……。

すみません。仰ろうとしていることがまったく理解できません。それはむしろ、あの子たちに確認することではないでしょうか。

——失礼しました。

門外漢の立場も弁《わきま》えず、要らぬことを申し上げました。そうですよね。当然そのあたりのことは念入りにお調べになっておられますよね。

――でも、殺意が不確かなのですか。

いいえ、わたしの知る限り、あの子たちは人並み以上に激しやすい性格ではございません。むしろ温厚な、如何にも田舎町の子供だと思います。

――一人ずつでございますか?

思ったまま印象を申し述べればいいいんですね。

大出隆司くん――。

真面目で一本気な性格の青年。責任感が強い。小グループのリーダーになれる人。

花沢恵美さん――。

一途。接客はほぼ合格点。化粧が濃い。健気だけど少し派手好き。勝気なところあり。

石井健人くん――。

勉強家。理屈っぽい。やる気は感じるけど精気に欠ける。読書家だけど偏っている。

藤代伸一さん――。

存在感がある人。プロ。仕事を選ばない人。無口だけど無愛想ではない。男らしい。

鐘崎祐介くん――。

ちゃらんぽらん。無責任。遅刻魔。いきがっているけど臆病。

石和田徳平さん――。

無骨だけど優しい。面倒見がいい。正直な人。直情的なところもあるけどはにかみ屋。

思いつくまま言いましたけど、ご参考になりましたでしょうか？　こうやって改めて名前を並べられると、どうしても彼らが殺人なんて大それたことをしたことが信じられません。

――まだですか？

――若女将の純子さん、ですか。清楚。美人。世間知らず。ニンフォマニア。

――いえ、そうではなく。

――はい、そうです。色情狂という意味です。

――具体的にと言われましても……。わたしホラー小説のマニアで、今読んでいる小説がニンフォマニアを主人公にしたホラーで、その小説に登場する女性と純子さんのイメージが被ってしまって……。

――ええ、ホラー小説です。映画なんかと違って小説って、自分で情景をイメージしながら読むじゃないですか。その主人公をイメージしながら読んでいるうちに、何となく純子さんと重なってしまったんです。

――だから具体的にどうだというのではないです。困ります。あんまり追及しないでください。

――確かにそんな印象はありました。

怖いというより恐ろしいというイメージです。圧力を感じる恐ろしさではありません。何か、得体のしれない恐ろしさです。じわじわ迫ってくるような、息苦しくなるような……。すみません。よく判りません。でも何か、今夜夢に見てうなされそうです。

最後にもう一人ですか？

夷隅登――。

不潔。だらしない。公私混同。身勝手。思い遣りに欠ける。殺されて当然。

……えっ、わたしったら。

すみません。不用意なことを口走ってしまいました。何を言っているのかしら。

――いいえ、そうではありません。

殺されて当然な人間なんているはずないです。

ただちょっと、印象を思い出すために顔を思い浮かべようとしたら、総支配人ではなく、大きなゴキブリを思い浮かべてしまいました。長い触角をツンツンしているゴキブリです。

失言でした。疲れているんです。忘れてください。

高梨亀次《たかなしかめじ》（59）元調理長

――わたしは総支配人の厨房改革に賛成でした。表立って賛成とは、立場上言えませんでしたが、あれが正解だと思います。

原価率という言葉があります。いろいろな場面で使われる言葉でしょうが、調理場の場合、食材原価率は三割以内に収めることが求められます。

しかしそれは口で言うほど簡単なことではありません。

例えば、提供価格が千円のメニューを考えた場合、食材原価は三百円で抑えればいい、とはならないのです。扱う食材は、当たり前ですが生ものです。当然のようにロスが出ます。旅館の場合、提供する食事だけで終わるわけではありません。プラス一品のご注文にも備える必要があります。それを見込んで仕入れるわけですが、見込みが下に外れるとそれがロスになってしまいます。

実際はそんな単純なことでもないのですが、簡単に言えばそういうことです。

総支配人が導入されたセントラルキッチン方式は、その意味では画期的です。すべて冷凍食品でしかも半調理されていて、確かに味が画一化されて、料理人として腕の見せ所はなくなりますが、ロス率が極端に低いのです。

導入前にセントラルキッチンの担当者から聞かされた話では、大手のファミレスの納入食材のロス率がたったの三%だというのですから、わたしたち板場を管理する者には、驚異的な数字と言えます。わたしもこの歳になるまで、ファミレスなどの大手飲食店を軽く見ていた傾向がありますが、システムを知ってしまうと、なるほどと頷くしかありませんでした。

もちろん味に納得されないお客様もいらっしゃるでしょう。しかし望海楼は高級料亭旅館ではないのです。要は何が求められているかということです。

一時期旅行業界で「安近短」という言葉が流通しました。価格が安くて、近場で、滞在期間の短いことを言う言葉です。望海楼は、まさにそのようなニーズに支えられてきた旅館です。老舗旅館などと気取っていられる旅館ではないのです。

そうであるなら、セントラルキッチンの導入は正鵠《せいこく》を射ていると言わざるを得ません。そしてそれを導入するなら、わたしのような人間は不要なのです。そう考えてリストラも謹んでお受けしました。おかげさまで退職金も五割増でしたので、それまでの蓄えと合わせて、小さいながら自分の店を持つこともできました。正直総支配人に感謝する気持ちこそあれ、恨みに思う気持ちなど、爪の垢ほどもありません。

心残りがあるとすれば、下の連中に、特に、わたしを慕ってくれていた大出隆司に、そういうことをちゃんと教えていなかったことです。

一人前の料理人に育ててやろうとは思いましたが、それだけで板場を守ることはできません。経営者としての感覚も求められます。それをちゃんと教えることができなかった。それが心残りです。ましてや今回の事件の原因が自分の指導の至らなさにあったんじゃないかと思うと、居たたまれない思いになります。

隆司に詫びることがあります。

いつかの夜、閉店後にあいつが総支配人を伴って寿司亀に顔を出しました。

総支配人の求めだと知ってわたしは身構えました。

後ろめたいことがあったからです。

寿司亀の開店の挨拶状を望海楼のお馴染みに送らせて頂きました。それ自体は慣例として責められることではないでしょうが、来店されたお馴染みが言うわけです。

「亀さんが辞めて味が落ちたね」とか。

半分は社交辞令でしょう。

判ってはいるんですけど、自分もついつい、いい気になって、セントラルキッチン方式の悪口を言ったりしました。そのほうが会話としては盛り上がります。それを女房まで真に受けてしまって、あることないこと口を挟んでくるんです。

そうなると止められない。もともと自分が振った話題だから止めようもありません。的外れな同情をされたり、理不尽な陰口で盛り上がったり、まあこれも酒の肴《さかな》のうちだと思っていたんです。そしたら総支配人がわざわざ閉店後にお見えになると言う。正直困ったなと頭を抱えました。捻じ込まれるんじゃないかと萎縮しました。

突き出しにお出ししたのはヒラメの刺身です。

「これは判りやすい。ヒラメだね」と見破られてシマッタと肝を冷やしました。

夏のヒラメは猫マタギ、なんて余計なこと隆司に教えていましたからね。案の定隆司のやつ、総支配人を睨み付けて何か言おうとしたんで、慌てて目で止めました。

それから後も、厳しいことをいろいろと言われました。難癖と聞こえなくもないですが、セントラルキッチン方式をあれこれ非難するんだったら、おまえはそれだけちゃんとやっているのかと言われているみたいで、恐縮してしまいました。それなのにうちのやつなんか、頭から湯気出して怒ってやがる。隆司も形相を変えている。もう勘弁してくれよって思いました。

隆司は総支配人のことをかなり悪く思っていたようですが、内心で、セントラルキッチン方式については受け入れていたんではないでしょうか。ただそのことを素直には認めたくなかったんでしょうね。

四勤二泊一休の勤務シフトも、特に抵抗なく受け入れていました。やっぱりあれですかね。給料が月に十万円以上の上乗せっていうのは、若いもんにとっては堪らん魅力なんかもしれません。隆司の目つきが変わりましたもん。

テレビで知ったって、寿司学園とかいう学校の入学案内取り寄せて、何度もわたしのところに相談に来ましたよ。三ヶ月で一人前の職人にしてくれるらしいです。わたしなんかには信じられない、いや信じたくない話ですけど、テレビにまで取り上げられるほど成功しているんですから、あながち眉唾でもないのかもしれません。

八十万円という受講料が高いのか安いのか、ただ卒業の暁には世界各地の直営店での就職も約束されている、開業希望であれば、店の物件探しから面倒見てくれるって言うんですから、隆司がその気になるのも頷けます。

あいつの場合は開業資金なんてないだろうから、まずは海外の直営店で働くことになるのでしょうが、相談されてわたしは賛成しました。

日本の寿司屋に就職したところで、たった三ヶ月の修業なんぞ、誰も評価はしてくれないです。たとえそれ以前に望海楼での経験が十五年あったとしてもです。料亭旅館でもない、田舎の中流旅館のキャリアなんて、出るとこに出たら鼻くそみたいなものです。海外に出てのびのびとやってみればいいと言ってやりました。

若いんだから挑戦ですよ。

その直営店って言うのも、有名なガイドブックで、二つ星貰っているような店もあるらしいです。

そこで腕が認められたらスポンサーも付くらしい。

語学の心配をしていましたけど、そんなもの、行ってしまえば何とかなるでしょう。少しは貯金があるので英会話学校行ってみようかって、あいつ言っていましたが、自分から進んで英語の勉強しようと思うほどあいつが前向きになっているのに驚きました。やっぱり金なんですね。それなりの給料貰うようになったら自信も付くんでしょう。

——純子さんから連絡がありました。

望海楼の運営を信頼できる人に引き継いでもらうから、少しの期間、店に差し障りがない範囲で、昼間だけ手伝って貰えないかという依頼でした。セントラルキッチンの会社とは切れるみたいです。

旅館として運営をお願いするわけではないので、お弁当程度のものを作ってくれればいいという依頼でした。夜も昼のうちに作り置きしたものでいいと。特に凝ったものでなくても構わないらしいです。具体的なお話は伺っていませんが、そういうことならお手伝いしてもいいかと思っています。

何しろこの不景気です。店の方もカツカツでしてね。売れ残りがあるんで、自分たちがとりあえず食う分だけは何とかなっていますけど、売り上げが足りないんで、昼間も定食でやるかと女房と相談していたところなんです。でもこんな田舎で昼間店を開けても、そうそう客は来ないだろうし、どうしようかと迷っていました。望海楼を手伝えば給料も頂けるみたいですから助かります。

でも、何をやるんだろう。

純子さんからの注文では、一日に三十人分くらいを目安に、朝食と昼食、夕食は作り置きで構わないので、一人頭一食千円程度の予算で考えてくれということでした。

朝食は飯と汁があればおかずは目玉焼きでもいいそうです。昼食も飯と汁それに唐揚げ程度で、夕食は主菜に注文はないけど、なるべくボリュームのあるもので、味は濃いめにしてくれってことでした。それを毎日三十人分程度。土日は休みだそうです。

ほんと何を始める気ですかね。

大女将は大丈夫なんですかと心配しましたけど、

「あんなことがあって、旅館は続けられないと理解してくれているから大丈夫よ」と言っていました。

そりゃそうでしょう。

旅館を続けるのが難しいのは理解できます。

でも、一日三十人の利用があって、しかも平日だけ。予約の方も向こう半年は満杯だと言うんですから、どんな団体が利用するのか、まるで想像もつかないです。

月曜日の朝食と金曜日の夕食の準備はいいそうです。ということは、月曜日インで金曜日アウトということです。どこかの会社の研修でもやるんですかねえ。

半年先まで予約があるっていうんだから、それはないか。

いずれにしても、今回の事件を起こした若い奴らが帰ってくる場所を守りたいということで、それなら余計に励まなくてはなりません。

何年のお勤めになるのかも判りませんが、十年くらいだったら老骨にムチ打ってでも頑張ろうと思っています。

——新しい仕事に対する不安ですか？　そりゃないことはないですよ。

大体の仕事の説明を受けましたけど、朝食を用意するとなると市場への仕入れは行けなくなるかもしれません。なんせ歳ですからね。睡眠不足はてきめんですよ。

でもほんとうの不安は、純子さんに対する不安です。

それだけの集客力があって資金面での心配をしなくていい相手先があるんだったら、どうして今まで手を打たなかったんでしょうか。手を打っていれば総支配人と結婚して、あの人を望海楼に引き入れる必要もなかったわけですよね。

今回の事件も起こらなかったじゃないですか。

純子さんは言いました。旅館の看板を下ろして運営を余所に任せると言ったら、あなたたち古参社員が大女将と結託して反対したのじゃないかって。

そりゃしたかもしれません。でもそれだって何とかなったんじゃないでしょうか。望海楼の経営は完全に行き詰まっていたんですから。

うがった見方かもしれませんが、今回の事件に不穏な流れを感じるんですよね。

いいですか。かなりうがった見方ですよ。

旅館の看板を下ろすことの妨げになっていたのは古参社員と大女将ですよね。

総支配人が望海楼の経営に携わるようになって、その古参社員は全員が整理された。そしてその総支配人が事件に巻き込まれたことによって、大女将は旅館の維持を諦めた。結果、純子さんが望んだように望海楼の運営が他人に渡ってしまった。

考え過ぎですかねえ。

——そうですよね。結果論ですよね。

今回の事件に関わったのは若い連中と石和田さんですものね。純子さんは関係していない。

ただ一つ気になることがあるんです。

リストラを受け入れたときに、わたしが総支配人に言ったんです。最後に大女将に挨拶させて貰いたいってね。断られました。お体が悪いことを理由にね。だったらせめて若女将の純子さんに挨拶させて貰いたいと粘ったら言われましたよ。
「おまえたちのリストラは純子が決めたことなんだ。泣き付いたって決定は覆らないぞ」って。

驚きました。その頃、純子さんは望海楼にまったく顔を出さなくなっていたんです。総支配人に経営のすべてを任せて、大女将の介護でもしているんだろうって勝手に思い込んでいました。その純子さんが、わたしたちのリストラを決定したなんて、驚きでしたよ。

泣き付くつもりなんてなかったです。それは総支配人の的外れな勘繰りです。お世話になったお礼を申し上げたかった。それだけです。

総支配人は言いました。おまえたち、と。

わたしだけじゃないんですよね。古参社員は純子さんの意志でリストラされたんです。どうしてそんなことをしたのか、それが判らないのが不安です。

外間勝次《ほかまかつじ》（67）元取締役総務部長

——総支配人についてですか。

着任してすぐに、拙いことになったなって思いました。総支配人が着任して会計事務所が変わりましてね、それまでかなり杜撰な経理やっていたんで、ばれちゃうかなって思いました。

ところがそうでもなかったんですね。

新しい会計事務所もかなり杜撰というか、融通が利く会計事務所でね、これなら大丈夫かなと思ったんですけど省エネ対策費には頭を抱えました。

五千万円の借り入れです。

その内容がハチャメチャでした。

調達した資金はほとんどが夷隅製鉄関係に流れましたが、その内訳が酷過ぎる。順調に返済できているうちは構わないけど、返済が滞ったりして銀行のチェックでも入ったら、あれは間違いなく訴えられます。あの段階でどうこうはないかもしれませんが、あんなことを続けて会社が行き詰まったら、詐欺罪、場合によっては破産犯罪で摘発されるかもしれない。そうなったら私だって、総務の責任者としてただでは済まない。借り入れを起こすときには、会社の利益を水増ししたりして、かなり作り込んだ決算書の作成に関わっていましたから。

でもそうではなかった。

これは総支配人から口止めされていたんで、部下の石井にも言っていませんが、ちゃんとした使途目的があったんです。ただね、省エネを前面に出したほうが銀行の融資審査も通りやすいってことで、もちろんそんなの、つまり使途目的の誤魔化しなんか、普通だったら簡単にばれてしまいますが、銀行の融資窓口の稟議起案部署と、総支配人が連れてきた会計事務所が繫がっていたようです。なかなか総支配人の人脈も侮れないと思いました。

――省エネ対策費の使途目的ですか。

QRコード読み取りの自動チェックイン、チェックアウト機械が導入されたり、セントラルキッチン方式への切り替えで、厨房にベルトコンベア式グリル、埋め込み式超大型冷凍冷蔵庫、業務用IHコンロなんかが設置されたり、それなりに納得できる使途目的です。こじつけて言えば、あれだって省エネ対策費用と言えなくはないですよね。それらもろもろの設備投資による経費削減効果で、五千万円の借り入れくらい、設備の償却期間を待たずに返済できてしまいます。あのまま運営されていればね。ほんとに今回の事件が痛ましいです。残念でなりません。惜しい人を失いました。あの人、ああ見えてもやり手だったんじゃないですかね。

――反対した私が勘気《かんき》に触れてリストラされた、ですか?

石井あたりが喋ったんですね。

違いますよ。それは私が石井にリークした誤情報です。

五千万円の資金調達の効果は認めていましたけど、本来の手続きを踏んで調達された資金ではない。もしそのことが表面化した場合、銀行と会計事務所、このどちらも泥を被るはずはないですよね。蜥蜴《とかげ》の尻尾切りをするに決まっています。それが私です。それまでもね、大女将に言われて危ない経理処理もしていましたから、もし司直の手が入ったら、私の立場は非常に拙いことになる。それでも会社に残っていれば、あれこれする機会もあるんですけど、そのタイミングでリストラを宣告されましてね。リストラはむしろ歓迎でしたよ。退職金も五割増だし、どうせ一年後の役員任期満了の時点では定年退職だったでしょうから、喜んでお受けしました。しかし蜥蜴の尻尾にされるのは嫌でしたから、五千万円の借り入れは拙いんじゃないかと進言して、それに憤慨した総支配人が、会計事務所を使って過去の不正経理を暴き出して、私が辞めざるを得ない状況を作ったと、石井に愚痴を零《こぼ》したんです。

何かあった時には石井が証言者になってくれる。そんな防御策を講じたんです。

恨み辛みを書いた手紙と一緒に辞表を大女将に送りつけたのも、防御策の一つです。長年意に沿わない経理をやらされてきたことに対する恨みを書き綴ったのもそれですよ。まあ、そんな姑息なことをしなくても、総支配人は辞めた私のことなんか眼中にもなかったでしょうがね。

経費削減で少しは明るい見通しもあったとはいえ、所詮あの会社は沈まざるを得ない泥舟でした。泥舟から逃げる気持ちで退職しました。

——そうですよ。ほかの社員はともかく、私は総支配人を評価していました。むしろ非難されるべきは若女将の純子ちゃんですよ。

それなりに社員には人気があったのだから、強引な経営改革をする総支配人と社員の間に入って、社員の不満を吸収するくらいのことはやるべきでしたね。

それなのに総支配人が着任した翌日から、まったく会社に顔を出さなくなってしまった。あれじゃ社員は、総支配人が純子ちゃんをオミットしたと勘違いするじゃないですか。

――ええ、純子ちゃん。

私にとっては若女将というより純子ちゃんです。

大学を出てすぐに純子ちゃんの父親の弁護士事務所に入りました。

――ええ、大旦那です。

書生みたいなもんです。

そこで勉強しながら弁護士を目指したんですけど、五年で挫けました。

それからしばらくして、一応税理士の資格は持っていたので、今度うちのやつが旅館をやるから、そっちの経理を見ろよって先生に言われて望海楼に移りました。まだ四十になるかならないかってときです。それからずっと望海楼の経理を見てきました。

私が望海楼に来た頃、純子ちゃんはまだ小学生だったですよ。

笑わない子でね、小学校低学年の頃から変にませていましたね。

いつも大女将の後ろにくっついて望海楼をウロウロしていましたよ。

社員もお客様も「可愛いねえ」とか声を掛けるんですけど、相手を上目づかいでジッと睨み付けてね、相手によってはニッコリ愛想笑いもするんですけど、私なんかいつもプイッて感じで無視されていました。

それでも一応オーナーの娘さんじゃないですか、目が合えば愛想よくもします。どんだけ無視されてもね。

中学生の時だったかな、私、言われました。「外間は暗いからキライだ」って。面と向かってです。

ずっと純子ちゃんが苦手で、大学に入って東京に出た時にはホッとしました。このまどこかの金持ちの家にでも嫁ぐんだろうなって思っていたら、大女将が身体壊して帰ってきたんです。

「ずいぶん垢抜けて綺麗になったわね」

副支配人の高富なんか呑気にそんな風に言ってたけど、私はそうは思わなかったですね。確かに一段と綺麗にはなりましたよ。でもね……。

――いいえ、何でもありません。

確かに純子ちゃんは綺麗な方です。それ以上のことは勘弁してください。

純子ちゃんの罪を言えば、さっきも申しあげました通り、総支配人と社員の緩衝帯にならなかったことです。社員からしてみれば、総支配人を会社に招いてしまった罪はありますが、私はとりあえず泥舟から脱出できましたし、死んだ人のことも、そのご遺族である純子ちゃんのことも、これ以上、悪く言うのもなんですから、まあ、この先大変だとは思いますけど、頑張ってくださいとしか言いようがないです。これ以上、関わりあいたくないですね。

あえて気になるのは、これは総支配人と結婚する前からですけど、旅館をどこかの会社に貸与する話は、かなり具体的に進めていたみたいです。大女将が、なかなか首を縦に振らないと悩んでいましたけど、そもそもあの旅館を借り受ける会社があること自体が私には不思議に思えました。

旅館として継続していくのは困難だと思います。宿泊が可能で、食事の提供ができる機能があって、他にこれと言った施設としての使い道があるとは思えませんので、それを前提に考えると、先ず思い浮かぶのはどこかの会社の保養施設です。

でも最近、そういうのって流行らないんです。うちの近くにも以前はそのような施設がいくつかありました。もう少しこぢんまりした施設ですけど、それでも維持が難しかったみたいです。今は全部なくなっていますよ。

だいたい今の人はそんな施設は利用しません。お仕着せを嫌うんです。

だからどこかの会社の保養所というのはちょっと考えにくい。では他にはってなると、これがまったく思い付かないんです。

思い付くのは、純子さん、悪い筋に引っ掛かっているんじゃないかってことです。旅館じゃないですけどね、近くのゴルフ場であった事例ですけど、最近ゴルフ場って左前でしょ。

バブルのときに、それこそあぶくみたいにそこらじゅうにできたじゃないですか。

その中でも千葉県はゴルフ場の数では日本有数です。

土地が比較的平坦なのと東京に近いからでしょうね。それこそ雨後の筍みたいに次から次にゴルフ場ができた時期があります。

それが今じゃ斜陽産業の代表選手だ。

どこも閑古鳥が鳴いている。

そんなゴルフ場に目を付けるやからがいるんです。

弱っているから食い物にされる。

ある日、それなりの肩書を持った人間が「ゴルフ場を買収したい」なんて現れます。

それが日本国内ならまだ調べようもあるんでしょうが、中国や韓国の会社なんです。

国で手広く儲けています、なんて調子のいいことを言って、おたくのゴルフ場を買収して国からゴルファーを呼び込みたいってね。藁《わら》にも縋《すが》るってやつですよ。ゴルフ場オーナーはほいほい乗っちゃう。

たちまち億単位の金でゴルフ場を売買する話になっちゃう。

しかし具体的な話になる前に、

「自分たちは、日本のゴルフ場の運営に不慣れです。ついては、当初は勉強の期間ということで貸与させて貰って、半年ほど、経営と運営を指導して頂けないでしょうか」

そんな風に持ち掛けられるんですよ。

半年後に何億かの金が入ってくるってんで、期間を定めた貸与契約を結ぶ。その契約というのが酷いもので貸与期間中の経費は売り手負担です。

それでもケツに火が点いているゴルフ場オーナーは、その話に乗るわけですよ。もともとが自分の腹を痛めてゴルフ場を造ったわけじゃない連中です。一口三千万円だの五千万円だの、法外な会員券を売って、造幣局にでもなったつもりで調子に乗っていた連中です。イタチの最後っ屁を決め込んで、まとまった金を摑んでトンずらしようと欲を掻くわけです。

結果どうなるか。

貸与期限が到来する直前に買い手はドロンです。

その間の売り上げもきれいに浚われている。

信じられないくらい間抜けな話でしょ。

でもね、そんな詐欺にやられちゃうんだなあ。

弱っていると正常な判断ができなくなるんですよ。

私が純子ちゃんに心配しているのもそれです。

世間知らずのお嬢様ですから悪い奴らの餌食にならなければいいんですけどね。

若い連中の印象ですか?

私は直接関係があったのは石井健人くらいなのでほかの社員のことはどうこう言えませんが、一言で言えば真面目な人間でしたよ、石井は。ただちょっとね、頭の固いとこがあったな。社会正義がどうたらとかね。固いというより頭でっかちか。

気持ちは判りますよ。

あいつみたいに頭が回る奴は社会との関わりってやつを考えてしまうんでしょうね。

承認要求ってやつ?

私たちのころは仕事をしていることが、そのまま社会との関わりだったんだけど、今の子はそうじゃないんだよね。自分から動いて社会に働き掛けないと、社会が振り向いてくれないいんですよね。

それだけ人間関係が希薄になっているということなのかな。難しいことは判らないけど、社会が何て言うのかな、私たちのころより大きくなっているんです。肥大している。

私たちの若いときはね、町内会が社会だった。もちろんテレビもあったわけだし、社会の動きは何となくでも判っていましたよ。それでもね、実感できる社会というのは職場とご近所、無理に広げても町内のことくらいだった。

インターネットの普及がその垣根を取っ払ったんですかね。広がった分、希薄になったんじゃないでしょうかね。で、承認要求が生まれる。そういうことじゃないでしょうか。

――事件との関連ですか?

ちょっと思うところがありましてね。

ええ参考までに聞いてください。

石井の奴は極端だったけど、認められたい、肯定されたいという欲求は、今の若い子たち皆に多かれ少なかれあるんじゃないでしょうか。そこに付け込んだのが、いや付け込んだと言うのは言葉が悪いか、取り入ったでもないし、何て言えばいいんだろう、とりあえず満たしたとでも言っておきましょうか、その若い子らの認められたい、肯定されたいという欲求を満たしたのが自己啓発セミナーなんですよ。

自分が受講したわけでもないのに偉そうには言えませんが、一応あれは会社の経費で受講しているわけですから出張扱いです。会社に戻ると出張費の精算と合わせて復命報告書を書いて貰っています。それを総務で取りまとめます。

復命報告書といっても形式的なものです。

出張費の精算書の下にちょこっと枠で囲った記入欄があって、そこに誰と会って何をしたのかあらましを書くんですが、セミナーから帰った連中の復命報告書は違いました。枠にちょこちょこ書くんじゃないんです。別紙に長々と書いていました。大体似たような内容だったので、あいつらがどんなセミナーを受けたのか想像はつきました。ちょっと宗教じみているなとも感じましたが、概ねあいつら満足していましたね。

——内容ですか？

まず全員に、いや全員ではないか、鐘崎は例外です。彼の復命報告書は「疲れた。時間の無駄だった」と、たったの一行でした。それ以外の全員に共通したのは、人生の目標が見つかったって書いてあったことですね。石井はともかく、ほかの人間も見つかったって。

具体的にどんな目標かっていうと、それが判らない。

前向きに生きるとか、積極的に生きるとか、悔いを残さないようにするとかもありましたね。

でもそれって人生の目標というより、どう生きるかという話ですよね。ちょっと違うんじゃないかと思いました。

――事件との関連性ですか？

いえ、うがった見方かもしれませんが、なんかあいつら、考え方が単純化されたような気がするんです。だから殺人なんてとんでもないことをダアーッとやっちゃったんじゃないかなって、思えてしまうんです。

前向きになるのはいいんだけど猪突猛進は怖いですよ。後先考えなくなるのがね。猪突猛進と言えばなんか、鐘崎を除く全員がそんな標語じみたものを書いていました。

えーと、何だったかな。

――そう、それですよ。それを書いていました。

大出なんかただ書いていただけじゃない。レポート用紙の下半分を埋めるくらいに、「突破、突破」「突破、突破」「突破、突破」「突破、突破」「突破、突破」「突破、突破」って。

ちょっと薄気味悪くなりました。

夷隅純子《いすみじゅんこ》（37）望海楼専務取締役

――はい、殺された登さんとはお見合いです。最初にお会いしたのは東京のホテルのラウンジでした。お仲人は観光協会の会長さんです。会長さんご夫婦と先方のお母さまが同席されました。わたしの付き添いはおりませんでした。父は他界しておりますし、母はリウマチを拗らせて寝たり起きたりなので、わたし一人で参りました。三十を過ぎてのお見合いでしたから、母親が同伴する必要もないと思いました。それにわたし、先方には失礼なのですが、行く前からお断りするつもりでございました。会長さんのお顔を立てて参った次第です。結婚というものに実感がございませんでした。

登さんはほとんどお話しされず、お母様が夷隅製鉄のあれこれをご説明されていました。

とても歴史のある会社で、政界や財界との結び付きも幅広く、お父様はいろいろな団体の理事や顧問を務めておられるとか。たくさん、それはもう驚くほどたくさんお話しされましたが、わたしは唯々呆気に取られるばかりで、お話の内容はほとんど覚えておりません。

どうせお断りするのだから、適当に相槌をうっておけばいいかと、失礼ではございますが聞き流しておりました。聞き流しながら、「あのようなご立派なお宅様とは釣り合いが取れません」とでも言えばいいだろうかなどと、お仲人の会長さんにお伝えするお断りの文言ばかりを考えておりました。

それにしてもよくお喋りになるお母様で、正直申し上げて、あの下品な自慢話にはウンザリしました。「弱い犬ほどよく吠える」そんなことを想い出して、そういえばお母様、厚化粧をされたお顔が狆《ちん》に似ているなと、思わずクスリと声に出して笑ってしまったほどでございます。

それほどのお家柄の夷隅家が、どうしてこんな不器量なお母様を嫁として迎え入れたのだろう。そんなことも思いました。

美醜だけで言えば、東京でも、わたしが自分と同等だと思える女性は滅多にはおりません。そのわたしから見てお母様が夷隅家に迎えられたのは、おそらくは政治的な力学なのか、あるいは経済的なご事情なのか、それともその両方なのか。いろいろ考えましたがそれにしてはお母様はご自分のご実家のことにはまるで触れられませんでした。

あれほど下品な狆顔の女です。

自慢のネタがあるのならそれを言わずにはおれないと思うのですが、まるで触れない。そんな目でお母様を眺めると、なるほど下賤臭があちこちから漂う方で、このようなお方と同じ席でお話ししているということが、とても恥ずかしくも思えました。

わたしがうんざりし始めた頃合いを見計らって、お仲人の会長さんから、

「このあとは若い二人で」

と、まことにありがたいお申し出があって、お母様と会長ご夫婦が席を移られました。

しばらく気まずい沈黙がありましたが、いきなり登さんが喋り始めました。

「自分は、このお見合いをお断りするつもりです」

突然そんなことを言われたのでびっくりしました。

わたしからお断りするのならまだしも、どうしてわたしほどの女が、あんたみたいな猪八戒《ちょはっかい》の出来損ないに断られなくちゃいけないのよ、と内心ムッといたしました。

「母がいろいろ申し上げましたが、父の会社に、あなたの旅館を援助する力はありません。父の会社自体、今日明日という状況です」

そう言って俯いたまま苦笑されました。さらに、

「もう二度とお会いすることもないでしょうから、これも正直に申し上げます。ぼく、不能です」

これもまた驚くようなことをさらりと言われました。

「勃起不全、ＥＤです」

顔を真っ赤にして続けました。

「でも、今は、いいお薬もあるんじゃないですか」

慰めるつもりではなく興味本位で申し上げました。登さんが首を横に振りました。

「そういうことではなく、ぼく、女性に対して性欲を感じないのです」

「性同一性障害とか、でしょうか？」

あまり詳しくはない分野でしたが聞き齧りの言葉で質問しました。

「いえ、そうではなく、短小コンプレックスもあって……」

ますます話しづらそうにされました。

「大丈夫ですよ」

励ますつもりで申し上げたのではございません。からかいついでに言ってみました。

「性生活のない夫婦なんて、いくらでもいるんじゃないでしょうか。わたしは気にしません」

本当は違います。

セックスのない男女関係なんてあり得ないと、わたしは考える女です。

大学進学で東京に出てから、常に、複数のセックスの相手がいました。

お見合いしたときも、です。

だから逆に、結婚相手が性的不能者でも構わないと考えました。ましてや猪八戒と閨《ねや》を共にする必要がないのであれば、これ幸いと思ったほどです。

――ずいぶん、驚いていらっしゃいますね。

でもこれだけ世間を騒がせている事件です。遅かれ早かれ、わたしの身辺調査もされると考えて、きょうはすべてお話しするつもりで参りました。

性生活のない夫が従業員に殺害された。

その妻は従業員から慕われる清楚な美貌の若女将だった。

とうぜん何らかの疑いをわたしにお持ちになりますよね。あれこれお調べいただくお手間を省くためにも、すべてお話しするつもりでございます。

わたしは登さんに、わたしの性的に乱れた暮らしを包み隠さずお伝えしました。初対面で、ましてやお見合いの席で、そんなことを話すなど、常軌を逸しているように思われるかもしれませんが、隠したいことを最初に告白して下さったのは登さんです。この人は秘密を守れる人だと、そう判断いたしました。

どうせお断りするお話だという気軽さもありました。それとお母様の低劣な下品さが、わたしの気持ちを軽くして下さったのかもしれません。

これもお調べになれば判ることですが、大学卒業後、わたしは一流と言われる会社に秘書として採用されたことになっていますが、それは大女将である母が見栄から捏造したことです。もちろんこれだけの美貌ですから、望めばそういう進路もあったかもしれませんが、婆婆気の抜けた老人の世話をするなど、もとより発想したことさえございません。

わたしは在学中から銀座のクラブに勤めていました。

そこそこ有名なお店でございますが、そのお店でも常にナンバーワンを争う存在でした。

実家の窮状を助けるためではありません。

自身が贅沢をしたいためでもありません。

水が合っていた。おそらくそういうことだと思います。

確かに母に仕送りはしましたが、あれは窮状を電話で訴える母を黙らせるためで、別に助けようと思ってしたことではありません。

そのお店で知己を得たいろいろな男の方のお世話になりました。

クラブ勤めのお手当を、すべて実家に仕送りしても、なんの不自由もなく暮らしていけるほどのお手当をわたしは得ていました。

ですから母が倒れてしまったあと、望海楼など、どうなってもよかったのですが、母が泣いて頼むものですから、若女将として地元に戻りました。本心を言えば潰してもいいと思って引き受けました。

東京の暮らしにも少し疲れていました。いいえ、飽きていました。

世間では成功者と言われる男の方も、付き合ってみれば中身が薄い。俗物ばかり。娑婆気があるのは好ましいのですが、それだけというのもいかがなものでしょう。

尊敬できるような方はおひとりもいらっしゃらなかった。自分の肩書や預金通帳の残高にしか拠り所のない男の人たちに飽き飽きしていました。

そんなときある方を知りました。

勤めていたクラブのお客様ではございません。

お客様のご紹介で、興味本位で参加した自己啓発セミナーの塾長です。

自己を啓発したいという気持ちがあって参加したのではございません。

ご紹介頂いたお客様のお話に興味を持ったのでございます。その方はお連れのお客様にこう申されました。

「いや、社員というのは、ほんとに可愛く思えるほど馬鹿だね。断りきれない義理でね、自己啓発セミナーを受けさせたわけ。ところがこのセミナー会社というのが、融通が利かなくてね。社員が受講する前に社長が受けなくちゃいけないわけ。いやあ、参った、参った。あんだけ糞味噌にやられたのはいつ以来だよってくらいやられたよ。おれ、一流大学出たエリートだよ。入社してからもエリート街道まっしぐらで社会人人生送ってきたからね。でもピンと来たね。おれみたいなエリートには無理だけど、二流以下の大学出身の消耗品社員に、このセミナーは使えると思ったんだ。それでさっそく去年の新入社員に受講させてみたらドンピシャだった。四泊五日で社畜の促成栽培だよ」

そんな話をお連れの方と愉快そうにしておられました。

興味をそそられてわたしも受けてみたいとお願いしました。

社畜という言葉に惹かれました。

人間を家畜扱いする。すばらしい発想だと思います。

セミナー自体は何でもない、鼻で笑うような内容でしたが、それを仕切っている塾長さんがすばらしかった。「君たちのために」を繰り返し口にします。

大嘘だとすぐに思いました。

すべては「会社のため」なんです。

会社は何も悪くない。もし会社に不満があるのだったら、それは君たち自身に責任があるのだと、普通の人なら恥ずかしくなるようなデタラメな論理を平気で述べられます。それを受講生に納得させてしまうのです。カリスマ性が尋常ではなかったです。

とにかくとても素晴らしい方でした。

男としても人間としても。

セミナーが終了した後で、ダメ押しの個別面談があるんですけど、わたしは感じたことを隠さずに申し上げました。

「塾長の、受講生を見下す姿勢に感心しました。それがあの人たちが望んでいることなので、いくらでも見下せばいいと思います。しかし自分たちが見下されていることを意識させないカリスマ性にため息が出そうなくらい感動しました」と。

　すると塾長は「ほう」と、目を細められ「慧眼ですな」と言われました。お褒めに与って嬉しかった。調子に乗ってさらに申し上げました。

「二流以下の人生しかない人たちには、塾長の訓《おし》えが救いになると思います。誰だって、不満を持って人生を送りたくはありません。このセミナーを受講することで、彼らは自分の人生を恨むことがなくなります。会社を盲信して働くようになると思います。素晴らしい洗脳、マインドコントロールです。自己啓発セミナーと伺っておりましたので、どのような啓発をされるのかと思っておりましたが、啓発とは、無知蒙昧の人を導いて、その目を啓くことです。しかし無知の人が目を啓いても、その目に映るのは残酷な現実でしかありません。塾長のなされていることは、無知な人の目をガラス玉に変えることです。何も見るな。何も考えるな。何者かになろうなどと思うな。素晴らしい訓えです。それを綿菓子のように甘く、淡く、とろけるような口触りで、塾長は受講生たちに差し出していた。受講生たちは一切を疑わず、それがあたかも自分の選択であるかのように、自ら進んでその綿菓子に群がっていました。その手際に感服しました。そして受講生らを嗤いました。貴重な経験をした五日間でした」

あまりに感動していたので少し喋りすぎたかも知れません。

しかし塾長はわたしの拙《つたな》い言葉一つ一つに頷いて下さり、

「また、何かあったら訪ねていらっしゃい。おまえは」そう、わたしのことをおまえと呼んで下さったのです。「おまえは必ず、わたしの許《もと》に帰ってくる」

言葉短くそう仰って下さいました。わたしは気が遠くなるほど嬉しかった。

塾長の予言はすぐに現実のものとなりました。

母親が病に倒れて、旅館を継ぐことになって、わたしは千葉の田舎に戻ったのですが、望海楼の経営はわたしが思っていた以上に厳しいものでした。

すぐに潰してまた東京に戻ろうというわたしの目論見は甘いものでした。母親がそれを許しませんし従業員のこともあります。彼らの人生に対して、わたしは爪の垢ほどの責任もないのですが、それでもいざ潰すとなると少しは心も痛みます。少しは。

　思い悩んだわたしは塾長の許を訪れました。

　わたしの窮状を聞いて下さった塾長は「再建案がある」と厳《おごそ》かに申されました。そしてそれは願ってもないほど素晴らしいお話でした。

　塾長は望海楼をセミナーハウスにしようと言って下さったのです。

　自己啓発セミナーは四泊五日の日程で毎週開催されます。

　定員は三十名。

　しかし将来金蔓《かねづる》になりそうな会社から申し込みがあった場合に備えて、予備定員を五名見ています。基本となる定員はいつも半年先くらいまで埋まっています。これがどういうことかと言えば、毎週毎週、最低でも三十名の泊まり客が、向こう半年間、予定されているということなのです。

　しかもセミナーですから、手の込んだ食事を出す必要もありません。餌でいいのです。

　リネンにしても毎日替える必要はありません。蒲団の上げ下げや部屋のお掃除も、研修生らにやらせればいいのです。これほどの再建案があるでしょうか。

　わたしは一も二もなくそのお話をお受けしました。

　あのセミナーの開催会場が望海楼になる。

なんて心躍るご提案でございましょう。

迷える半端人間たちが、歴《れっき》とした社畜に変身する様を、毎週のように目の当たりにすることができるのです。さらに塾長はこうも言われました。

「おまえも講師をやってみないか」と。

突然のお申し出に戸惑いました。

「わたしなどに講師が務まるのでしょうか」

戸惑うわたしに塾長は言われました。

「自己啓発セミナーにおける講師に必要なものは人を見下してなお魅了する能力だ。おまえはその美貌だけで研修生らを魅了するだろう。小賢しいテクニックなど必要ない。おまえ自身を研修生らに晒せばいいのだ。カリキュラムはおれが考えてやる。心配するな。おまえなら大丈夫だ」

わたしは天にも昇る気持ちでした。

セミナーの目撃者になるだけでなく、実行犯になれる機会を与えて頂けるのです。

しかし、わたしの喜びも束の間のものでした。

母親の強硬な反対にあいました。

旅館の看板を下ろすのは相成らんと言うのです。

母は筆頭株主であり代表取締役でもあります。

その母親が反対したのでは、望海楼をセミナーハウスに変えることはできません。母は幹部社員らにも旅館の看板を下ろしてはならんと通達し、わたしは行き詰まってしまいました。少なからず厭世的にもなっていたかもしれません。だからお見合いを承諾したというところもございます。

そのお相手が登さんです。

登さんには、塾長に寄せるわたしの想いも正直にお伝えしました。

「わたしには、男と女という枠を超えて、一生を捧げる覚悟で思いを寄せる方がおります。結婚後、性生活がないのであれば、むしろ好都合です。あなたとのセックスは、とてもではありませんが想像すらできません」

常識的に考えればこれでお見合いは終了なのでしょうが、その頃のわたしは、若女将という立場に倦んでおりましたし、母の歓心を買うためもあって、登さんと結婚を前提としないお付き合いをすることに致しました。東京に遊びに出かける口実が欲しかったこともございます。登さんご自身には特に何も期待しておりませんでした。

ところがお付き合いしてみると、登さんは思いもよらないほど素晴らしい一面をお持ちでした。

ランチュウです。

会うたびにランチュウの素晴らしさを登さんが口にされるものですから、一度見せて頂くことに致しました。登さんがおひとりでお暮らしになるマンションを訪れました。リビングの大きな水槽に二匹のランチュウが飼われていました。

とてもグロテスクな金魚です。

わたしはそのグロテスクさに見とれてしまいました。

金魚が、もともとは鮒《ふな》だったことも、登さんから伺って知っていました。あの鮒が何世代もの品種改良で、これほどグロテスクな姿に変わるのだということに、わたしは身体の芯が熱くなりました。

「気に入ってもらえましたか」

登さんに訊かれたので、正直に、

「グロテスクさが堪らないですね」と、お応えしました。

「そうなんですよね。ぼくもグロテスクなランチュウに魅せられたんです」

登さんが子供のように笑って言いました。

「もっと、いいものを見せてあげましょう」

別室に案内されました。

玄関脇の、八畳くらいの殺風景なお部屋でした。

部屋に生臭い臭いが立ち込めていました。

六つの白いプラスチックの盥《たらい》が置かれていました。

ひとつが直径一メートルほどの浅い盥です。

ブクブクと細かな泡が立っていました。エアーポンプから送られる泡です。

白い盥には小さな魚が何百匹と泳いでいました。

「ランチュウの仔です」

登さんが説明してくれました。

メダカより少し大きいくらいのランチュウの稚魚でした。

「これが、さっき見せていただいたランチュウになるんですか」

不思議に思って訊ねました。小さな魚は赤くさえないのです。鮒と同じ色でした。

「いちおうは、なります。ランチュウの仔ですから。でも、さっき見てもらったランチュウが本物だとすれば、こいつらのほとんどは偽物です」

登さんが苦笑しました。

「どうすれば本物になるのですか」

「選別です」

「選別？」

「この中から、将来性のないのを間引いていくんです」

そう仰って、壁際の棚から白いホウロウの容器と、小さな掬《すく》い網を手にしました。

大きな体を盥の横に屈めて、ホウロウの容器を水に浮かべ、次々にランチュウの仔を掬い取っていきます。手慣れた流れるような作業でした。

「こうやって、定期的に、将来性のない仔を間引いていくんです」

作業をしながら説明してくださいました。

とても選別しているとは思えないような素早い作業でした。

「いまこの部屋の盥には全部で三千尾ほどのランチュウの仔がいます。そのなかで本物は一尾いるかいないか。どちらにしても、来年まで生き残れるのは二尾はいないでしょう。残りは殺します」

気負った風でもなくさらりと怖いことを言いました。

「ランチュウは奇形の極みです。この段階では、先祖返りしている仔を弾きます。奇形度が弱い仔です。とうぜん、それだけ鮒に近いわけですから、泳ぐ力は強い。そんな仔を奇形の仔と一緒にしていたら、泳ぎが下手な奇形の仔は、餌を十分に食べられなくなります。ランチュウにとって奇形は誉れなのです。すくすくと育つ仔などに生きる価値はありません」

わたしはその言葉を、声には出さず、口の中で何度も反芻しました。

「奇形は誉れ」と。

それから登さんは選別作業に集中して、わたしはそれをずっと見学していました。

選別作業がようやく終わって、部屋の外に出ると、ベランダに続く掃き出し窓の外には夜景が広がっていました。煌めく景色の中で一際燦然《さんぜん》としている東京タワーが印象的でした。

登さんは、要らないランチュウの仔を弾いたホウロウ容器を持ってキッチンに向かいました。

ホウロウ容器の中で、弾かれたランチュウの仔は、あまりの密集度合いに泳ぐに泳げず、重なり合って、ピチピチと力弱く跳ねていました。キッチンで登さんは無造作にホウロウの中身を流しに棄てました。

「あっ」と思わず声をあげてしまったわたしに振り向いて、登さんがニッコリと笑いました。

「大丈夫です。うちのキッチンシンクには、ディスポーザーが付いていますから」

ランチュウの仔を流した排水口に黒いゴムの蓋をしました。

また無造作にシンク横の壁のスイッチを入れました。

モーターの鈍い音がしました。

ランチュウの仔を生きたままミンチにするモーター音です。

生臭い、さっきの部屋で嗅いだ生臭さとは別の、血生臭い香りが辺りに漂いました。

わたしは、暗い排水口の中でディスポーザーに粉砕されるランチュウの仔を想像しました。

ピチピチ力弱く跳ねながら、次々にミンチにされていくランチュウの仔——。

そして決めました。

この人と結婚しよう、と。

わたしは思いました。わたしもランチュウになりたい。ほんもののランチュウに。わたしの後ろで、たくさんの女たちが選別されていく。ディスポーザーで生きたままミンチにされていく。

血生臭い臭いを纏う女になりたい。

誉れと言われるほどの奇形になりたい。

そう思いました。

登さんとの結婚を決めたことを塾長に報告しました。塾長は大変喜んでくださいました。

「これで、おまえの懸案も良い方向に変わるかもしれんな」と言われました。

「わたしの懸案がですか?」

「母上は新郎に期待されているんだな」

「ええ、彼のご実家から資金援助も含め、望海楼の再建を支援していただけると、嘘八百を申しましたので。それと母はわたしの美貌を憎んでおります。そのわたしが、あのように醜い男と家業のために結婚しなくてはならないというのは、母にとっては何よりの快感でございましょう」

「それであれば、その登くんとやらに経営を一任しなさい。傾きかけている望海楼の息の根を止めて貰えばいい」

さすがに塾長でございます。

深慮遠謀です。

わたしは塾長の言に従いました。

それとこれはわたし個人の発案でございますが、総支配人に就任した登さんに、古参社員をリストラするようお願いしました。わたしの口から言えないことでも、登さんなら言えるはずだと励ましました。

望海楼をセミナーハウスにすることに邪魔になる古参社員を、登さんに間引いて貰おうと思ったのです。ランチュウの仔のようにでございます。

一部の例外を除いて古参社員の連中は、すんなりとリストラを受け入れました。何のことはない。口では望海楼と運命を共にします、などと巧言《こうげん》を弄して母を喜ばせておりましたが、その実、沈没する船から逃げ出すネズミだったのでございます。

腹黒いドブネズミです。

母も登さんのご実家からの支援を期待してリストラは見て見ぬふりでした。

母も似非《えせ》でした。

「あの人たちと一緒に築いてきた望海楼を」などと申しておりましたが、母が第一に考えていたのは、古参社員のことなどではなく、ましてや望海楼のことでもなく、自分の醜い老後を安定させるお金のことだったのです。それと大女将という肩書でしょう。

退職の挨拶に社員さんが来られているのに、母は体調の不良を理由に会いもしません。電話にも出ようともしない。

最悪だったのは寝たきりのお父様と無理心中された加藤秀子さんでした。馘首《かくしゅ》したのは登さんですし、わたしが罪悪感を覚える必要など毛頭ないわけですが、それにしても、わたしではあそこまではできなかったでしょう。

人間としてどうかと思います。

さすが躊躇なく、ランチュウの仔を無造作にディスポーザーに投入できる人は違います。自分で殺しておいて、お通夜にも行かない。わたしはとてもあれほど冷酷な恥知らずにはなれません。

ただわたしは密かに加藤さんの自死に満足を覚えました。

わたしの背後で最初の選別が行われたのです。

加藤秀子さんのお葬式にも参加しました。石和田徳平という、元は営繕の係長だかが参列していて、登さんに対する恨みつらみを延々と霊前に吐き捨てておりました。

それを聞いて、わたしはこの老人は使えるなと思いました。

さりげなく心配を装って近付き、膝枕で泣かせてやりもしました。

——使える理由ですか？

古参社員を間引いた後に、間引かなくてはいけないのがわたしの母親です。あの人が反対しているうちは、いつまで経ってもセミナーハウスが実現できません。

——具体的にでございますか？　石和田をどう利用しようとしたか？

さあ、具体的なイメージはございませんでした。

ただあの男の恨みを煽れば、何かしらのトラブルを起こしてくれるだろうという期待はございました。望海楼が旅館として運営できなくなるトラブルでございます。

残った社員の、登さんに対する悪評も上々でございました。

それにまた、あの下品極まりないお母様がさらに悪評を助長して下さいました。

塾長のお考えになった通りでございます。

資金援助もできないあの醜男が、若い社員が憧れるわたしを嫁にしたのです。そのうえで経営的には完全に破綻している望海楼を建て直そうとすれば、必ず軋轢が生じて、望海楼はボロボロになると塾長は予測しておられました。

わたしは塾長に言われて、登さんにも自己啓発セミナーを受講して貰いました。

「見ていろ。自分の分を知らない阿呆がセミナーを受講すると、暴走を始めるから。暴走するよう仕向けてやろう」

塾長の仰る通りになりました。

登さんはセミナーの真似事をして暴走を始めました。

カリスマ性など欠片もないのに、塾長のように社員たちの尊敬を得たかったのでしょう、塾長が見込んだ通りの阿呆でした。

SSだのコンフェッションだの、セミナーの真似事をしては、嬉々としてそれを塾長に報告する登さんでした。塾長も心得たもので、直接会って話をするだけでなく、セミナーのホームページで登さんを持ち上げてもくれました。

豚も煽てりゃ木に登るの図でございます。

塾長に言われ、登さんは若手社員にもセミナーを受講させました。セミナーを受講した若手社員は、わたしを慕う気持ちを恨みに変えて、登さんを見るようになりました。

さらに塾長に煽てられた登さんが、塾長の真似事をしたものですから、それが軽蔑に繋がりました。

期待に違わず登さんは、望海楼の人間関係をとことん壊してくれました。

この時期にわたしが登さんに提案した古参社員のリストラも、登さんの評価を貶めました。

ところがです――。

登さん――。

あの男は思いもかけない方向に暴走を始めました。

経営改善です。

セントラルキッチン方式や自動チェックインシステムの導入です。

頼んでもいない経営改善をしたのです。五千万円も投資して。投資効果はあったようですが、わたしが望んでいたことはそんなことじゃないのに。あんな旅館、延命させてどうなるというのですか。

そしてあの男が一番やってはいけなかったこと。

新勤務シフトの導入です。

四勤二泊一休で月給を三十万円超にしてしまった。

それまで二十万円そこそこで働いていた社員が、三十万円を超える月収を得たらどうなるか判らなかったのでしょうか。もっともあってはいけないこと、即ち社員の自我が目覚め始めたのです。

収入に余裕ができたからです。

厨房の大出などは、寿司学園とかで独立を考え始めます。

フロントの花沢も、年老いて病弱な母親を持つ男との結婚を考え始めます。

ぎりぎりの収入だったらそんなことは考えもしなかったでしょう。

総務の石井は、公認会計士を目指すための勉強の時間が無くなるという理由で、新シフトを拒否しましたが、あんな低能大学にしか入学できなかった石井が、公認会計士の難しい試験をパスするはずがありません。あと何度か言い訳のために受験して、失敗すれば三百時間シフトを受け入れるでしょう。ダメでも自分には月収三十万円以上の選択が残されている。そう考える社員はどうなるでしょう。

簡単です。会社を軽んじます。会社を陰で冷笑します。それが石井です。

ほかの社員のやる気を削ぐことになります。

そして営繕の藤代。

彼はお金を稼ぐことの大変さを身を以て知っている人間です。

それだけに、あのような無能な低年齢層に、法外な給与を支給する会社を、逆に馬鹿にするようになります。仕事に物足りなさを感じます。自分は二十万円程度の仕事しかしていない。だのに三十万円を超える収入を得ている。素直に感謝すればいいものを、収入と比較して自分の仕事が物足りなく感じ始めます。

自我が目覚めてどう変わるかは人それぞれですが、いずれにしても、それは組織にとって良い方向には働きません。

どうしてわたしが、彼らのことをこのように把握しているか。

簡単です。

折に触れてわたしは彼らと接触していました。

臨時社員の鐘崎は別です。あの子はあの男の腰巾着だとほかの社員らが言っていました。あの子にわたしの動きを知られたくなかったので、あの子との接触は避けました。まったく接触しなかったわけではありません。何かのときに使えるかと思って、少しだけ餌を投げてはやりました。

——餌ですか？　軽く頭を撫でてやったくらいのことです。大したことはしませんでした。

そんなことよりわたしが登にもっとも失望したのは、ランチュウのことでした。

あの男、頼みもしないのに特別室に住みこみました。総支配人に着任したその日からです。本腰を入れて経営改善をするのだと息巻いていました。

わたしとしては大女将と三人で暮らして、あの男の不甲斐なさで大女将の寿命を縮めてほしかったのですが、ほんとうに使えない豚でございます。

特別室に持ち込んだ荷物にランチュウの仔がありませんでした。どうしたのか訊くと、養殖業者に引き取って貰ったというではないですか。わたしがあの男に惹かれたのは、ランチュウの仔をディスポーザーで処分する姿に魅せられたからでございます。

あの男が飼っている二匹の成魚は高額で買い取ったものです。

あの男が選別して得た個体ではありません。

あの男は、高額で買い求めた二匹を超えるランチュウを、自分の手で育て上げると言っていました。

わたしはそれを聞いてあの男に訊ねました。

あの日、初めてあの男の部屋に行って、ランチュウの選別を見学し、選別されたランチュウの仔をディスポーザーで処理したあと、血生臭い臭いが漂うリビングで紅茶を頂きながら訊ねたのです。

「二匹を超えるランチュウを育て上げたら、その二匹はどうされるのですか」と。

期待通りの答えが返ってきました。

「そのときは、こいつらもディスポーザーで処分ですね」

わたしはその光景を思い浮かべて、背筋が冷たくなるほどの恍惚感を覚えました。

だのにあの男は、ランチュウの仔を手放して選別を止めてしまった。

「望海楼の経営に専念したいので」などという詰まらない理由で。

あの時点で、あの男は、生きる価値を失いました。それを遠慮なく言ってやりました。

「あんたなんか、生きていても仕方ない。最初に話したとおり、わたしは望海楼を人手に渡すつもりだから、あんたはとっとと手仕舞いしてここから去りなさい」と。

そしてあの男がいちばん気に障ることを言ってやりました。

「今後はあんたが豚真似でやっているSSも、コンフェッションもわたしがやる。次の全館休業日に引き継いであげる。自分が塾長と同じようなカリスマになれるなんて妄想から、いい加減に目覚めなさい」

あの男、どれだけ自分のことを勘違いしていたのでしょう。殺意を込めた目でわたしを睨みました。

比和嘉和《ひわよしかず》（65）自己啓発セミナー塾長

三十五年前から神奈川県相模原市で自己啓発セミナーを主催しています。地域に根差した人材の育成がセミナーの目的です。主には当地の中小企業のオーナーと社員が対象となります。おかげさまで、受講者数は累計で三万人を超えました。それがそのまま、当社のセミナーに対する評価だと自負しております。

——夷隅登さん。

もちろん覚えております。

このたびは残念なことになって深く哀悼の意を表したいと思います。

夷隅さんが当セミナーを訪れられたのは、社員の意識改革を望まれてのことでした。

お考えを伺い納得しましたので、社員の方の受講を認めました。

しかし当セミナーの受講に関しては絶対に譲れない条件がございます。

それは経営者、あるいはオーナーの方に、まず受講して頂くということでございます。

いくら社員の方の意識を改革しても、トップに立つ方の意識が元のままでは、社員の意識改革が無駄になります。

セミナーが掲げるものは意識改革ですが、その原動力となるのは気付きの体験です。

それによって潜在意識を変えないことには意識改革はできません。

まずは今まで自分たちが知らなかった世界に気付いてもらう。何に気付くかは人それぞれです。こちらから強要することはありません。

しかし今まで観てきた世界が実は違うものだったのかもしれない。そう気付くことが大切なのです。そのうえで、人生の目的やビジョンをそれぞれに明らかにして貰います。

これも強要するものではありません。

会社や組織の上に立つ方は、会社への忠誠心の醸成を期待されますが、それがセミナーの目的ではないのです。どんなビジョンを描こうが、目的を持とうが、それは個人が自己責任で得るものです。決して強要は致しません。あくまで自己責任。それが当セミナーの信条です。

セミナーは四泊五日で行われます。

途中退場も自由です。

自分に合わない、セミナーの内容が納得できない、そう思う者を引き留めたりはしません。ただし受講生同士で励まし合うというかたちで、セミナーの継続を勧めるということは度々あります。それも受講生の自主性に任せています。わたしたち主催者側が引き留めるということはありません。

突然仲間が居なくなると心配するだろうから、セミナーを抜ける場合は、せめてあとに残る仲間たちに一言別れを言って去るように、最初にお願いしてあります。そして去った後も、セミナーの門戸はいつでも開かれている、再び受講したくなったら、いつでも歓迎すると伝えてあります。その場合、実費を除く受講料は無料です。

——とんでもございません。

セミナーと事件は無関係でございます。

今回の事件を起こした犯人が、お一人を除き、全員セミナーの受講者であるということに、強い衝撃を受けておりますが、それがセミナーのせいだとは考えておりません。

ここにセミナー終了後に作成してもらった各人のレポートの写しをお持ちしていますので、ご参考までにぜひ一読してみてください。

どの受講生も、自らの気付きと、そこから見出した人生の目的とビジョンを、生き生きと描いております。この喜びに満ちたレポートをお読み頂ければ、彼らが犯した罪が、セミナーの影響を受けたものではないことがご理解頂けるものと存じます。

セミナーの受講料は十万八千円です。

それで四泊五日。けっして法外な価格ではないと思います。

他のセミナーのことをあまり悪しざまに申し上げたくはございませんが、中には二百万円、いえ、五百万円ものローンを組み、その支払いに受講生が後々苦労するというケースもあるようです。

当社に関してはそのようなことは一切ございません。

先ほども申し上げました通り、セミナーの受講に際しては、まず組織のトップの方に受講して頂きます。受講料の負担のこともございます。

原則として、個人での受講は認めておりません。会社単位での受講となります。受講料は会社の経費で負担して頂きます。そのためにも、最初にトップの方に受講頂き、当セミナーへの理解を深めて頂く必要がございます。

セミナーの具体的な内容を記したパンフレットのようなものはございません。

秘密です。

事前にセミナーの内容を知ってしまうと、構えて受講する者が出てしまいます。

それでは新鮮な気付き体験ができません。

また先ほどから申し上げている通り、セミナーは、こちらから考えを押し付けるものでもございません。こちらが目的を持って行うものではないのです。

あくまで受講者個人の自己責任に委ねられるセミナーなのです。

ですから実は講師側も、決められたマニュアルで講義を行うものではありません。受講生と共に精神を解放、浄化し、そこに気付きを見出せる環境を提供するのが講師の役割です。ですからパンフレットや手引きのようなものはございません。

――突破、でございますか。

思い当たることがあるとすればセミナーの三日目の夜です。

翌日から、いよいよセミナーの本番に入る前段階の夜になります。

受講生には昼から臨死体験をして貰います。いったん死んだ者として、新たに自分の未来を考えて貰います。その時に自分の殻が破けたことを、突破という言葉で表現する塾生も少なからずおります。

――殺人を決意した彼らの頭の中で「突破、突破」と繰り返す声があったのですか。

これはわたしの推測ですが、彼らはある種の精神不安定状態にあったのかもしれません。殺人という大罪の決行を前にして、縋るものが欲しかったのではないでしょうか。そのとき偶々縋る対象として、セミナーでの成功体験を思い出したのかもしれません。自分の中の罪悪感や不安感を打ち消すためにです。

自分の殻を破った結果が殺人というのは、些《いささ》か物騒な話に聞こえるかもしれませんが、わたしはそうは思いません。殺人の決行はセミナーとは関係なく、彼らの胸のうちの決定事項であったのでしょう。そして最後の躊躇を破ったものが、セミナーで学んだ突破という自己改革だったのではないでしょうか。けっしてセミナーが、彼らを殺人という大罪に導いたものではないと断言できます。

その証左として、今回、犠牲になられた夷隅登氏のご遺族である夷隅純子様から、追加の社員受講のお申し込みも頂いております。

もしセミナーが何らかの悪影響を及ぼし、夷隅登さんの死に関わったとご遺族の純子様がお考えになっているのだとしたら、追加のお申し込みなどなさらなかったのではないでしょうか。

また罪を犯した彼らのうちの何人かも、後輩に当たる社員の、セミナーの受講を歓迎していると聞いております。もし彼らが、セミナーと殺人を関連付けて捉えているとしたら、後輩たちの受講の歓迎などしないでしょう。

夷隅純子様も受講生のお一人です。

犠牲になられた登氏より先に受講されています。

確かあれは、純子様のお母様がリウマチを拗らせ、純子様が東京から千葉にお戻りになる直前の受講だったと記憶しております。経験のない旅館経営に携わる不安から、当セミナーをお選びになられたのでしょう。セミナー受講後にはその内容を高く評価して頂き、社員の皆様の受講を考えておられたようですが、それに相前後してご結婚されました。

お相手が夷隅登様でした。

ご結婚後は登様に経営をご一任されるとのことで、社員の皆様の受講は、一旦は立ち消えとなりました。

それは当セミナーの趣旨からすると当然のことでございます。当セミナーは、あくまで経営者の方のご理解に対して門戸を開くものであり、経営の責任者が代わるのであれば、新たな責任者の方の受講が大前提となります。

こちらからそれを申し上げるまでもなく、純子様ご自身から、受講をご延期するお申し出がございました。その後純子様のお勧めもあったのでしょうが、登様ご自身がセミナーの受講をご希望され、受講された結果、社員の方の受講の必要性を認められたという次第でございます。

――望海楼をセミナーハウスとしてお借りする件でございますか。

確かにそのような話が進んでおります。

しかしそれは今回の事件とはまったく関係がない話でございます。そもそもセミナーハウスのお話は、純子様からお申し出があって、かなり以前から検討していたことでございます。

――わたしからの提案だった？　はて？

まああることではございますが、わたしはセミナーを通じて、受講生から全幅の信頼を得る立場にあります。そのため受講生自らが発案したことであっても、わたしの同意を欲しがるものです。それが度を越しますと、より強い同意、すなわち恰《あたか》もその発案がわたしからされたものであると思いたがる受講生もいるものです。

純子様が、セミナーハウスのお話を、わたしからの提案であると申されているのであれば、その種の心理が働いた結果ではないでしょうか。

ほかのことに関してもそうですが、わたしのほうからは、どのような働きかけも致しておりません。すべてのことは、純子様が、ご自身の自己責任で決定されたことでございます。


小金井《こがねい》さおり（29）元自己啓発セミナー講師

先月自己啓発セミナー会社を辞めました。自己都合の退職です。事件のことはまったく関係ありません。辞めたのは私自身のステップアップのためです。

もともと自己啓発セミナーのオリジナルは、何年も前に米国で発案されたものです。基本構造は当時と大きくは変わりませんが、セミナーの主催者によってオリジナル化されています。

セミナー会社に勤める者の多くは、自分独自の方法論を考え出します。そしてそれを主催者として展開したいと夢見ます。

——ええ儲かりますよ。

それほど元手が掛かる事業ではありませんから利益幅は大きいです。

ただ自分が考えたオリジナルがどこまで世間に受け入れられるか、それによって収益にもかなりの上下が出ます。それだけにやり甲斐のある仕事です。

——トレンドをどう摑むかですね。

スパルタ式、軍隊式のセミナーがもてはやされた時期もあります。徹底的に受講生の人格を力技で破壊するというセミナーです。肉体的に過酷なことを強いたり、公衆の面前で徹底的に恥を搔かせたり、心身ともに追い込んで洗脳する方式です。

現在は廃れました。時代に合わないのです。

ただし受講生の人格を破壊するという目的に変化はありません。それが変わることのない自己啓発セミナーの方法論です。

辞めたセミナー会社の方法論は懐柔でした。

手なずけて従わせるという方法論です。

これはこれでかなり高度なテクニックを要するやり方です。テクニックというか人間力が必要です。塾長にそれがあったから可能になった事だと思います。

——カリスマ性。そうですね。

よく言われることです。

ほとんどの受講生がそれを口にします。塾長にはカリスマ性があると。

しかしそれはある意味錯誤です。彼らの貧困な語彙からは、そんな言葉しか引き出せないのでしょう。残念なことですが本質をまるで理解していません。

カリスマという言葉はギリシャ語で「恵み」「恩恵」を意味するカリスに由来する言葉だと言われています。そこから派生したカリスマは、新約聖書で「神からの贈り物」

を意味する宗教用語として普及しました。自己啓発セミナーを、しばしば怪しげな新興宗教に準《なぞら》える人がいますが、多くの自己啓発セミナーの主催者がカリスマ性を持っているので、そのような短絡的な思考が生まれるのでしょう。

しかしカリスマ性があるというのは現象面であって、本質論ではありません。私が辞めたセミナーの塾長、あの人にはムンムンとするようなフェロモンがありました。それがあの人のカリスマ性の本質です。そのフェロモンに当てられて、受講生たちは判断力を低下させてしまうのです。

――もっと事件に関係することですか。

ええ、では。何からお話しすればよろしいでしょうか。

――臨死体験ですか？

臨死体験は私が担当する課題です。でも私が担当するのは導入部だけで、仕上げは塾長の担当になります。

進行性の癌に侵された若い女性という設定は、感情移入しやすいということで選ばれた設定です。

儚《はかな》い命が散っていくというイメージですね。

女性の一人称で語る物語ですから、導入部の担当が私になりました。

この課題で一番大切なのは、女性への感情移入ではなく、その後に受講生が自分の未来を思い描いて、未来の自分にメッセージを送るという行為です。

頭で考えてはいけない。

突き上げんばかりの衝動が大切です。

メッセージの内容はさして重要ではありません。

どんなメッセージであれ全面的に肯定します。

徹底的な肯定です。

重要なのは今を変えること、自分を変えることを受講生が意識してくれることです。それがその後のカリキュラムに繋がっていきます。

臨死体験の翌日の課題で、塾長が受講生に「きみたちにとって大切なものは何だろう」と問い掛けます。朝の雑談風に始めますが、このあたりも塾長の上手いところです。「家族」「仕事」「お金」「友人」

色々な意見が出ます。議論はしません。出された意見を片っ端から塾長がホワイトボードに書き込んでいきます。幅四メートルのホワイトボードを埋め尽くすくらい意見が出ます。もちろん中には、笑いを狙ったとしか思えないような意見も出ます。それもすべて書き留めます。

いっさい排除しないこと。

それが大切です。

受講生が思いつかなくなるまでホワイトボードに書き留めます。

でも予定調和というのでしょうか、ホワイトボードに書き切れないほど、意見が出ることはありません。私の知る限り今までに一度もありません。

そのあたりは、受講生の皆さんが「大人の判断」をされるんでしょうね。

ホワイトボードがいっぱいになって意見が出尽くすと、そこからが塾長の腕の見せ所です。

一見バラバラにしか見えない意見のグルーピングが始まります。

最初は大まかに、次第に小さなグループに、受講生の意見は収斂《しゅうれん》されていきます。

大切なのは、その基になる意見が、受講生の口から発せられたものだと繰り返し強調することです。もちろんグルーピングにも受講生の意見を取り入れますが、実はそれはそう見せかけた塾長一流の誘導で、最終的に纏《まと》められる「大切なもの」は、五つにグルーピングされます。

「家庭」「仕事」「友人」「趣味」そして「お金」の五つです。

どの回のセミナーでもこれは変わりません。

だってそうですよね。この五つが人間にとって大切なのは根源的なものですから。

しかしここで大切なのは、この五つを選んだのが受講生自身だと誤認識させることです。

そのために塾長は、グルーピング作業をしながら何度も「これは君たちから出た意見だからね」を繰り返します。五つの基本的な「大切なもの」が受講生の価値観によるものだと諒解して貰うのです。

ホワイトボードがすっきりと整理されて、その左半分に「五つの大切なもの」が記されます。

五つは等間隔で円状に書かれます。右半分は余白です。そこで塾長が提案します。

「この五つの要素の関係を考えてみよう」と。

口ではそう言いますが実際に行われるのは五つの要素の優先順位付けです。

しかし優先順位付けとは言いません。

受講生もそうだとは思っていません。

それを言ってしまうと「趣味」を最優先に持ってくる受講者がいるかもしれません。

「家庭」や「友人」を最優先に持ってくる受講生はもっと多いでしょう。ですから「関係を考えてみよう」なんです。

「趣味を楽しむためには」

「家族を養うためには」

「友達を大切にするためには」

そんな風に誘導されると、当然必要なのは「お金」ということになります。

友達付き合いにも「お金」は必要です。あるいは、「お金」がなくて、家庭が円滑に運営されていないと、友達付き合いもできません。ましてや「お金」の貸し借りは「友情」の破綻にも繋がります。こんなことも会話の流れの中でさりげなく受講生に吹き込みます。興味深いのは、それとまったく同じ言葉を、この講義を振り返った受講生が恰も自分の言葉のように喋ることです。

そんな風に話が進んで、ホワイトボードの右の余白に「大切なもの」が縦に並べられます。

一番上に「趣味」が来ます。次が「友人」、そして「家庭」、四番目に「お金」が書かれます。

作為がないように書かれますが、実際は作為を持って書かれます。

下に行くほど重要。

つまり上に書かれたものを支えているということです。

そして一番下に書かれるのが「仕事」です。

「仕事」をしなければ、「お金」が得られないですからね。

縦に並んだ五段階の「大切なもの」を示しながら、塾長が確認します。

「これは、ぼくが皆さんに押し付けたものではないよ。皆さんが、自分の頭で考えて、自分の意思で挙げたものを、ぼくはまとめるお手伝いをしただけだよね。これは皆さんが考えた大切なものと、その関連付けだね」

茶番もいいところです。

でもそう言われてほぼ全員が納得しています。

自分たちが選んで、それをまとめて、議論の結果、自分たちにとって一番大切なものは「仕事」だと気付いた。そんな風に納得するのです。

こうしてお話ししていると、講師の一員である私ですら、どうしてこんな簡単に納得してしまうのかと呆れてしまいますけど、この講義があるのは五日間のセミナーの四日目です。それまでの三日間で素地ができています。

初日のメインはお互いの紹介です。ムード作りから始めます。

二日目の午前中は体力を使います。

ランニングです。早朝に起こして、午前中、三時間くらい掛けてランニングさせて近隣の清掃をさせます。

午後のメインは「なりきり劇」です。

昼過ぎから深夜までやります。深夜二時、三時になることも珍しくありません。ランニングと「なりきり劇」で体力を徹底的に消耗させます。その夜は熟睡できるでしょうが、翌日の三日目も早朝起床です。このサイクルはセミナー期間を通じて、ずっと維持されます。

私たち講師は平気です。受講生が走っている時間、午前中はゆっくり眠っていますから。

睡眠負債という言葉をご存じでしょうか?

睡眠の不足は前頭葉の働きを低下させます。前頭葉はご存じですよね?

——そう、おでこの裏にある脳です。脳内の記憶を引き出す、論理的に思考する、適切な判断をする、注意力を維持する、それが前頭葉の役割です。この働きが悪くなると、馬鹿になります。そしてハイになります。寝不足ハイです。そうなってしまえば、マインドコントロールは自由自在です。

もちろん三日目も早朝起床です。

何時に起こすかは前日の終了時間次第です。だいたい二時間睡眠で起こします。

初日から講義が終わったあとは私語厳禁です。

蒲団を延べたりするのも、すべてアイコンタクトですることが求められています。

これは受講生同士が話し合って、セミナーの課題を振り返れないようにするための措置です。

無言の行などと適当なことを言っていますが、セミナーをやっている側からすると、受講生同士が冷静に話し合うのは不都合なのです。

自我に目覚めたりすると、せっかくの洗脳が解けてしまいますからね。

二日目に続いて昼までランニングをして、昼食後、いよいよ私が講師を務める「臨死体験」です。

その講義を担当する私とか塾長は昼前までぐっすり眠っています。

そうでもしないと体が持ちません。

受講生はランニングハイの状態です。

ほとんど脳に血液が循環していないでしょうが、無駄に元気だけはあります。

「臨死体験」のポイントは落ち込ませることです。

それまで高揚していた気持ちに冷や水を掛けて、いったんクールダウンします。

もちろんこれも計算尽くでやることです。

セミナーのカリキュラムに無駄は一つもありません。

何しろたった四泊五日で、完璧に洗脳された人間を会社にお返しするのですから、無駄なことなどできるはずがありません。とことんへこませて、その後で大いに盛り上げます。

ここでのポイントは、突き抜けるということを身体と脳に叩き込むことです。理屈で叩き込むことはできません。塾長はいいフレーズを発案しました。

「突破」です。

一度落ち込ませて、そのあとで大いに盛り上げておいて「突破、突破」と囃し立てます。私たちも受講生に紛れて手踊りをしながら「突破、突破」と囃し立てます。

自分の殻を破って突き抜けようなどと、抹香臭《まっこうくさ》いお説教をしても、受講生らには伝わりません。仮に伝わっても、セミナーが終われば薄れてしまいます。それに引き替え、囃し言葉で刷り込めば、脳に刻印されて後々まで残ります。残ったからどうなのかという議論もあるかと思いますが、そんなことはセミナーの主催者側の知ったことではありません。残すことが重要なのです。

四日目に「人生にとって大切なもの」の講義があります。

最終的には「お金」、そしてそれを得るための「仕事」が人生でもっとも大切なものと言われて、疑問に思う人間は誰もいません。当然の結論ですからね。

でも受講生は、凄い真理を得た気になるのです。それまでの三日間で「そうなのかな？」と疑問を持つような精神的な体力は、すべて削ぎ落とされていますから。

最終日、五日目はコンフェッションです。

コンフェッションは、望海楼さんでもされていたようですのでご存じですね。

自分の気持ちの中にある澱《よどみ》をすべて吐き出して、すっきりした気持ちでセミナーを終えて頂きます。夕方前にセミナーは終了します。

その後受講生らをセミナーに送り込んだ会社の経営者や上司が出迎えます。

「お帰りなさい」と、温かい笑顔で受講生を迎えるのです。

ほとんどの受講生が泣きながら出迎えた人に抱き着きます。涙腺崩壊です。

――すみません。ご説明しながら馬鹿馬鹿しくなってきました。言葉にすると空しいですね。

でも今までのお話は前段です。

これからセミナーと今回の事件の関わりをお話しさせていただきます。

これから申し上げることは告発だと思っていただいて結構です。

私は今回の殺人事件が仕組まれたものであると疑っています。

――はい。順を追ってお話しします。

純子さんはご結婚後、旅館の経営をご主人の登さんに任されて一線から退かれました。

その間、彼女は何をしていたのか。

セミナー会社に来ていました。

受講していたのではありません。

表向きはお手伝いということで、受付や電話応対、お弁当の手配など、下働きをしていました。

これはけっして珍しいことではありません。

セミナーを受講した会社の経営者は、特に地元の相模原の会社は、奉仕活動ということで、よく社員を派遣してくれます。しかしこれには狙いがあって、あの企業は社員一丸となってセミナーを応援しているのだと、セミナーの受講生に印象付けるための奉仕です。ですから奉仕する社員を派遣する会社は、地元の量販店とか飲食店とか、小口の売り上げに繋がるような会社がほとんどです。

その点、純子さんの場合は地元でもないし、業種も違うので少々異質だと思いました。

しかし旅館業を営んでおられるので、まったく奉仕活動が生業の売り上げに繋がらないわけでもないだろうと、私たち講師陣は理解していました。

塾長も心得たもので、奉仕社員を派遣してくれた会社のことをセミナーの講義の合間に、さり気なく讃えたりします。ただ望海楼さんのことは触れなかった。

それともうひとつ異質に感じたのは、純子さんが通いではなかったことです。暫くは近くのビジネスホテルにでも宿泊しているのかと思っていましたが、あの人が泊まっていたのは塾長の自宅でした。

塾長の自宅には奥さんもいらっしゃいます。それと息子さんがお二人。

塾長はおおらかですからそんなことは気にしません。奥さんが隣に寝ていても、平気で別の女と同衾《どうきん》できる男です。

可哀想なのは息子たちです。

二人とも成人していますが、そんな父親に付いていけずに半ば家出状態です。半ばと言うのは自立するお金がないし働いてもいないので、家を出られないのです。

要はニートです。

主な収入は母親の財布から抜き取るお金です。

それで二、三日単位の家出をする。

家出といっても友達もいないので、公園で寝たり、コンビニのイートインコーナーで時間を潰したり、まあ悪いことができる根性もないので、嘉和も――いえ塾長も放任していますが、息子があんなのだと知ったら受講生はどう思うでしょうか。自分の息子も満足に躾けられなかった男が、他人様に人生を説くなんて噴飯ものですよね。

――判りました。本日足を運んだのは告発が目的ですから、私の話の信憑性をご理解いただくために洗いざらい申し上げます。

純子が嘉和の自宅に転がり込む前は、私があの女の立場でした。この件に関してはこれ以上お話しすることはありません。

――純子のことですね。

嘉和と男女の関係であったのかどうか、それはどうでもいいことだと思います。問題の本質ではありませんから。考えるだけでも不愉快なことです。

――私はどうだったか？

ですからその件に関しては、これ以上お話しすることはないとお断りしましたでしょ。私と嘉和の関係がどうだったかなど、そんなことはどうでもいいじゃないですか。まったく馬鹿じゃないの。

続けますよ。

あの女と嘉和が意味不明なことを始めたのは先月のことです。

それまで手伝い程度のことしかしていなかったあの女が、セミナーに参加し始めたのです。それもすべてのプログラムではありません。コンフェッションに限っての参加です。

嘉和は受講生に説明しました。

「コンフェッションを始めるにあたって、先にきみたちに見て貰いたい。コンフェッションとは、ここまで自分の恥部を曝け出してやるものだと理解して貰いたい」

そしてあの女が登場します。

受講生はあの女の属性をほぼ把握しています。講義の休憩時間にまめに声掛けをしていましたから。あれだけの美貌です。年齢的には熟女ですが、セミナーではちょっとしたマスコット・ガール扱いです。

マスコット・ガール……。

あの女が来るまではそれは私のポジションだったんですが、何しろ私はセミナーの講師です。受講生もそうそうは馴れ馴れしくできないんでしょ。それに引き替えあの女は、相手が男性でも女性でも、若い子でもお歳を召した方でも、とにかく媚びるのが上手いんです。まあそんなもの、私のキャリアには全く必要ないものですから気にもしませんけど。

コンフェッションの発表者は教壇に上がります。

あの女は壇上に上がり、旅館の経営を傾かせたことを切々と懺悔します。受講生のマスコットですから割と早いタイミングで受講生たちが席を立ち始めます。

そこで嘉和から横槍が入ります。

「ダメ、ダメ。簡単に立ち過ぎだよ」

そしてあの女に問い掛けます。

「純子はこれで納得かな?」

あの女が殊勝に答えます。

「いいえ。わたしはもっとみなさんに懺悔を聞いていただきたいです」

嘉和が満足気に頷きます。

「みんな判ったかな。懺悔をさせてあげるのも優しさだよ。共感したら立ち上がると始める前に言ったけど、共感というのはね、相手の言葉だけでなく、相手の気持ちも理解して成り立つものなんだ」

何、それ？　ですよ。

そんなプログラムは今まで一度もなかった。

嘉和に促されてあの女が懺悔を続けます。

さすがに席を立つ人間はなかなか出ません。それでも席を立った人間に、あの女、相手の目を見つめて哀しそうに首を振るんです。それで相手は慌てて座ってしまいます。

週刊誌で読みました。

事件の日、望海楼ではコンフェッションの真似事をやったみたいですね。

そこであの女が徹底的に甚振《いたぶ》られた。

甚振ったのは被害者だった。

タクシーで病院に運ばれるほど酷い甚振りだった。

あの女は、従業員から愛され慕われている若女将だった。それを甚振られて従業員は激昂し、衝動的に殺人を犯してしまった――のではないかという記事でした。

まさか警察の方が取り調べの内容を簡単に漏らすわけはないでしょうから、これは裁判員裁判を見据えた弁護士のリークではないかと私は睨んでいます。同じ週刊誌の記事に、夷隅総支配人の人となりも掲載されていました。

無差別なリストラの断行。

それを悲観した女性幹部の自殺。

労働基準法を無視した長時間労働。

ゴミ部屋と化した特別室。

厨房のベテラン社員をスポイルしたセントラルキッチン方式の導入。

女性社員に対するセクハラ紛いの金持ち自慢。

総支配人勘定を利用した会社の私物化。

従業員の結婚祝いのビーチパーティへの乱入狼藉。

どれをとっても、こいつ殺されても仕方がないなと読者が思えるような暴露の数々でした。これも弁護士サイドからのリークでしょう。

でも私は、事件の核心はそこではないと感じました。あの事件の核心は、あの女、純子によるマインドコントロールです。

――意外ですか？

自己啓発セミナーではマインドコントロールを前面に出すことはしません。むしろそうとられることを徹底的に警戒します。受講生にマインドコントロールされていると少しでも疑われたら、セミナーが台無しになってしまいます。

それだけにマインドコントロールの手法については、とことん研究しています。

塾長である嘉和はその道のプロです。

その嘉和と寝食を共にし、最後に実際のセミナーの場で、あの女は教え込まれたマインドコントロールの方法論を磨き上げて、望海楼のコンフェッションにぶつけたのです。

——証明するのですか？

私が？

それは警察や検察の方の役割じゃありませんの？

ただ必要とあれば、私はいつでも証言台に立ちます。

終章　覚醒／受刑者たちの明日

大出隆司（35）

――弁護士の先生から心強いお話がありました。

純子さんがおれたちを待っていてくれるって。

お話を伺って出所後の心配がなくなりました。

実は不安で不安で堪らなかったのです。刑期を終えたあとも帰れる場所がある、自分を待ってくれている人がいるというのは何よりの喜びです。

それ以上に嬉しかったのは、望海楼が旅館の看板を下ろしてセミナーハウスとして再出発するというお話です。半年先まで予約でいっぱいなので、運営費用の心配はないらしいです。今までは神奈川で展開していましたが、これからは新たに千葉で展開するらしいです。もちろん神奈川からも、今まで通り受講生は集まるみたいですし、これから新たに、千葉の会社にも声を掛けるみたいですから、この先、どれだけセミナー会社が成長するのかワクワクします。

おれは、そこの料理担当スタッフとして雇って貰えるって聞きました。料理だけでなく、セミナーの手伝いもさせてもらえるそうです。

塾長も言っているらしいです。人生何事も経験。懲役という経験も、必ず何かの役に立つ。そう言っているそうです。さすがです。前科のある人間を白眼視しないどころか、それも経験だと言えるところがさすがに塾長です。

セミナー会社ですから給料は前ほど払えないけどということですけど、あの自己啓発セミナーのスタッフとして働けるのであれば、給料の額なんか関係ありません。

――寿司学園？

あれはもういいです。

どうせおれたちみたいな人間、世間の逆風に抗って、成功者になるなんて夢のまた夢だと思います。実現不可能な夢というのではなく、実現してもむなしい夢です。

これだけ稼げるとか、いい暮らしができるとか、そんなことばかり考えるんじゃなくて、自分たちに続く若い人たちが、気付きの体験をして、それぞれのビジョンを摑む手伝いをしたいと思います。

ビジョンは金を稼いで成功することではありません。生きる目的、家族を持って、それを守るために会社の仕事に励んで、日々自分を変えていく。受講生がそういう前向きなビジョンを持てるよう、力になってあげられたらと思います。

これからおれたちは、懲役という、普通の人にはできない経験をするのですが、その経験を活かせる場所がセミナーだと思います。殺人という大罪を犯しても、前向きに生きれば道は拓けるのだと、それを受講生らにアピールしたいと思います。

師匠のことも聞きました。

おれが留守の間、師匠が板場を守ってくれる。それだけでも励みになります。そうだ、師匠にも自己啓発セミナーを受講するよう勧めてみます。何も若い人間だけじゃない。いくつになっても気付きの体験は必要です。師匠にも受けてほしい。いや受けさせてあげたい。

それにしても楽しみです。嬉しくて、嬉しくて、昨日は眠れませんでした。

花沢恵美（28）

——聞きました。嬉しくて、思わずその場で叫んでしまいました。

それだけじゃないんです。わたしの彼もセミナーハウスで雇ってくれるそうです。彼のお母さんも身体に無理がない範囲で働かせて貰えるそうです。

彼と結婚します。

わたしは出所してからでもいいんですが、獄中結婚というのがあるらしいですね。それを知った彼が、すぐに結婚したいって希望しているそうです。夢なら醒めないでほしいって祈りたくなるほど幸せです。

望海楼は来月からセミナーハウスとして再出発するらしいです。

そしてなんと、なんと、なんと、わたしの彼も、記念すべき新望海楼第一回の受講生として参加できるらしいです。どんなことをするのか、それを事前に明かすことは禁じられていますので、彼には内緒ですが、受講して、気付き体験をした彼に会うのが今から楽しみです。きっと彼ならすばらしい気付き体験をしてくれると思います。

自分の年齢を考えたら出産を諦める年齢でもないみたいです。一日でも早く出所できるよう刑務所では真面目に徹して勤めます。そして出所したら彼の子供を産みます。そしてその子が大きくなったらセミナーを受講させます。

夢がどんどん広がって、何か胸が張り裂けそうです。

出所後は、セミナーの受付をやって貰いたいと言われています。

またあのフロントに立てるんです。

最高のおもてなしができるよう頑張ります。今から待ち遠しくて仕方ないです。

石和田徳平（65）

――ちきしょう、悔しいねえ。

自分が自由の身であったら何を置いても駆けつけるんだがねえ。セミナーだって。いいじゃないか。ずいぶん流行っているセミナーだそうで、運営の心配もいらないって聞いたよ。それが何よりだ。

リストラされた幹部連中に連絡できねえかって弁護士さんに訊いたのよ。望海楼が再出発するんだったら、人それぞれ事情はあるだろうけど、駆けつける人間もいると思ってね。そしたらね、元副支配人の高富悦子さんや、厨房で調理長やってた高梨亀次さんが、再出発した望海楼を手伝うって言うじゃない。嬉しいよね。嬉しいけど自分が行けないのが悔しいよねえ。

けどお勤めが終わったらおれも望海楼で雇って貰えるって。ありがたいじゃないの。亡くなった加藤秀子さんのぶんまで、精一杯働かせて貰うよ。それが秀子さんへの何よりの供養だろう。

それにしてもありがたい。この歳になって、こんなありがたいことがあるなんて、世の中捨てたもんじゃないよなあ。

藤代伸一（35）

――びっくりしましたわ。

すぐに嫁に言いました。喜んでました。

オレの純子さんに対する横恋慕は嫁も承知です。承知の上で嫁に来てくれたええ娘です。オレが戻るまで純子さんを助けろ言うたら、「はい」の二つ返事やった。

あんな事件を起こしてしもて、アルバイトの連中辞めてしもたらしいから、セミナーハウスやるにも人手が足りませんねん。そやから嫁が加勢しに行くことになりました。あいつやったら館内のことは大方知っとるし、役に立てると思います。

まあ正直言うて、自己啓発セミナーについては、ちょっと斜に構えとるとこもありました。あの乗りについていけんとこもありました。そやけどね、本心を言うと、オレ、かなり感化されてましてん。ただね、流れの土木作業員暮らしとか長かったんで、どうしても世間を拗ねてるとこがあって、素直に飛び込めんかった。しょうもない人間やと自分でも思います。

心、入れ替えますわ。ちゃんと刑期を勤めて、生まれ変わって嫁のとこに戻ります。

石井健人（26）

――ああ、あの話がそうだったのかと納得しました。

前にね、純子さんが結婚する前です。あの旅館の売却話がありましてね。売却じゃないか。貸与ですね。旅館を丸ごとよその会社に貸与する話ですよ。売却は大女将の目が黒いうちは無理ですから。それでね、ぼく、税務上の問題とか、経理処理の仕方とか、純子さんに言われて、あれこれ調べたんです。営業権譲渡の問題もありますし、社員の処遇問題も避けては通れません。あの時点からセミナーハウスの案はあったわけですね。それで納得できました。

　ぼくもセミナースタッフとして誘われました。

　もちろん参加させて貰います。どうもみんな、誤解しているようだけど、あのセミナーにいちばん嵌まっていたのは、ぼくじゃないですかね。素晴らしいセミナーだと思いますよ。

　取り調べでもお話ししたことですが、ぼくの人生の目標は貧困層の救済です。そのために公認会計士を目指して勉強していました。それは社会的弱者である零細企業経営者の力になりたいと考えてのことです。勉強をする傍らで社会活動もしてきました。低所得家庭の子女を対象とした無料学習塾の講師です。所得格差による教育の機会不均等を訴える活動に賛同しました。

　陰で自分が何と言われているか知っています。

　恰好をつけているだけだとか、貧困ビジネスの先行投資をしているだとか。でも気にはしません。ある側面において、それは否定できないことだからです。

　しかし今回は違います。

　自己啓発セミナーのスタッフという新しい目標が提案されました。ぼくはそれに参加することによって、もっと多くの低所得者を、その人物の内面から変えていくという機会を得られることになったのです。これは凄いことです。

ぼくが敬愛するウルグアイのムヒカ元大統領は言いました。

「貧乏とは、多くのものを必要とすることである」

あれがほしい、これもほしい。物欲に囚われてお金を追いかけ、その実仕事や時間に追われる生活者こそ、貧乏だとムヒカさんは言うのです。

とても有名な言葉ですが、実のところ、ぼくはその言葉の意味を測りかねていました。やはり貧乏とはお金のないことじゃないのかと疑問に思っていたのです。

今は獄中でムヒカさんに関連した書物を毎日精読しています。そんな折に今回のお話を頂きました。それが啓示になりました。ムヒカさんの言葉を理解しそれを実践するためには、心の豊かさが必要なのです。そしてそれを与えられるのが自己啓発セミナーなのです。

それまでの価値観に囚われていたのでは、本当の意味で、ムヒカさんの言葉を受け入れることはできません。心の目を啓いて、新しい価値観に目覚める必要があります。それをぼくは悟りました。そしてその心の目を啓かせる方法を具体的に実践しているのが、自己啓発セミナーなのです。

このぼくの気付きを多くの人たちと共有したいと思います。そしてその機会を与えて下さる純子さんや、セミナーの塾長先生にぼくは心から感謝します。

楽しみです。でも焦りません。自分の罪を償いながら、もっと、もっと、自分の心を磨いていきたいと思っています。

鐘崎祐介（36）

――いいよ、もう。なんで自己啓発セミナーのスタッフにならなくちゃいけないんだよ。

オレね、あのセミナー受講して思った。こいつらマインドコントロールしてやがるってね。確かに上手いよ。乗せられるね。でもさ、言ってることは結局、会社のために働けってことでしょ。そのうえ何、自己責任だって。上手くいかないのは全部自分の責任、仕事が詰まらないのも、収入に不満があるのも、上司の言うことが納得できないのも、ぜんぶ「あなたの責任なんだよ」って言われるわけよ。

なんだよそれ。

地球が丸いのもオレの責任だってか？　ふざけんじゃないよ。

納得できないのはオレだけ他の奴らより刑期が長いってこと。殺意はなかった、盗みに入ったって供述したのが裏目に出た。オレだけ強盗未遂が加わってさ。

こんなことならバラシときゃよかったよ。

――純子のことだよ。

オレね、純子とやっちゃったのね。一度だけだけどさ。

――違《ちげ》えよ。

アイツから誘ってきたんだよ。
それで思ったわけ。
あの豚殺して純子が独り身になりゃよ、またお誘いがあるんじゃないかって。
しかしよ、言わなくてよかったよ。
あの女がそれを認めるわけないじゃん。
殺人と強盗未遂に加えて、強姦まで盛られたら、オレどうするのよ。
ちきしょう。
——ないよ。セミナースタッフの話なんて。
あるわけないじゃん。あっても断るよ。
あんな女に関わっていたら人生ボロボロにされちまうよ。

あとがき

これはあなたの、そして私の物語です。

私が社会人の第一歩を踏み出したのは、大手消費者金融の新卒社員としてでした。当時の言葉で言えば『サラ金』です。私自身としては、そのような会社に入社する事は本意ではなく、加えて申しますと、関西を代表するデパートの内定も得ていたのですが、その消費者金融会社のオーナーが父と同窓で、そのオーナーから「うちも新卒採用を始めたので、息子を預けてみないか」と言われたのです。父は植物病理学者で世事には疎いところがございました。おそらくは社会問題になっている『サラ金』の悪名も知らなかったのでございましょう。

当時関西の大学に通っていた私は、背伸びして、梅田のスタンドバーに通っておりました。そのバーは、BGMもない、おつまみも乾き物だけというまことに不愛想なバーだったのですが、私が惹かれたのはその客層です。後々知った事では、そのバーのオーナーは大阪では知る人ぞ知る名門『サンボア』というスタンドバーのご出身で、その事もあり、いわゆる『社会人』が群れ集うスタンドバーだったのです。関西の大手企業の役員さんとかが一人でふらりと訪れるようなバーでした。もちろんそんな方々が学生風情を相手になどして下さいませんでしたが、それとは別に、新聞社の記者さんだったり、書店の営業部長さんだったり、読書が趣味であった私の話に気長くお付き合い頂ける方もいらして、私はそのスタンドバーに通い詰めたのでございます。

「オヤジからサラ金に就職しろと言われてるんですよ」

スタンドバーで愚痴を口にしました。そのサラ金会社の社名を申しますと、たちまち周りを囲まれました。私は知らなかったのですが、その会社は、当時大手四社と呼ばれていた会社の一つだったのです。

「オマエは馬鹿かッ」

書店の営業部長さんに叱られました。部長さんの言う事には、消費者金融は、将来を期待される成長産業らしいのです。

「その会社に新卒で、しかもコネで入れるチャンスを棒に振るな。将来役員になる事も夢じゃないぞ」

周囲の人たちもその意見に頷きます。その結果、私は納得しないまま、消費者金融の社員として社会人の第一歩を踏み出したのです。

配属は奈良支店でした。融資残高が一億円ほどの小型店舗です。

はっきり申し上げて業務はかなり緩かったです。

鼻息が荒かった私はそれに飽き足らず、支店長に訊きました。

「大阪支社管内で一番過酷な店はどこですか?」

「岡山支店だろうな。地獄の岡山と言われるくらいだ」

地獄の岡山――。

その魅惑的な言葉の響きにうっとりした私は転勤を申し出たのです。なにぶんにも、ほとんどの社員が忌避する支店でしたので、私の願いは直ぐに聞き入れられました。そして岡山に赴任し、地獄の地獄たる所以を知る事になりました。

それは過剰な量の不良債権です。

そこで私は債権回収、有体に言えば取り立て業務を担当致しました。朝駆け夜討ちの毎日の中で、私が目の当たりにしたのはいろいろな顔をした貧困です。そんな毎日を過ごしながら、私が常に囚われていた想いがあります。一つ間違えば自分が頭を下げている立場だったかも知れないという想いです。これは後々まで私の発想の基本となった考えです。

その会社では、岡山支店から本社総務部に呼ばれ、その後奈良支店に支店長として赴任し、さらに本社営業本部主任、上場準備委員会へと順調にキャリアを積みました。

転機が訪れたのは平成三年でした。すでにバブルが崩壊していた年です。私はバブルの波に乗った人間だと誤解されていますが、むしろその逆です。バブル崩壊が私の人生の転機になりました。

バブル期に日本のゴルフ場は倍増しました。平成三年時点においても、すでに開場が予定されている、あるいは開場してしまっているゴルフ場は全国にありました。そのようなゴルフ場を相手に、コース管理（要は芝生の管理ですね）の劇的な効率化案を引っ提げて私はゴルフ業界に転じたのです。もちろんその背景には植物病理学者であった父の力添えがございました。

事業は順風満帆で、最盛期には北は北海道旭川から南は沖縄本島南端の知念村（現在は南城市）に至るまで十二箇所のゴルフ場を管理し、加えていくつかのゴルフ場のコンサルティング業務も請け負い、社員数百二十五名、年商十二億を超える会社に成長しました。私の年収も二千四百万円になりました。

そのまま二十年、その勢いが続きました。

しかし平成二十三年、東日本大震災の年に事業は破綻しました。震災が理由ではありません。すべては私の不徳の致すところです。

無収入になった私は、一発逆転を狙って被災直後の東北に乗り込みました。そこで現実の貧困に向き合う事になりました。傍観者としてではなく、私自身が貧困者になったのです。

石巻市で三年半土木作業に従事し、福島県南相馬市で除染作業に従事しました。

結局私は一発逆転の機を摑めず、一万円札だけを財布に入れ、夜行バスで東京に逃げ戻りました。東京に到着した時の手持ち金額は五千円を切っておりました。浅草の漫画喫茶から百に余るアルバイト先に募集しました。結局得られた仕事は上野の風俗店の客引きで、そこから日銭を貰えた時は漫画喫茶のフラットシートで、それさえない時は、隅田公園の草むらにダンボールを敷いて横になりました。まさかのホームレス生活の始まりでした。

それからほぼ二年間、上野の風俗店は警察の手入れで閉店になり、浅草の地元スーパー、コンビニ店店員、ファミレスのキッチン、そしてリムジンバスの誘導員等々、アルバイトを転々と致しました。そんな生活を続け、ある日ふと目に留まったのが大藪春彦新人賞でした。締め切りまで一週間でしたが、規定の八十枚を書き上げ応募したところ受賞して現在に至ります。

本作は相対的貧困層とそれを洗脳するセミナー会社を軸に執筆しました。相対的貧困層は、もちろん私のアルバイト生活が基になっております。セミナー会社は現在の日本社会、日本の政治を象徴するものです。

現在の日本では国民の十五パーセントが相対的貧困層と言われていますが、実感としてはもう少し多いように感じます。非正規雇用は年々増加し、それらの方々はいつでも相対的貧困に陥る可能性があります。あるいは既に陥っているのに、気付いていない、認めたくないだけなのかも知れません。

この物語に主人公はおりません。

この物語はミステリーでもありません。

この物語はあなたの、そして私の物語です。

二〇二一年十一月　赤松利市

・本書は二〇一八年十一月に小社より
単行本として刊行されたものです。

双葉文庫

あ-67-01

らんちう

2021年11月14日　第1刷発行

【著者】

赤松利市《あかまつりいち》

【発行者】

箕浦克史

【発行所】

株式会社双葉社

〒162-8540 東京都新宿区東五軒町3番28号

［電話］ 03-5261-4818（営業部）　03-5261-4831（編集部）

www.futabasha.co.jp（双葉社の書籍・コミックが買えます）

【印刷所】

大日本印刷株式会社

【製本所】

大日本印刷株式会社

【カバー印刷】

株式会社久栄社

【DTP】

株式会社ビーワークス

【フォーマット・デザイン】

日下潤一

ISBN978-4-575-52512-0 C0193
Printed in Japan

JASRAC 出 2108470-101